KB074896

아무도 미워하지 않는
개의 죽음

아무도 미워하지 않는
개의 죽음

번식장에서 보호소까지,

버려진 개들에 대한 르포

하재영 지음

찜비

누군가 내게 대한민국의 모든 가정에 보급할 책 한 권을 고르라고 한다면, 나는 주저없이 이 책을 고를 것이다. 한글을 읽을 줄 아는 모든 사람이 이 책을 읽었으면 좋겠다. 그래서 보이지 않던 세계를 보게 되면 좋겠다. 아무도 미워하지 않는 개의 눈동자에 우리가 딛고 선 그림자의 세계가 고스란히 되비친다. 비로소 그 눈동자를 들여다보게 만든, 내 삶을 바꿔놓은 책이다.

_ 김하나(작가, 〈여자 둘이 토크하고 있습니다〉 팟캐스터)

작가는 묵묵히 지키고 견디는 선한 존재들을 알린다. 변화는 인식에서 시작된다. 그 변화의 앞 열에서 나지막이 목소리를 내는 이 책이 부디 조금 더 많은 이들에게 인식되었으면 한다. 그리고, 이제는 선한 존재들이 그만 아파했으면 좋겠다.

_ 박정민(배우, 작가)

이 책은 우리나라에서 가장 많이 사랑받는 동시에 가장 처참하게 취급되는 개들의 현실을 정확하게 지적하고 전달한다. 책의 많은 부분에서 거듭 고개를 끄덕이게 되고, 깊이 있는 법 지식과 통찰력에도 감탄하게 된다. 이번 개정판이 나오기까지 5년 동안 우리 사회의 동물법은 약간의 변화를 경험했으나, 생명을 물건 취급하는 현실은 여전히 꿈쩍 않고 있다. 가장 절실한 '시스템의 변화'를 위해 우리는 무엇을 해야 하는가? 이 시대에 꼭 필요한 물음을 던지는 책이다.

_ 박주연(동물권 전문 변호사, 《물건이 아니다》 저자)

나는 사랑하는 개를 떠나보낸 이후, 동물이 죽는 영화를 보거나 책을 읽지 못했다. 그런데, 여기 자신의 개를 잃었기 때문에 기꺼이 다른 개들이 처한 참혹한 불행을 직시하고 고발하기로 결심한 사람이 있다. 그런 용기는 얼마나 놀랍고 아름다운가. 고통을 함께 느끼고 그것을 적확한 언어로 바꾸는 작가의 글을 읽으며 나는 사랑이 능동적 행위라는 것을 배웠다. 당신이 개를 특별히 좋아하지 않더라도 이 책을 읽기를 바란다. 책을 읽는 사람들이 늘어날수록 작가의 첫 반려견 피피가 심은 사랑의 씨앗이 세계를 더 나은 곳으로 변화시킬 것이라고 굳게 믿는다.

_ 백수린(소설가)

책이 세상을 바꿀 수 있느냐는 질문을 받을 때마다 망설였지만 《아무도 미워하지 않는 개의 죽음》을 읽고 나서는 그렇다고 답할 수 있게 되었다. 이 책만큼 나를 건드리고 변화시킨 책도 드물다. 그래서 나는 믿는다. 이 책은 독자 개개인을 더 용감하고 더 사랑하는 존재로 살아가게 할 것이며, 동물에 관한 법적 · 제도적 변화에 분명한 힘을 보탤 것이라고. 책이 세상을 바꿀 수 있느냐고 묻는 이들에게 단 한 권의 책을 추천해야 한다면 나는 이 책을 선택하겠다.

_ 최은영(소설가)

2018년 《아무도 미워하지 않는 개의 죽음》을 처음 만났다. "새끼 빼는 기계"가 된 개들과 번식장, 모든 개가 거래되는 경매장, "버려진 개들의 마지막 정거장"인 보호소, 살아서는 나갈 수 없는 개농장과 도살장. 실상은 너무나 참혹했다. 하재영 작가는 대한민국에서 '개'로 태어난다는 것이 어떤 것인지 보여주면서, 5년이 지난 지금까지도 계속해서 묻는다. 삶의 많은 부분을 동물의 희생에 기대고 있는 우리에게 동물은 과연 어떤 존재이며 우리는 그들을 어떻게 대하고 있는가, 하고. 이 책이 널리 읽혀, '사람'과 '동물'을 가르는 이분법적 잣대가 아니라 '생명윤리'를 우선시하는 사회가 되기를, 나아가 사회적 약자와 소수자들에 대한 비문명적 태도가 사라지기를 바란다.

_ 한정애(국회의원, 전 환경부 장관)

* 일러두기

1. 이 책은 2018년 출간된 《아무도 미워하지 않는 개의 죽음》의 전면 개정증보판이다. 지난 5년간 달라진 사항을 수정·보완하고, 전체적으로 문장을 다듬었다. 또, 초판 출간 후 독자들에게 받았던 질문에 대한 답과 새로운 사례를 군데군데 담았으며, '개정판 서문'과 '개정판 인터뷰-5년 후'를 추가했다. 초판의 프롤로그는 1장 첫 번째 글로 재배치했다.
2. 본문과 함께 읽어야 하는 부연 설명은 각주로, 출처는 미주로 처리했다.
3. 이 책에 등장하는 인물 가운데 동의받은 인터뷰를 제외한 모든 인물의 이름은 가명이다.
4. 반려동물로 유통하는 강아지를 생산하는 '번식장'을 '개농장'이라 부르기도 하지만, 이 책에서 '개농장'은 식용 목적으로 개를 사육하고 도살하는 시설만을 의미한다. 반려동물 생산업장은 '번식장'으로 통칭한다.
5. 동물 관련 법 조항은 계속해서 달라지고 있다. 본문에 등장하는 법 조항은 2023년 6월을 기준으로 삼은 것이다.

그럼에도 불구하고, 피피의 이름을 부르는 마음으로[1]

《아무도 미워하지 않는 개의 죽음》은 논픽션 작가로서 나의 첫 책이다. 출간 후 5년이 지나는 동안 동물권과 관련해 여러 변화가 있었다. 동물생산업과 판매업은 허가제로 전환되었고, 동물학대의 징역형은 3년으로 강화되었다. 한때 정치권은 개 식용에 대해 '국민적 합의'만 강조했지만 이제는 '반려동물 식 용 금지'를 공약으로 내세우거나 관련 법안을 발의한다. 2023 년 4월 27일부터 "정당한 사유" 없이 동물을 죽이는 임의 도살 을 금지함으로써 사실상 식용 목적으로 개를 도살할 수 없게 되었고(동물보호법 제10조 1항 4호와 시행규칙 제6조 1항), '동물의 법적 지위'에 관한 민법 제98조의 2("동물은 물건이 아니다")를 신설하는 일부 개정안도 입법 예고되어 있다.

법과 제도 이면의 현실은 가야 할 길이 멀다고 이야기하는 듯하다. 지방자치단체의 허가를 받은 '합법 번식장' 가운데 일부는 온갖 동물학대를 자행하는 불법 번식장과 다르지 않다. 2016년 8만여 마리였던 유기동물은 2019년 13만 5,791마리로 정점을 찍은 뒤 매년 10만 마리를 웃돈다. 단독 범행이 대부분이던 동물학대는 오픈 채팅방을 통해 조직적 범죄로 진화했고, 가해자의 연령은 청소년을 포함할 만큼 낮아졌다. 몇 년 사이 개농장들이 공장식 축산업으로 이행한 데 이어, 경기도에는 수십 개의 개농장이 밀집한 이른바 '개농장 밸리valley'가 들어섰다. 개정판 작업을 하면서 나는 여러 번 자문했다. 우리는 진보하고 있는가?

5년 전 내가 만난 한 활동가는 죄책감과 패배감에 시달리고 있었다. 그는 이 책에 등장하는 다른 사람들처럼 누군가의 생명을 구하려고 자기 삶을 건 이였다. 구하고 구하고 또 구해도 구하는 생명보다 구하지 못하는 생명이 압도적으로 많았다. 이것이 그의 죄책감이었다. 싸우고 싸우고 또 싸워도 무엇이 달라졌는지, 달라지고 있기는 한지 알 수 없었다. 이것이 그의 패배감이었다.

누구도 구한 적 없는 사람은 구해지지 않은 존재에 대해 모른다. 모르기에 죄책감도, 패배감도 느끼지 않는다. 이 감정은 오로지 구하고 싸우는 이들의 몫이다. 매일 죄의식에 시달리더라도, 매번 싸움에서 지더라도 그는 '계속 가야 한다'고 말했다. 세상은 거의 바뀌지 않거나 너무 느리게 바뀌지만, 은폐된 진실은 사람들의 관심이 사그라진 뒤에야 비로소 당도하지만 **그럼에도 불구하고** 우리는 '계속 가야 한다.' 죄책감과 패배감을 고백하던 그가 진짜 하려던 말은 '그럼에도 불구하고'였다는 것을 이제야 깨닫는다.

개인적 변화도 있었다. 세 권의 책을 출간했고, 임시 보호하던 유기견 호동이를 가족으로 맞이했다. 그리고 피피가 떠났다. 타자에게 무심했던 나에게 모든 존재가 연결되어 있다는 사실을 알려준 나의 첫 반려견, 이 책의 시작점이었던 피피. 2018년 6월 16일 오전 11시 20분경이었다. 내 품에서 피피가 숨을 거두던 순간을, 작고 여린 몸이 격렬히 떨리다 고요히 잦아지던 순간을 나는 오래 기억하며 살 것이다.

사랑하는 누군가가 더는 세상에 없다는 사실을 어떻게 설명해야 할지 모르겠다. 보통은 '떠났다'고 말하지만 피피는 나를 떠난 적이 없기에(여전히) 그 표현은 적확하지 않다. '죽었다'는 말은 완전한 소멸을 의미하는 것 같아 차마 발음할 수 없다. 반려동물과 이별한 이들이 '무지개다리를 건넜다'거나 '강아지 별(고양이 별)로 갔다'는 아름다운 은유를 쓰지만, 내가 믿지 않는 상상에 피피를 놓아두고 싶지 않다. 기다리는 일로 생애 많은 시간을 보내야 했던 피피에게, 언젠가는 다시 만날 테니 기다리라고 말하고 싶지도 않다.

나는 그저 이름을 부를 뿐이다. 유해를 뿌려준 뒷산에 올라가 하늘을 향해 손나팔을 하고 "피피야, 피피야"라고. 세상에 없는 존재를 부르는 것은 다시 돌아오지 않을 한 시절을 부르는 일, 잊지 않겠다고 소리 내어 다짐하는 일 같다. 피피를 만나 누군가를 사랑하는 것이 사람 사이에서만 일어나는 일이 아니라는 것을 알게 되었다. 사랑, 존중, 연민, 공존과 같은 가치를 인간이라는 경계를 넘어 다른 종의 생명체에게 확장할 수 있다는 것도 알게 되었다. 피피를 만나지 않았다면 이 세상이 인간 중심주의적 관점에서 빚어낸 비대칭적 이분법으로 이루어져 있다는 사실을 깨우치지 못했을 것이다. 인간과 인간, 인간과 비인간 사이에 그어진 수많은 경계에 대해서도 인식하지 못했을 것이다.

초판을 출간할 때 이 책에서 나의 역할을 '전달자'라고 규정했다. 작가나 창작자가 아니라 전달자라는 것을 깨닫고 나서야 오랫동안 머릿속에만 있었던 글을 시작할 수 있었다. 나는 사라지고 타자만 남기를, 나는 잊히고 이야기를 들려준 사람들과 '아무도 미워하지 않는 개'들만 기억되기를… 그것이 내가 바라는 일이었고 지금도 마찬가지다. 다른 세상이 있다면 이 책에 등장하는 수많은 개들은 피피와 같은 곳에 있을 것이다. 그들은 피피와 달리 이름으로 불리지 못했지만 '그럼에도 불구하고' 피피의 이름을 부르는 마음으로 그들에 대해 썼다.

2023년 여름
하재영

차례

1장
어떤 시작

에버그린

숲

멀리서 음악 소리가 들렸다. 유 팀장은 걸음을 멈췄다. 음악 소리가 들리는 방향을 가늠하더니 아래쪽 길을 가리켰다.

"저쪽인 것 같아요."

일행은 세 명이었다. 동물 단체 활동가인 유 팀장과 조 간사, 책 취재 차 동행한 나. 앞장선 사람은 유 팀장이었다. 지난 3월에 이 개농장에 잠입한 적이 있다고 했다. 차 안에서 그는 지난번에 찍은 사진을 보여주었다. 사진 속 개농장의 전경은 내가 자료조사를 하면서 보아온 모습과 다르지 않았다. 개농장 구석에서 발견했다는 냉장고 사진을 보여주기 전까지는 그랬다.

"이 애들도 개소주 재료로 팔아먹어요."

냉장고 안에는 강아지가 켜켜이 쌓여 있었다. 하나같이 눈을 꼭 감은 채 앞발을 가지런히 모은 자세였다. 종을 불문하고 아기는 같은 얼굴을 가지는 것인지 냉장고 속 강아지들은 갓 태어난 사람 아기와 비슷한 표정을 하고 있었다. 저 얼굴은 태어나는 순간의 표정이었을까, 죽는 순간의 표정이었을까? 강아지들은 불결한 개농장에서 박테리아와 바이러스에 감염되어 죽었을 것이다. 혹은 자신의 몸보다 넓은 철창의 네모난 구멍 사이에 빠져 뜬장 아래 쌓인 배설물 속에서 죽었을지도 모른다. 개소주로 팔린다는 유 팀장의 말대로라면 강아지들이 살아서나 죽어서나 안식을 취하는 곳은 저 냉장고 안이 처음이자 마지막일 것이다.

길의 끄트머리에 다다르자 유 팀장은 주변을 두리번거렸다. 어느 방향으로 고개를 돌려도 숨 막히게 우거진 나무뿐이었다. 그가 3월에 이곳을 찾았을 때는 나무가 앙상해서 개농장을 발견하는 일이 어렵지 않았을 것이다. 여름이 되면서 울창해진 나무가 시야를 가려버린 탓에 우리는 30여 분째 산길을 헤매고 있었다. 길을 찾을 수 있는 단서는 희미하게 들리는 음악 소리뿐이었다.

"이 개농장은 밤낮없이 음악을 크게 틀어놔요. 다른 데는 개 짖는 소리부터 들리는데 여기는 음악 소리에 개 짖는 소리가 묻힐 정도예요."

유 팀장은 갈림길에서 잠시 머뭇거리더니 아래쪽 비탈길로 향했다. 음악 소리가 가까워지고 있었다. 멜로디는 물론 가사까지 알아들을 수 있을 만큼. 산속에 울려 퍼지는 노래는 수전 잭슨^{Susan Jackson}의 <에버그린^{Evergreen}>이었다. 오래전 그 노래를 처음 들었던 순간이 떠올랐다. 나는 고등학생이었고 영어 수업을 듣고 있었다. 교단에는 앳된 얼굴을 한 20대 중반의 교사가 서 있었다. 유 팀장을 따라가며 영어 선생님의 이름을 기억해내려고 애썼다. 그것이 이 상황을 설명하는 중요한 열쇠라도 되는 것처럼. 장… 뭐였더라. 장 씨였는데……. 사실 20여 년 전 알았던 선생님의 이름은 상관없었다. 내가 쓸데없는 데 신경을 곤두세우는 이유는 긴장해서인지도 몰랐다. 개농장을 취재하는 것은 처음이었다. 취재라고 하지만 좀 더 일반적으로 말하면 남의 업장에 침입하려는 것이었다, 주인이 부재한 틈을 타서.

"아, 알겠어요. 이쪽이 맞아요."

다들 걸음이 빨라졌다. 유 팀장의 말처럼 근처까지 온 것이 확실했다. 음악 소리 말고도 개농장이 가까워졌다는 증거는 또 있었다. 냄새. 말로 표현할 수 없을 만큼 역하고 지독한 냄새가 풍겼다. 나는 코를 막았다. 유 팀장과 조 간사도 오만상을 찌푸리며 코를 틀어쥐고 있었다.

"이 산의 토질은 저 개농장 때문에 회생이 불가능할걸요."

조 간사가 엄지와 검지로 코를 잡은 채 코맹맹이 소리로 말했지만 누구도 대답하지 않았다. 나는 속이 울렁거리는 것을 참고 있었고 유 팀장은 굳은 얼굴로 선두에서 걷고 있었다. 비탈길의 막바지에 다다랐을 때 갑자기 선생님의 이름이 기억났다. 장세경 선생님. 그 이름이 떠오른 것과 동시에 숲길이 끝나고 개농장이 나타났다.

개농장

음량을 최대치로 높여놓은 질 나쁜 스피커 속에서 수전 잭슨은 쩌렁쩌렁한 목소리로 상록수처럼 변치 않을 사랑을 노래했고, 개들이 울부짖는 소리는 달콤한 단어들 사이로 코러스처럼 끼어들었다. 입구에는 어린 비글이 묶여 있었고 조금 떨어진 곳에는 다리가 길고 삐쩍 마른 회색 개가 묶여 있었다. 100여 마리 개의 울부짖음과, 울부짖음보다 더 큰 음악 소리가 뒤

섞여 정신이 없었다. 이 기묘한 상황에서도 어린 비글은 꼬리를 흔들며 낯선 사람들을 반겼고 활동가들은 벌써 구석구석으로 흩어져 사진과 동영상을 찍고 있었다.

비글은 생후 3~4개월쯤 되어 보였다. 암컷이었고 사람에게 경계심이 없었다. 어린 강아지는 개농장 입구의 1미터 남짓한 쇠사슬에 묶여 있으면서도 자신이 얼마나 끔찍한 장소에 있는지 모르는 듯했다. 내가 다가가자 강아지는 배가 보이도록 발라당 드러누웠다. 천진난만한 몸짓으로 흙바닥을 뒹굴다가 사람이 찾아온 것이 기쁜 듯 폴짝폴짝 뛰었다. 두어 걸음 뛰고 나면 목줄과 연결된 쇠사슬에 목이 확 당겨지는데도 좁은 반경 안에서 왼쪽으로 두 번, 오른쪽으로 두 번 뛰기를 반복했다.

근처에 묶여 있는 또 다른 개, 포인터의 혼종으로 보이는 회색 개는 자신이 처한 상황을 알고 있는 것 같았다. 짖지는 않았지만 경계심과 불안감이 가득한 눈빛이었다. 개는 나와 눈이 마주치자 뒷걸음질 쳤다. 그래봐야 쇠사슬에 묶여 있는 개로서는 도망을 칠 수도, 몸을 숨길 수도 없었다.

개농장은 전체적으로 원형을 이루고 있었다. 내가 서 있는 입구에서부터 '뻥개장'이 둘러서 있었다. 뻥개장은 육면체의 여섯 면을 모두 쇠창살로 만든 철제 사육장이다. 천장에 얹은 판자가 어설프게나마 지붕 역할을 하지만, 뻥개장이라는 이름

그대로 사방이 뻥 뚫려 있어 개들이 추위와 더위에 고스란히 노출되는 형태다. 뻥개장은 약 50센티미터 높이의 지지대 위에 올라가 있는 '뜬장'이기도 했다. 개가 배설하면 바닥면의 격자 구멍 사이로 똥오줌이 빠지는 구조다. 뜬장 아래는 오래된 것부터 방금 떨어진 것까지 배설물이 무더기로 쌓여 있었고 파리 떼와 구더기가 득실거렸다.

나는 가까이 다가가 사육장과 개들의 상태를 살폈다. 철창은 녹슬어 있었고 바닥 면은 개들의 무게를 지탱하다 못해 가운데가 움푹 꺼져 있었다. 이 위태로운 뻥개장 하나에 많게는 일고여덟 마리가 갇혀 있었다. 대부분 백구나 황구의 외모를 가진 진돗개 혼종이었다. 몇몇 개는 항문으로 시뻘건 덩어리가 튀어나와 있었다. 회음부 탈장으로 복부 내장의 일부가 항문을 통해 빠져나오는 증상이었다. 개농장의 안쪽으로 들어가자 리트리버, 맬러뮤트 같은 중·대형 품종견이 보였다. 주인이 팔았든 유기된 뒤 잡혀왔든 한때는 사람과 함께 살았을 것으로 추정되는 개들이었다. 여전히 사람에 대한 애정과 믿음을 버리지 않은 개들은 방문자를 반기며 철창 사이로 코를 내밀고 가까이 다가오려 애썼다.

뻥개장 안에는 낡은 쇠그릇이나 찌그러진 냄비가 놓여 있었다. 빈 그릇이지만 음식물이 말라붙어 있어 파리와 바퀴벌레가 들끓었다. 7, 8월의 숨 막히는 폭염에 비할 바는 아니라도 초봄부터 이어진 가뭄이 해갈되지 않은 6월 말의 더운 오후였다. 어디에도 물그릇은 보이지 않았다. 개농장을 운영했었다는 누군가의 말이 떠올랐다.

"개들에게 물을 준 적이 없어요. 개농장의 개는 태어나서 죽을 때까지 맹물을 마시지 못해요."

사육장이 끝나는 지점에는 커다란 드럼통이 여러 개 놓여 있었고 드럼통 안에는 개의 먹이로 쓰는 음식물 쓰레기가 들어 있었다. 썩어 문드러진 액체는 토사물처럼 보였다. 그 위에도 파리와 구더기가 바글거렸다. 나는 헛구역질을 하며 드럼통 옆에서 물러났다. 배설물과 썩은 음식물이 뒤섞여 풍기는 악취로 숨을 쉴 수 없었다. 개의 후각 능력은 인간의 수천수만 배에 달한다. 사람은 많은 것을 시각으로 식별하고 판단하지만 개들은 인지와 소통에서 후각에 대한 의존도가 월등히 높다. 그들에게는 이곳에서 숨 쉬는 일 자체가 고통인 것이다.

건너편에 검은 가림막이 씌워진 또 다른 사육 공간이 있었지만 들어갈 엄두가 나지 않았다(나중에 유 팀장에게 들은 바에 의하면 캄캄한 가림막 안에는 발바리와 소형 품종견이 갇혀 있었다고 한다). 드럼통 옆에는 화덕이 설치되어 있었고, 그 위에는 가마솥이 걸려 있었으며, 그 옆에는 폐자재가 널브러져 있었다. 폐자재 옆에는 낡은 냉장고가 놓여 있었다. 차 안에서 유 팀장이 보여줬던 사진 속의 냉장고였다. 나는 냉장고 문을 열까 말까 망설였다. 죽은 강아지들이 쌓여 있으면 그 장면을 감당할 수 있을지 자신이 없었다. 망설이는 사이 내 옆으로 다가온 유 팀장이 냉장고 문을 확 잡아당겼다. 시선을 돌릴 새도 없었다. 안은 비어 있었다.

올드팝 혹은 레퀴엠

But when it's evergreen, evergreen,

It will last through the summer and winter, too.

When love is evergreen, evergreen

Like my love for you.

나도 모르게 후렴구의 가사가 입에서 흘러나왔다. 오래전에 배운 팝송이었고 그동안 듣거나 부르지 않았던 노래였다. 머리가 아니라 몸이 기억하고 있었던 것처럼 나는 가사를 기억하려고 애쓰지 않고도 노래를 부르고 있었다. 음악과 기억은 특별한 방식으로 연결되어 있는 것일까? 그렇지 않다면 어떻게 음악은 순식간에 시공을 가로질러 그 노래를 처음 듣던 순간으로 나를 데려다 놓을 수 있을까? 노래를 가르쳐준 사람과 그날의 풍경, 심지어 그 순간의 기분까지 또렷이 되살려 놓을 수 있을까?

내가 있는 곳은 1996년의 고등학교 교실이었다. CD 플레이어에서는 〈에버그린〉이 흘러나왔고 교단에는 대학을 갓 졸업한 교사가 서 있었다. 어떤 학생은 심드렁하게 노래를 따라 불렀고 어떤 학생은 시험에 나오지 않을 팝송 따위는 무시한 채 교과서만 들여다봤다. 아이들이 그다지 좋아하지 않는데도 선생님은 수업을 5분 일찍 마친 뒤 오래된 팝송을 들려주곤 했다. 〈에버그린〉 〈문 리버*Moon River*〉 〈오버 더 레인보*Over the Rainbow*〉……. 그의 어깨 너머로 갈색의 긴 생머리가 찰랑거렸다. 흰 피부에는 옅은 주근깨가 박혀 있었다. 항상 놀란 듯이 눈을 치뜨고 있어서 자동차의 전조등을 마주한 사슴처럼 무력하고 위태로워 보이기도 했다.

학생들은 첫 수업부터 그가 약하고 만만한 상대라는 것을 알아차렸다. 우리와 나이 차가 느껴지지 않는 앳된 인상 때문만은 아니었다. 작고 가느다란 목소리는 자주 떨렸다. 수업 시간에 긴장한 기색도 숨기지 못했다. 아이들이 무례하게 굴면 야단을 치는 대신 울음을 터뜨렸고, 자신도 선생님이면서 나이 많은 교사들에게 야단을 맞았다. 치마가 짧다거나 머리색이 밝다거나 하는 이유로. 그는 우리와 서열이 같거나 어쩌면 더 낮았다.

그에 대한 우리의 조롱과 무시에 타당성을 부여해 준 사건이 몇 개 있었다. 그 가운데 하나가 연못가에서 있었던 일이었다. 교정의 작은 연못에는 몇 마리의 물고기가 살고 있었다. 어느 날 한 아이가 연못가에 쪼그려 앉아 울고 있는 영어 선생님에게 물었다.

"왜 그러세요?"

"잉어가 다 죽었어. 어떡하니, 불쌍해서……."

그 아이가 교실에 와서 이 이야기를 전했을 때 우리는 자지러지게 웃었다. 다들 교정에 연못이 있는 것은 알았지만 물고기에는 신경 쓰지 않았다. 우리는 물고기가 어떤 환경에서 사는지, 제대로 돌봄을 받는지 관심 가진 적 없었다. 물고기는 '그냥' 그곳에 있는 것이었다. 운동장의 철봉처럼, 본관 뒤의 공중전화처럼. 한 아이가 옆에 있는 친구의 등짝을 두들기며 말했다.

"물고기가 불쌍하대, 생선이 불쌍하대!"

나도 선생님의 연민을 비웃던 그들 가운데 하나였다. 열여덟 살의 나는 '물고기'라는 명칭에 의문을 품은 적 없는 사람, 왜 어떤 존재는 살아 있을 때조차 '고기'로 불리는지 궁금해하지 않는 사람이었다. 내가 먹는 음식이 한때는 생명체였다는 사실을 의식한 적 없는 사람, 더욱이 포유류도 아닌 어류에게 이입하는 마음은 함부로 업신여기는 사람이었다.

그때는 몰랐다, 20여 년의 시간이 흐른 뒤 내가 남양주의 야산에 있는 개농장에서 〈에버그린〉을 다시 들을 줄은, 뻥개장에 갇힌 개들을 바라보며 열여덟 살의 나를 부끄러워할 줄은. 나는 떼죽음을 당한 잉어들이 연못 위에 떠 있는 장면과 눈앞의 개들이 누군가의 입 속에서 한 점의 고기로 씹히는 상황을 나란히 겹쳐놓고, 다른 종의 생명에게 연민을 느끼는 일이 어떤 의미인가 생각했다. 음악이 서너 번쯤 바뀌었고 진행자가 신청자의 사연을 읽었다. 개농장과 어울리지 않는 노래들은 라디오에서 흘러나오는 것이었다.

"이제 가야 해요."

유 팀장이 재촉했지만 조 간사는 입구에서 서성거렸다. 그는 비글 강아지에게 다가가 목덜미와 등을 쓸어주었다. 다음에는 회색 개에게 다가갔다. 개는 여전히 불안한 표정이었지만 그가 머리를 쓰다듬자 고개를 숙이고 가만히 손길을 받아들였다. 조 간사가 떠나려 하자 회색 개는 몸을 일으켜 뒷다리로 섰다. 두 발로 선 개는 조 간사와 키가 비슷했다. 개는 앞발을 그의 어깨에 올리더니 그를 끌어안았다. 그도 개를 끌어안았다.

나는 사람과 개가 같은 몸짓으로 서로를 포옹하는 장면을 바라보았다. 조 간사는 개를 안은 채 등을 토닥였다.

"구해주지 못해서 미안해, 잘 지내."

우리는 알고 있었다. 회색 개는 결코 잘 지내지 못할 것이다. 먹을 것이라곤 썩어빠진 음식물 쓰레기뿐일 것이다. 곧 다가올 폭염에도 물 한 모금 마실 수 없을 것이다. 더럽고 열악한 환경에서 질병에 걸릴 것이고, 질병으로 죽기 전에 주인의 손에 먼저 죽을 것이다. 회색 개뿐 아니라 개농장의 모든 개에게 그 이상의 삶은 없을 것이다.

"저 개들은 하루라도 빨리 죽어버리는 게 나아요. 그 편이 훨씬 덜 고통스러워요."

비탈길 위에서 개농장을 내려다보던 유 팀장이 말했다. 화난 목소리처럼 들렸는데 얼굴을 보니 울고 있었다. 스피커에서는 여전히 올드팝이 흘러나오고 있었다.

노랫소리가 사라질 때

며칠 동안 악취가 내 피부와 머리카락에 들러붙어 있는 것처럼 느껴졌다. 여러 번 샤워를 했고 그날 입었던 옷도 빨았지만 어디에선가 자꾸 개농장의 냄새가 풍겨왔다. 개농장에 가기 전 나는 활동가들을 인터뷰할 때마다 개농장이 어떤 곳인지 물었고 그들은 항상 냄새에 대해 말했다.

"개농장은 세상에서 가장 역겨운 냄새가 나는 곳이에요. 그렇게 심한 악취를 풍기는 곳은 또 없을 거예요."

어떤 활동가는 이렇게 말했다.

"어쩌면 그건 음식물 쓰레기나 배설물 냄새가 아닐지도 몰라요. 저는 그게 죽음의 냄새처럼 느껴져요."

개농장에 다녀온 뒤에야 그 말을 이해했다. '죽음'이라는 언어를 후각화한다면 개농장의 냄새일 것이다. 초보 활동가들이 그렇듯 나 역시 한동안 개농장의 환취에 시달렸다.

그러나 내 감각 속의 개농장은 후각보다 청각으로, 냄새보다 음악으로 남았다. 나에게 개농장이란 이질적인 두 배경음악이, 영원한 사랑을 노래하는 목소리와 뻥개장에 갇힌 개들의 아우성이 기묘하게 뒤섞인 곳이다. 수전 잭슨의 음성이 맑고 청아해서 내가 기억하는 개농장은 더 기괴하고 비참한 장소가 된다. 이제 나는 자의로 〈에버그린〉을 듣지 못할 것이다. 그날 만난 개들은 세상에 없기에 나에게 그 노래는 레퀴엠이다. 언젠가, 어딘가에서 예기치 않게 〈에버그린〉을 듣는다면 나는 속수무책 그날의 개농장으로 끌려갈 것이다. 눈앞에는 녹슨 뻥개장이, 울부짖는 개들이, 무더기로 쌓인 배설물이, 부유하는 파리 떼가, 드럼통 속의 음식물 쓰레기가, 꿈틀대는 구더기가 나타날 것이다. 그 기억에서 그나마 행복한 장면이 있다면 언제까지고 조 간사와 포옹하는 회색 개, 쇠사슬에 목이 당겨지면서도 오른쪽으로 두 번 왼쪽으로 두 번 뜀박질하는 어린 비글이다.

이 책의 첫 문장을 시작해야 한다면 시간은 2017년 6월이어야 하고 장소는 남양주의 개농장이어야 한다고, 나는 생각했다. 첫 문장은 오래도록 쓰이지 않았고 머릿속에서는 서툰 문장과 음악 소리가 어지럽게 뒤엉켰다. 더는 귓가에서 노랫소리가 맴돌지 않게 되었을 때 나는 몹시 평범한, 그러나 여러 기억이 스민 첫 문장을 썼다.

"멀리서 음악 소리가 들렸다."

피피: 개인적 체험으로부터

생일 선물

그 강아지는 여자가 남자친구에게 받은 생일선물이었다. 어느 날 남자는 여자친구가 다이어리에 그려놓은 강아지와 그 아래 적힌 'Pipi'라는 글씨를 봤다. 남자가 강아지에 대해 묻자 여자는 피피가 자신의 상상 속 강아지이며, 언젠가는 피피를 키울 것이라고 말했다. 여자의 생일이 되자 두 사람은 펫숍이 밀집해 있는 충무로에 갔다. 처음 들어간 가게에서 여자는 피피를 '발견'했다.

남자는 여자가 지목한 치와와가 피피인지 확신할 수 없어서 쇼윈도에 진열된 다른 강아지를 둘러보았다. 여자가 펫숍에 들어가자마자 대뜸 치와와는 없느냐고 물었던 것도 의아했다. 남자는 몰랐지만 여자는 어릴 때 자신의 집 마당에 살았던 눈이 크고 주둥이가 짧은 갈색 발바리를 치와와라고 믿고 있었고, 잘못된 기억 때문에 다른 품종보다 치와와에 더 애정을 가지고 있었다. 치와와는 쇼윈도에 없었다. 주인은 넓고 밝은 펫숍의 뒤편에 있는 작고 어두운 방에서 상자를 가져왔다. 상자 안에는 몇 마리의 아기 치와와가 들어 있었다. 다른 강아지에게 치여 바닥에 깔려 있는 얼룩무늬 치와와를 들어 올리며 여자는 흥분한 목소리로 말했다.

"얘가 피피야."

남자의 눈에 강아지는 허약해 보였다. 힘없이 엎드려 있는 모습이 아파 보이기도 했다. 쇼윈도가 아니라 뒷방에 있었다는 것도 마음에 걸렸다. 주인은 강아지에게 일주일 안에 문제가 생기면 다른 강아지로 교환해 주겠다고 말했다. 여전히 남자가 내키지 않아하자 30퍼센트를 할인해 주었다. 두 사람은 얼룩무늬 치와와를 데리고 펫숍을 나왔다. 그날은 여자의 스물여섯 번째 생일이었고 강아지는 최고의 생일선물이었다.

다음 날부터 피피는 설사를 했다. 동물병원에서는 코로나 장염이라고 진단했다. 두 사람은 피피를 교환하거나 환불하는 대신 적지 않은 비용을 들여 치료했다. 완쾌한 피피는 완벽해 보였다. 성장이 끝난 뒤에도 2킬로그램이 채 되지 않는 작고 귀여운 강아지였다.

6개월 후 두 사람이 헤어지게 되었을 때 최고의 선물은 최악의 선물로 바뀌었다. 여자와 남자는 혼자 사는 직장인이었다. 한 사람이 오롯이 피피를 책임지는 것은 부담스러웠다. 무엇보다 이별 후에도 상대에 대한 기억을 상기시킬 피피와 함께 살고 싶지 않았다. 빌려준 물건과 애증 섞인 감정을 정리하고 나서도 그들은 강아지 때문에 몇 번 더 통화했다. 인터넷에 올려서 재분양할지 시골의 친척집으로 보낼지 설왕설래하다가 두 사람은 피피에게 미안해졌고, 실연의 상처에 더해 죄책감을 느껴야 하는 상황이 짜증스러워졌으며, 충무로 펫숍에 갔던 날을 후회했다.

함께 살기

2006년 12월, 그들의 지인이던 나는 우리 집에서 피피를 처음 만났다. 현관문을 열자, 모자가 달린 노란색 옷을 입고 여자에게 안겨 있는 작은 강아지가 보였다. 몸 전체가 내 팔뚝 길이의 절반밖에 되지 않았고, 크고 검은 눈과 작고 쫑긋한 갈색 귀를 가지고 있었다. 옷을 벗기자 하얀 털과 갈색 얼룩무늬가 드러났다. 등의 얼룩무늬는 날개 모양으로 완벽한 대칭을 이루고 있었다. 피피는 손가락 마디보다 더 작은 발로 아장아장 걸어오더니 내 손등을 핥았다. 혀가 닿는 곳마다 간질간질하고 찌르르한 느낌이 들었다. 나는 동물을 만져본 적이 거의 없었다. 동물이 내 손을 핥는 일도 처음이었다. 피피가 처음 만난 나에게 호의를 표하는 것 같아서 뿌리치고 싶은 마음을 참았다.

그날 밤 나는 잠을 이루지 못했다. 불 꺼진 방을 계속 돌아다니는 피피가 신경 쓰였다. 잘한 일일까? '함께 산다'는 기대보다 '떠맡았다'는 부담이 더 컸다. 나는 등단한 지 1년도 되지 않은 초짜 작가였다. 작가라고 하지만 백수나 다름없었다. 20대였고 여성이었으며 일거리도, 통장 잔고도 없이 월세 30만 원의 다가구 주택에 혼자 살고 있는 형편이었다.

동물과 지내는 것은 바란 적도, 상상한 적도 없었다. 다른 종의 생명체가 무엇을 원하고 느끼는지 알지도 못했다. 내가 무관심한 것은 동물만이 아니었다. 사람에 대해서도 마찬가지였다. 나의 관심사는 오로지 나 자신, 앞으로 어떻게 살까 하는 것뿐이었다. 강아지를 데려오면 안 되었다. 정신적으로도 경제적으로도 그럴 상황이 아니었다. 오갈 데 없어진 어린 강아지가 가여워서 맡겠다고 했지만, 온몸이 털로 뒤덮이고 네 발로 걷고 꼬리가 달린 낯선 생명체와 잘 지낼 수 있을지 불안했다.

며칠 뒤 나는 출판사의 송년모임에 갔다. 분별력 없는 녀석이 현관에 굴러다니는 흙먼지를 먹어서, 외출 전에 방에 넣어 두고 방문을 닫아둔 채였다. 모임 장소에 도착했지만 머릿속에는 온통 피피 생각뿐이었다. 집이 바뀐 지 얼마 되지 않아서 불안하겠지? 무서워하고 있지 않을까? 나를 찾고 있으면 어쩌지? 계속 울고 있을지도 몰라.

모임에 간 지 한 시간도 되지 않아서 지하철을 탔고 30분 뒤 집 근처 지하철역에 내렸다. 역에서 집까지는 두 갈래 길이 있었다. 첫 번째 길은 가게와 인적이 많은 대로변인데 거리가 더 멀었다. 두 번째 길은 모텔이 밀집해 있고 행인이 드물지만 거리가 더 짧았다. 이 길을 지나다가 추근거리며 쫓아오는 취객을 만난 뒤로 나는 항상 첫 번째 길로 다녔다. 하지만 그날은 모텔촌이 있는 길로 향했고 전력질주를 해서 집에 도착했다. 현관문을 열자 피피가 방문을 긁으며 낑낑거리는 소리가 들렸다. 나는 신발도 벗지 않고 방으로 뛰어 들어갔다.

"피피야!"

작은 생명체를 품에 안자 실감이 났다. 아, 내가 강아지와 함께 사는구나.

자라지 않는 아이

우리의 관계는 쓰다듬기(내가 피피를), 핥기(피피가 나를), 바라보기(피피와 내가 서로를)와 같은 비언어적 행위로 이루어졌다. 피피는 '앉아' '기다려' '간식' '산책' 같은 단어와 몇몇 짧은 문장도 알아들었다. 반려동물과 사는 대부분의 사람처럼, 나도 피피에게 말을 걸었다. 반려동물과 사는 대부분의 사람처럼, 나도 피피가 대답하든 하지 않든 상관하지 않았다.

그 전에는 반려동물-보호자 관계를 부모-자식 관계와 동일시하는 데 공감하지 못했다. 그러나 반려동물은 (반려동물과 함께하지 않는 사람들이 동의하지 않더라도) 이름을 가진다는 점에서 '인격화된 비인간'이다. 동물에게 이름을 붙이는 행위는 동물을 인격체로 대우하는 것이다. 이름을 가지고 가족 공동체에 소속된 구성원에게는 '역할'이 생긴다. 수의학자 제임스 서펠 James Serpell은 반려동물의 역할을 '영원히 자라지 않는 아이'로 규정하고, 정신의학자인 아론 캐처 Aaron Catcher는 반려동물이 '영원히 순수하다'는 점에서 "변화하는 세상에서의 '불변성의 상징'"[1]이라고 정의한다.[2] 작가이자 편집자인 재키 콜리스 하비 Jacky Colliss Harvey는 성장하지도, 독립하지도 않는 반려동물을 인간 아이와 동일시하는 것은 '가장 끈질긴 심리적 편향'이라고

지적하지만 '아이와 반려동물은 다르면서도 같다'는 점을 인정한다.[3]

반려동물을 아이로 여기는 경향은 언어에도 반영된다. 나는 피피의 엄마를 자처했을 뿐 아니라 피피에게 말을 걸 때 사람 아이의 양육자와 흡사한 말투를 사용했다. 이것은 심리학자들이 이미 확인한 사실—사람이 반려동물에게 말하는 방식은 양육자가 아기에게 쓰는 '유아어'라는 독특한 말투와 일치한다[4]—을 나 역시 확인한 것이었다.

피피를 인격화된 개체로 받아들이자 동물과 관련한 단어를 멸칭으로 사용한다는 사실도 의식하지 않을 수 없었다. 누군가가 피피의 성별을 물을 때 '암캐'라고 대답하고 싶지 않았다. 동물에 관한 단어는 많은 경우 사전적 의미가 아니라 비유적 표현으로 들린다. '암캐'는 여성을 모욕할 때 흔히 쓰는 말이다. '개새끼'는 가장 일반적인 욕설 가운데 하나다. 인간중심주의는 동물의 행동양식을 부정적으로 의인화하면서 경멸적 비유를 재생산한다. 개처럼 비굴한, 돼지처럼 더러운, 닭처럼 멍청한, 쥐새끼처럼 야비한, 늑대처럼 음흉한, 곰처럼 둔한, 짐승처럼 잔인한…… 제임스 서펠은 이런 방식의 왜곡된 의인화가 인간의 "살생 면허"[5]를 정당화한다고 봤다. 인간이 경멸하는 인간의 특성을 동물에게 투사함으로써 그들에게 가하는 폭력을 합리화하기 때문이다.[6] 어떤 사람들은 동물을 '아이'로 인격화하는 표현을 못마땅해하지만, 그것이 '개 패듯이'라는 표현을 관용구로 사용하는 것만큼 부당한 일은 아니다.

개별적 존재

피피와 살기 전까지 나는 개에 대해 아무것도 몰랐다. 매일이 놀라움의 연속이었다. 피피가 당장 먹고 싶지 않은 간식을 눈에 띄지 않는 데 숨겼다가 몇 시간 후 찾아 먹는 것을 봤을 때는 기절할 뻔했다(저 자그마한 머리로 이런 생각을 한다고?). 한동안은 우리의 공통점을 찾는 데 집중했다. 이전에도 개와 인간의 차이는 알고 있었다. 그것은 개와 살지 않아도 알 수 있는 것이었다.

'다름'보다 '같음'에 주목하자 나의 무지가 드러났다. 나처럼 피피도 소유에 대한 개념이 있었고(방석과 장난감과 간식을 절대 뺏기지 않으려 한다), 고통을 피하고 싶어 했고(내가 피피의 발톱을 깎다가 피를 낸 이후 발톱깎이를 넣어둔 서랍 앞만 서성거려도 도망간다), 두려움을 느꼈고(동물병원에 가면 피피의 심장은 터질 듯이 쿵쾅거린다), 쾌락을 추구했다(산책을 가거나 놀이를 할 때 피피의 꼬리는 맹렬하게 흔들린다).

　한 사람의 생애를 기록한 책을 읽고, 한 사람의 사연을 다루는 다큐멘터리를 보고, 한 사람을 소재로 이야기하면서 나는 인간이 아닌 종을 **개별적 존재**로 생각한 적 없었다. 헤아릴 수 없이 많은 개체를 뭉뚱그려 개, 돼지, 닭, 소, 말, 돼지, 뱀으로, 더 넓게는 포유류, 조류, 어류, 양서류, 파충류로 인식했다. 가장 극단적인 분류는 인간/동물이었다. 자크 데리다$^{Jacques\ Derrida}$는 '인간이란 무엇인가?'에 관한 논문 <그러므로 나로 존재하는 동물(이어지는 더 많은 것)$^{The\ Animal\ That\ Therefore\ I\ am(More\ To\ Follow)}$>에서 나 같은 사람의 "우둔함"을 지적했다.

　　'어떤 사람'이 '동물$^{the\ Animal}$'이라고 말할 때마다, 철학자나 다른 누군가가 쉽게 '동물'을 단수 형태$^{the\ Animal}$로 말할 때마다, 그 공언은 인간이 아닌 모든 생명체를 통틀어 가리킨다. (⋯) ("나는 우둔함을 말한다"는 이 진술은) 그가 부인하는 동물적 속성을 확인해 줄 뿐 아니라 그가 종의 진실한 전쟁에 지속적이고 조직적으로 공모하고 있음을 알려준다. (⋯) 이러한 잡동사니 개념 안에, 이러한 대규모 동물 야영지 안에, 이러한 대표 단수형 안에, 정관사('동물들^{animals}'이 아닌 '동물$^{the\ Animal}$')에 엄격하게 갇힌 채, 원시림과 동물원, 사냥터와 낚시터, 방목지와 도살장과 축사 안에서 인간이 이웃, 동료, 형제로 여기지

않는 '모든 살아 있는 존재'가 지내고 있다. 더구나 그러한 존재 방식
은 도마뱀으로부터 개를 (⋯) 참새로부터 침팬지를, 낙타로부터 독수
리를, 다람쥐로부터 호랑이를 (⋯) 구별하게 만드는 무한한 격차가
있음에도 그렇다.[7]

'동물the Animal'이라는 단수는 모든 비인간을 묶어버릴 뿐 아
니라 지나치게 추상적이어서 실체를 가진 개념처럼 느껴지지
않는다. 나와 당신이 같지 않듯 개별적 동물은 고유한 성격과
개성을 가지고 있다. 그러나 그들을 인간이 아닌 종의 집합체
로만 인식할 때 개별성은 지워지고 동물과 인간의 차이만 남는
다. 극단적으로 부각된 차이는 그들이 우리처럼 쾌락과 고통을
느끼는 생명체라는 사실을 망각하게 만든다. 혹은 중요하지 않
은 문제로 치부하게 만든다. 내가 피피와 살면서 깨달은 것은
그 명백한 사실, 동물이 쾌락과 고통을 느끼고 감정을 가진 하
나의 개체라는 사실이었다.

또 다른 피피

'공통점 찾기' 다음에 내가 몰두했던 것은 피피의 과거와 미

래였다. 피피는 어디에서 태어났을까? 부모견은 어떻게 지내고 있을까? '치와와'가 멕시코 북부의 한 지역명이고 이곳의 토종견이 치와와 종이라는 것을 알았을 때, 피피를 위시한 여러 마리의 치와와가 커다란 여객선의 갑판에 앉아 푸른 하늘과 바다를 바라보며 태평양을 건너는 장면이 떠올랐다. 그러나 지나치게 낭만적인 허상이라 나는 곧 다른 장면을 떠올렸다. 상자에 담긴 피피가 비행기의 화물칸에 실려 바다를 건너는 모습이었다.

한편 피피의 미래를 생각하면 나의 부주의로 발생할 수 있는 상황, '실종'이 떠올랐다. 나는 유실에 대비한 정보를 찾았다. 보호자를 잃어버린 개는 하루 이틀 동안 주변 200미터 안에 머무를 가능성이 높다. 가능한 빠른 시간에 2인 1조를 구성해, 한 사람은 동서남북 200미터 반경을 샅샅이 뒤지고 다른 사람은 전단지를 인쇄해 곳곳에 부착한다. 동물보호관리시스템APMS, Animal Protection Management System에 접속해 실종 신고도 한다.

유기견을 알게 된 것은 이런 내용을 검색하면서였다. 나는 대부분의 유기견이 잃어버린 개인 줄 알았을 만큼 버려진 개와 버리는 사람에 대해 무지했다. 유기의 이유는 다양했다. 결혼해서, 이혼해서, 임신해서, 이사해서, 가족이 반대해서, 여행을 가서, 사람이 아파서, 개가 아파서, 배변을 못 가려서, 짖어서,

체구가 커져서, 어릴 때만큼 귀엽지 않아서. 하지만 다양한 이유는 결국 한 가지로 귀결되었다. 더는 책임지고 싶지 않아서.

동물보호관리시스템의 유기동물 공고 페이지는 아무리 넘겨도 끝이 없었다. 옛 보호자나 새 보호자가 나타나지 않으면 독극물 주사를 맞고 죽을 개들은 내가 만난 적 없는 '또 다른 피피'였다. 물론 이것은 감상적일 뿐 아니라 잘못된 생각이다. 그들과 피피를 동일시하는 것은 이기적인 사랑에 동정을 덧씌우기만에 지나지 않는다. 그렇더라도 나 자신을 제외한 대상에 무관심하던 내가 타자에게 '약간' 관심을 가지게 되었다고 말해도 괜찮을 것이다. 그래서 이 책이 피피를 처음 만난 2006년 12월에 시작되었다고 말해도 틀리지 않을 것이다. 하지만 더 정확히 말해야겠다. 2013년 10월 뚱아저씨를 만나기 전까지, 나는 무엇을 해야 할지 알지 못했다.

뚱아저씨

작별 인사

그의 온라인 필명은 '뚱아저씨'였다. 그는 다이어트 컨설턴트 겸 퍼스널 트레이너였고, 흰돌이와 흰순이라는 진도 혼종견들과 살고 있었다. 서로의 지난 이야기를 나눌 만큼 가까운 사이가 되었을 때 그는 기사 하나를 보여주었다.

15일 오후 10시쯤 서울 자양동의 한 단독주택에서 불이 나 홍모 씨(73·여)가 숨졌다. (…) 소방서 측은 홍 씨의 아들이 말기 암으로 입원 중인 아버지를 돌보려고 집을 비운 사이 홍 씨가 변을 당한 것으로 추정하고 있다. 경찰과 소방당국은 거실 근처에서 불이 시작된 것으로 보고 정확한 화재 원인을 조사하고 있다.[8]

"숨진 홍 씨"는 그의 어머니다. "말기 암으로 입원 중인 아버지를 돌보려고 집을 비운 아들"은 뚱아저씨다. 그는 짧고 건조한 기사에 나오지 않은 뒷이야기를 들려주었다. 어머니가 그에게 남긴 마지막 말은 "아버지 잘 돌봐드려야 한다"였고, 그가 어머니에게 건넨 마지막 말은 "걱정 말고 쉬세요"였다는 것. 두 사람이 헤어진 곳은 아버지가 입원해 있던 대학병원의 엘리베이터 앞이었다. 짧은 대화를 끝으로 어머니는 집으로, 그는 병실로 돌아갔다. 어머니가 마지막 순간에 아들의 목소리를, "걱정 말고 쉬세요"라는 말을 떠올렸는지 알 수 없다. 그러나 어머니가 그에게 남긴 "아버지 잘 돌봐드려야 한다"라는 말은 그의 마음속에 언제까지고 남아 있었다. 유언이라기에는 너무 일상적인 당부여서 더욱 잊을 수가 없었다.

아버지가 돌아가신 것은 그로부터 한 달 뒤였다. 임종이 가까워지자 네 명의 아들과 세 명의 며느리와 여섯 명의 손자는 돌아가면서 환자의 귓가에 마지막 말을 속삭였다. 자기 차례가 되었을 때 그는 아버지에게 건네는 작별 인사로 "걱정 말고 쉬세요" 같은 말을 하지 않아도 되어서 다행이라고 생각했다. 막상 아버지에게 다가가자 그보다 나은 인사가 떠오르지 않았다.

"걱정 말고 쉬세요."

그는 잠시 머뭇거리다 어머니에게 못 했던 말을 덧붙였다.

"사랑합니다, 아버지."

고아들

팅커벨 프로젝트의 황동열 대표

세 사람이 살던 집에 나만 덩그러니 남은 거예요. 밤마다 술을 마셨어요. 소주 세 병, 네 병, 어떨 때는 다섯 병, 여섯 병. 어느 날 술집에 가다 말고 대형마트에 갔어요. 이렇게 살 수는 없다 싶어서, 술집 대신 갈 곳이 필요해서. 쇼핑카트를 꺼내는데 오늘 물건을 많이 사면 내일 갈 데가 없다는 생각이 드는 거야. 그날은 참기름만 한 병 사서 돌아왔어요. 다음 날은 샴푸를, 다음 날은 빨래 세제를, 다음 날은 고추장을 샀어요.

닷새째 되는 날 에스컬레이터 옆에 있는 펫숍을 봤어요. 여태 그런 곳이 있는 줄도 모르고 지나쳤는데. 유리 상자에 오도카니 앉아 있는 강아지들을 보니까 이 애들도 엄마아빠를 잃었구나 싶더라고. 내 처지와 비슷해 보였어. 강아지들은 어린 고아, 나는 나이 든 고아. 한 번쯤은 누군가의 아빠가 되고 싶다고, 자식을 가져본 적 없는 내가 그런 생각을 했어요. 솔직히 강아지가 쓸쓸함을 달래주리란 기대가 컸지. 부모님이 돌아가시고 외로움과 괴로움에 미칠 지경이었으니까.

펫숍에 들어갔는데 똑같이 안쓰러운 강아지들 중에서 누구를 선택해야 할지 모르겠는 거예요. 점원이 골라준 강아지를 안고 계산대로 가는데 정신이 번쩍 들었어요. 강아지 수명이 얼마나 되지? 10년? 15년? 20년? 강아지를 사는 일은 참기름이나 빨래 세제를 사는 일과 다르잖아요. 충동적으로 결정하면 안 되겠다 싶은 거야. 강아지를 돌려주면서 하루만 더 생각하겠다고 했어요.

집에 와서 인터넷에 '강아지 분양'이라고 쳤더니 엄청나게 많은 강아지가 검색되더라고. 몰티즈, 푸들, 요크셔테리어, 포메라니안……. 나는 진돗개나 풍산개 같은 토종개밖에 몰랐어. '유기견 입양'이 연관 검색어에 나와서 그 키워드로 한참 웹서핑을 하는데, 어느 홈페이지에 충격적인 문구가 있는 거야. "오늘 입양되지 않으면 내일 안락사당합니다."

유기견에 대해 잘 몰랐어요. 말뜻은 알았지만 버려진 개가 어디로 가서 어떻게 되는지는 몰랐지. 그 사이트는 유기견 입양을 추진하는 자원봉사자 커뮤니티였어요. 입양 공고를 훑어

보니까 생후 4개월 된 하얀 강아지 두 마리가 있어요. 식용 개로 태어났다가 구조된 백구들이래. 쇼윈도에서 환한 조명을 받고 있던 강아지와는 달랐어요. 꼬질꼬질한 털에 겁먹은 표정에, 그래도 내가 보기엔 충분히 예쁘고 사랑스러운 거야. 어릴 때 시골 할머니 집에서 봤던 진돗개들 같아서 친근하기도 하고. 수놈은 흰돌이, 암놈은 흰순이라고 불러야지. 그날 밤에 벌써 이름까지 지었다니까.

다음 날 커뮤니티 운영자의 이메일로 입양 신청서를 제출했어요. 혼자 사는 중년남자가 백구 두 마리를 데려가면 개장수로 의심하지 않을까 싶어서 집의 실내와 마당 사진도 첨부하고, 내가 파워 블로거였잖아, 블로그 주소도 링크했어요. 며칠 후 운영자와 통화하는데 그분이 뜻밖의 말을 하는 거예요.

"왼쪽에 있는 강아지는 장애견인데 괜찮으시겠어요?"

사진을 다시 보니까 흰순이 앞다리 하나가 없어요.

"네, 괜찮습니다."

1초도 머뭇거리지 않고 대답했어. 지금도 그 순간이, 흰순이의 입양을 조금도 망설이지 않았던 그 일이 살면서 가장 잘한 일이라고 생각해요. 며칠 후 흰돌이랑 흰순이를 데려왔어요. 차 안에서 부들부들 떨고 침을 줄줄 흘리던 녀석들이 집에 오자마자 살았다 싶은지, 마당 끝까지 폴짝폴짝 달리기도 하고 눈이 마주치면 서로 뒤엉켜서 장난도 치는 거예요. 나도 얼마나 흐뭇하던지 큰소리로 막 웃었어요. 소리 내서 웃어보는 게 얼마만인가 싶더라고. 아버지가 돌아가시고 50일쯤 지났을 때였어요. 그날부터 나에게 새로운 가족이, 새로운 세상이 찾아온 거예요.

첫 구조

내가 글 쓰는 걸 좋아하잖아요. 본격적으로 인터넷에 글을 올린 건 2002년부터였어요. 16대 대통령 선거를 앞두고 정치 논객으로 활동했는데 그 당시 필명은 '뚱아저씨'가 아니고 '산맥처럼'이었어. 1987년 6월 항쟁 때 내가 총학생회장으로 시위대의 선두에 섰다고 이야기했죠? 그때 많이 불렀던 〈아, 민주정부〉라는 노래가 있어요. 이런 가사로 시작해. "한순간을 살아도 산맥처럼 당당하게, 침묵의 거리를 박차고 투쟁하는 삶이라면…" 거기서 따온 필명이에요, 산맥처럼 당당하게 살자고.

블로그는 2004년에 시작했어요. 내가 100킬로그램이 넘을 때야. '뚱아저씨'로 필명을 바꾸고 '뚱아저씨의 다이어트 성공기'라는 글을 연재했어요. 다이어트는 시작하지도 않았는데 처음부터 제목이 성공기였어, 하하. 실제로 30킬로그램 넘게 감량했고 그 성공기가 책으로 나와서 꽤 팔렸어요. 그때 회사를 그만두고 다이어트 컨설턴트 겸 퍼스널 트레이너 일을 시작했지.

2012년에 흰돌이 흰순이를 입양하고 우리 애들 이야기를 쓸 만한 데가 없나 찾아봤더니, 다음 아고라에 '반려동물방', 줄여서 '반동방'이라는 카테고리가 있는 거야. 앞으로 내가 글 쓸 곳은 여기다 싶어서 열심히 게시물을 올렸어요. 반동방을 보면 몰티즈, 요크셔테리어, 시추 같은 애들 이야기는 많은데 나 같은 아저씨가 백구 두 마리를, 거기다 장애견을 키우는 경우는 없잖아. 우리 애들 이야기가 올라갔다 하면 추천 수가 엄청난 거야. 작가님도 거기서 나를 처음 알았다며. 그 무렵 여러 상황이 겹치면서 흰돌이 흰순이 말고도 반려견이 세 마리나 늘어났어요. 구조된 뒤 두 번이나 파양당했던 노견 요크셔테리어 초롱이, 주인이 있지만 개소줏집으로 넘겨질 뻔했던 시추 순심이, 어릴 때 동작대교 아래에 버려져 3년을 노숙했던 검둥개 럭키까지, 다섯 마리 개들의 아빠가 된 거지.

우리 애들을 제외하면 첫 구조는 코카스패니얼인 코돌이와 코순이예요. 그중 코돌이는 내가 동물보호 판에 뛰어든 결정적 계기이기도 해요. 어느 날 반동방에 게시물이 올라왔는데, 용인 공사장의 함바집에 개 두 마리가 방치되어 있대. 사진을 보니까, 코카스패니얼이 장모견이잖아요, 털이 자라다 못해 엉키고 뭉쳐서 누더기 꼴이 된 개들이 묶여 있어. 꽤 더운 날씨였는데. 글쓴이는 구조할 생각은 없고 이런 개들이 있다고 올린 것뿐이에요. 댓글 쓰는 사람들도 불쌍하다, 어떡하느냐 하면서 그뿐이고. 아무도 안 구하면 내가 구해야겠다 싶었어요.

중형견인 데다 두 마리니 구조부터 입양까지 계획이 필요하겠더라고. 건강검진 비용, 중성화수술 비용, 질병에 걸렸을 때 치료비용 등을 산출해서 게시물을 올렸어요. '이 개들을 구하는 데 이 정도 금액이 들 것 같습니다. 여러분이 함께해 주시면 제가 구조하겠습니다. 후원금 사용 내역은 투명하게 공개하겠습니다'라고. 응원 댓글이 달리더니 십시일반으로 돈이 모였어요.

다음 날 아침, 용인으로 출발했어요. 우여곡절이 많았지만 함바집을 찾았어. 주인을 설득해서 두 마리 다 데리고 나왔고. 실제로 보니까 애들 몰골이 더 말이 아니에요. 구조하러 가기 전에 동네 애견 미용실을 예약했거든. 미리 사진을 보여주면서 미용해 주실 수 있겠냐 했더니 미용사님이 약간 망설이더라고요.

"이런 상태의 개들이면 클리퍼(면도기) 칼날이 여러 개 망가질 것 같은데요."

"비용은 몇 배로 드릴 테니 꼭 부탁드립니다."

구조하자마자 미용실부터 갔어요. 한 애를 미용하는 데 무려 여덟 시간이 걸렸어요. 칼날도 여러 개 망가졌지. 털 안에 진드기가 우글우글하고 피부병 때문에 살갗도 얼룩덜룩하더라고. 하이고, 얼마나 덥고 따갑고 간지러웠을까? 깔끔해진 코돌이 코순이에게 예쁜 옷까지 입혀서 사진을 찍었어요. 그걸 반동방에 올렸더니 사람들이 환호하고 난리야. 짧은 줄에 묶여 방치되어 있던 개들이 함바집 마당을 벗어나서 답답한 털 갑옷을 벗었다는 것만으로 다들 뿌듯했던 거지.

기쁜 건 잠시였고 건강검진을 했더니 둘 다 심장사상충에 걸려 있었어요. 코순이는 2기였는데 코돌이는 말기였어. 입원치료를 시작한 지 한 달쯤 지났나, 원장님이 전화로 그러시더라고요.

"죄송합니다. 코돌이는 가망이 없습니다."

곧장 병원으로 달려갔어요. 왠지 그날이 아니면 코돌이를 못 볼 것 같더라고요. 평생 짧은 줄에 묶여 살던 애인데 좁은 케이지에서 혼자 숨을 거두도록 내버려둘 수 없었어요. 퇴원을 시킨 다음 코돌이를 안고 근처 공원에 갔어요. 주말이었는데 그 공원에서 토요일마다 유기견 입양 캠페인을 해요. 돗자리에 앉아서 코돌이랑 같이 캠페인을 봤어요. 거기에 코돌이와 똑같은 처지의 개들이, 사람에게 버려진 개들이 있었어요. 그 개들에게 새로운 가족을 찾아주려고 애쓰는 사람들이 있었어요. 코돌이가… 그 장면을 이해했을까? 자기는 죽지만 자기 같은 개들을 살리려고 애쓰는 사람들이 있어서 다행이라고 생각했을까?

코돌이는 고개 한 번 돌리지 않고 계속 캠페인 장만 쳐다봤어요. 그러더니 힘겹게 발걸음을 옮겨서 돗자리 바깥으로 나갔어요. 왜 그러나 했더니 설사를 하더라고요. 나와 같이 있는 자리를 더럽히고 싶지 않았나 봐. 코돌이는 마지막 용무를 보고 힘겹게 발걸음을 옮겨서 돗자리로 돌아왔어요. 내 옆에 엎드려서 또 캠페인 장을 물끄러미 바라보다가, 잠시 후 눈을 스르르 감더니… 다시 뜨지 않았어요. 이게 내가 처음으로 구조한 개의 이야기예요.

그의 시작

언제부터인가 반동방에서 유기견 이야기만 나오면 사람들이 이렇게 댓글을 쓰는 거예요. "뚱아저씨에게 연락하세요." "뚱아저씨에게 부탁하면 구해주실 거예요." 구조를 요청하는 전화가 쉴 새 없이 왔어요. 처음에는 당황스러웠고 나중에는 화도 좀 났어. 댓글 쓰는 사람은 그 한마디로 끝이지, 나는 뒷감당하려면 얼마나 마음고생, 몸 고생해야 하는데. 나도 본업이 있고 일상이 있는데. 왜 자기들은 연민만 있고 책임감은 없냐고, 왜 나만 내 연민에 책임져야 하냐고.

2013년 1월 반동방에서 활동하던, 나하고도 꽤 친했던 분이 공설 보호소의 안락사 명단에 오른 언청이 몰티즈를 데리고 나와서 임시 보호했어요. 이름은 팅커벨. 이 애가 보호소를 나온 그날부터 설사를 심하게 하는 거예요. 병원에 데려갔더니 파보장염이야. 그날 밤부터 반동방에서 '팅커벨 살리기' 모금이 시작됐어요. 하룻밤 만에 치료비로 112만 원이 모였는데 다음 날, 그 돈을 써보기도 전에 팅커벨이 세상을 떠났어요. 팅커벨 구조에 관여한 사람이 서너 명쯤 있어요. 나는 함께 구조하진 않았지만 팅커벨의 장례를 치러주자고 제안했어요, 너무 안타깝고 가여워서. 나까지 다섯 명이 반려동물 화장장에서 팅커벨의 마지막 길을 배웅했어요. 장례식이 끝나고 '모금받은 112만 원을 어떻게 할 것이냐?' 하는 이야기가 나왔어요. 내가 이렇게 제안했어.

"후원자들에게 돌려줄 수도 있겠지만 팅커벨과 같은 처지에 있는, 안락사 직전의 유기견을 구하면 더 좋겠습니다. 구조하면 건강검진 비용, 중성화수술 비용, 각종 치료비용 등 입양 전까지 드는 돈이 있잖아요. 거기에 잔액을 사용하는 거예요. 팅커벨의 이름을 따서 이 일을 '팅커벨 프로젝트'라고 부르고요."

　장례비를 제하고 남은 돈이 92만 원이었어요. 일주일이 걸리든 한 달이 걸리든 92만 원을 소진할 때까지 내가 팅커벨 프로젝트를 진행하기로 했어요. 팅커벨이 입소해 있던 동물구조관리협회(약칭 동구협)에서 두 마리, 강릉시 보호소에서 한 마리, 누군가가 아파트 경비실에 버리고 간 강아지까지, 총 네 마리를 구했어요.

　일이 끝난 뒤 나는 일상으로 돌아가려고 했지. 내가 약속했던 건 거기까지니까. 그런데 사람들이 이 프로젝트를 아주 좋아했던 거야. 후원자들은 커피 한 잔, 식사 한 끼 비용을 아껴서 1만 원, 2만 원 보냈던 거잖아요. 그 돈이 모여서 죽을 운명에 처해 있던 동물들이 목숨을 건지고 행복해졌으니 후원금이 아깝지 않은 거지. "뚱아저씨, 팅커벨 프로젝트를 이어가 주세요" 하는 요청이 엄청나게 쇄도했어요.

　사람들이 팅커벨 프로젝트를 응원하는 모습을 보면서 생각했어요. 내가 한 일이 동물만 행복하게 만든 게 아니라 사람도 행복하게 만든 거라고. 생명을 구하는 것만큼 의미 있는 일이 어디 있겠냐마는, 나아가 사람과 동물이 함께 행복한 세상을 만드는 데 힘을 보탠다면 그만큼 멋진 일이 또 어디 있어. 코돌이와 팅커벨이 아니었으면 내 품에 들어온 다섯 마리 개들만 잘 키우자 했을 거예요. 지금도 퍼스널 트레이너로 돈 벌면서 남 부럽지 않게 살고 있었을 거야. 자의는 아니었지만 결국 팅커벨 프로젝트라는 동명의 단체를 만들었어요. 우리 단체의 풀네임은 '사람과 동물이 함께 행복한 세상, 팅커벨 프로젝트'예요. 그게 나의 시작이에요.

나의 시작

말했다시피 수많은 유기견을 '또 다른 피피'로 여기는 것은 기만이었다. 나에게 그들은 여전히 익명성에 갇힌 비개별적 존재였다. 그래도 나의 기만을 유기견을 구하는 데 보태고 싶었다. 한동안 뚱아저씨가 대표를 맡고 있는 팅커벨 입양센터에서 입양공고문을 쓰고 서류 작업을 했다. 그와 함께 구조 현장에 나가거나 구조한 개들을 우리 집에서 임시 보호하기도 했다.

공설 보호소에서 안락사를 앞두고 있던 한결이, 영탄이, 호동이, 한겨울 폐가에 묶여 추위와 굶주림으로 죽어가고 있던 은동이, 산골마을에 버려져 홀로 빈집에 살고 있던 미코, 보호자의 변심으로 시골에 보내질 처지였던 잔치. 실체 없이 '유기견'이라는 대명사로 뭉뚱그려졌던 개들이 나에게 와서 한결이, 영탄이, 호동이, 은동이, 미코, 잔치가 되었다. 그들은 피피만큼 특별했다. 이름과 함께 개별적 존재로서의 지위를 얻었다. 한때 그들을 '또 다른 피피'로 여겼던 것처럼 내가 만난 적 없는 유기견은 '또 다른 한결이' '또 다른 영탄이' '또 다른 호동이' '또 다른 은동이' '또 다른 미코' '또 다른 잔치'가 되었다. 물론 이 인식도 부적절하고 부정확했다.

이제 나는 피피에게 궁금했던 사실을 대부분 알고 있다. 어디에서 태어났는지, 부모가 어떻게 살다가 죽었는지, 피피를 잃어버리면 어떤 일이 벌어질지, 무엇보다 피피가 겪지 않은 모든 일을 지금, 누가, 어디에서 겪고 있는지. 앞으로 그 이야기를 할 테지만 여전히 의문은 남는다. 나에게 특별해진 존재를 다른 대상에게 투사하지 않으면 아무 행동도 할 수 없을까? 이기주의나 기만적 사고가 개입하지 않은 이타적 행위는 가능할까? 나는 어디에서 타자와의 공존을 **시작**할 수 있을까?

그 장소로 떠나기 전에 ─────

마지막 차별

동물에 관한 책을 쓰는 많은 사람이 그렇듯이, 나 또한 실천 윤리학자인 피터 싱어^{Peter Singer}가 1975년에 출간한 《동물 해방 *Animal Liberation*》을 인용하려고 한다. 싱어는 서문에서 '동물 해방'이라는 제목을 설명하기 위해 "해방 운동이란 인종이나 성^性과 같은 자의적인 특징에 기초한 편견과 차별을 종식시키기 위한 요구"⁹라는 점을 강조한다. 흑인 해방 운동이 다른 피억압 집단에 귀감이 됨으로써 대중이 동성애자나 미국 선주민 등 소수자의 권익 운동에 익숙해진 사례를 들며, 그는 '마지막 차별'에 대해 다음과 같이 이야기한다.

> (…) 다수 집단—여성—이 캠페인을 시작했을 때 일부 사람들은 우리가 막다른 길에 다다랐다고 생각했다. 성차별은 겉치레 없이 공공연하고도 보편적으로 받아들여지고 실행되어 왔던 차별이었으며, 이는 심지어 소수 인종을 차별하는 편견을 벗어났다는 사실에 오랫동안 자부심을 가져 왔던 자유 진영의 사람들마저도 당연하게 받아들였던 마지막 형태의 차별이라고 일컬어졌다. 그런데 '마지막으로 남아 있는 유형의 차별'이라는 말을 할 때에는 항상 조심할 필요가 있다. 해방 운동으로부터 배울 바가 있다면 특정 집단에 대한 태도에 숨겨져 있는 편견을 의식하기가 매우 힘들다는 점이다. 대개 우리는 강제가 개입되기 전까지는 이를 적절히 의식하지 못한다. 해방 운동은 도덕적 지평의 확장을 요구한다.[10]

'그때는 맞고 지금은 틀리다'라는 말은 과거에 자연스럽게 여겼던 관행을 두둔하는 데 자주 쓰인다. 그러나 "해방 운동은 도덕적 지평의 확장을 요구"함으로써 문제의식 없이 이루어졌던 차별이 편견과 무지에서 비롯한다는 사실을 밝힌다. 누가 스스로를 차별주의자가 아니라고 자부할 수 있을까? 긴 세월에 걸쳐 주입된 부조리한 관습과, 제도화되어 당연하게 받아들여지는 폭력으로부터 자유롭다고 확신할 수 있을까?

나와 당신은 노동자의 권리를 위해 싸우는 성차별주의자일 수 있다. 여성 운동에 헌신하는 계급주의자, 계급적 불평등에 민감한 인종주의자, 인종 차별에 반대하는 호모포비아일 수 있다. 그리고 인간을 향한 다양한 차별을 일관되게 반대하면서, 동물에게 행해지는 인간중심주의만큼은 재고하지 않는 '종차별주의자speciesism'일 수 있다. 특정 집단이 당하는 불평등에 저항하고 있다는 사실은 한 사람의 도덕을 보증하는 알리바이가 아니다. 우리는 누군가의 연대자인 동시에 다른 누군가가 당하는 폭력의 방관자이자 심지어 가담자인지 모른다. 동물 문제에 관해서는 대부분의 사람이, 대부분의 경우에 그렇다.

싱어는 인종차별주의나 성차별주의와 마찬가지로 종차별주의를 우리가 넘어서야 할 도덕적 한계로 생각했다. 종차별주의는 1970년대 영국의 철학자인 리처드 라이더Richard Ryder가 제시한 용어로 "자기가 소속되어 있는 종의 이익을 옹호하면서 다른 종의 이익을 배척하는 편견 또는 왜곡된 태도"[11]를 뜻한다. '도덕적 지평의 끝없는 확장'을 요청한 싱어는 종차별주의를 '마지막으로 남은 차별'이라고 단언하지 않았다. 나는 인류의 역사가 권리와 평등의 범위를 확장하는 과정이었다는 데 동의하면서, 또한 그 대상이 무한하리라는 데 동의하면서, 그러나 종차별주의야말로 우리가 끝내 도달하지 못할 윤리적 한계처럼 느껴진다. 의식하든 의식하지 못하든 종차별주의는 인간의 삶 전반을 지배한다. 동물권 문제를 '폭력'이나 '착취'가 아니라 '습관'이나 '문화'로 인식해 온 유구한 역사는 "동물 해방 운동이 직면하는 최후의 장벽"[12]이다.

생각하기

거위와 오리는 침구나 의류의 충전재를 위해 살점이 떨어져 나가도록 털이 뽑힌다. 밍크, 라쿤, 여우는 모피를 위해 살아 있는 채로 가죽이 벗겨진다. 젖소는 우유를 생산하려고 끊임없이 강제 임신을 당한다. 어미의 젖은 사람에게 팔아야 하기에 새끼는 탄생 직후 어미로부터 영원히 격리된다. 달걀 생산용 닭인 산란계는 A_4 용지보다 작은 케이지에서 평생 산다. 산란계가 낳은 수평아리는 육계도 될 수 없고 알도 낳을 수 없으므로 태어나자마자 분쇄기에 처넣어진다. 화학물질의 유해성 실험 대상이 된 토끼는 꼼짝달싹할 수 없는 감금 틀에 갇혀 실명될 때까지 눈에 독성물질을 주입당하고 실험실의 개, 고양이, 원숭이 또한 마취조차 없이 온갖 생체 실험에 이용되다 폐기당한다.

동물원 동물은 야생에서 잡혀와 생태적 습성과 맞지 않는 장소에 감금된 채 미쳐가고 동물 쇼에 등장하는 원숭이, 돌고래, 코끼리는 가혹한 학대의 결과로 우스꽝스러운 재주를 부린다.

어떤 사람은 이런 이야기에서 고통을 상상하는 대신 어처구니없어할 것이다. "어쩌라고? 그것들은 동물이잖아." 타자의 고통은 추상적이다. 비인간동물이 겪는 고통은 더욱 그렇다. 인간이 공감하든 공감하지 않든 그들이 고통을 느낀다는 사실은 달라지지 않는다.

동물의 고통에 관해 이야기하는 사람을 '동물 애호가'라 부르면서 이 사안을 호불호의 영역으로 끌어내리는 이들도 있다. 동물과 관련한 사안을 감상주의로 치부할 뿐 아니라 취향의 문제로 한정하는 것이다. 그러나 싱어의 말처럼 동물 애호가라는 표현은 정치적이고 도덕적인 논의로부터 비인간을 배제한다. 동물을 쾌락과 고통을 느끼는 생명체로 인정하고 연민을 확장하는 일은 애호하는 감정과 별개다. 특정한 종을 좋아하는 것은 취향이더라도 타자의 고통을 이야기하는 일은 취향과 무관하다. 인종차별에 반대하는 사람을 비백인종 애호가라 부르지 않고 성차별에 반대하는 사람을 여성 애호가 또는 성소수자 애호가라 부르지 않는다면 동물의 고통에 반대하는 사람을 동물 애호가라고 부르는 것도 적절하지 않다.[13]

동물 문제를 사소한 일로 간주하며 '사람이 먼저'라고 주장하는 이들도 있다. 동물 문제가 자본, 환경, 기아, 감염병 등 사람과 얼마나 밀접한 연관성을 가지는가는 일단 논외로 하더라도, 우리 사회를 지배하는 '○○이 먼저'라는 의식 체계는 생각해 볼 만하다. 문제를 축소하려는 사람은 문제를 제기하는 사람에게 우선순위를 강요한다. 그것은 동물 문제뿐 아니라 사회 전반에서 일어난다. 경제가, 안보가, 선거가 '더' 중요하기에 다양성이나 평등과 같은 가치는 다음 일이라는 식이다. 특히 사회적 소수자에 대한 논의에서 '나중에'라는 말은 끝없이 반복된다.

나는 선후순위를 선택하는 대신 양자택일을 강요하는 사람에게 묻고 싶다. 누가 아젠다를 결정하는가? 무엇이 중하고 경한지를 가르는 기준은 무엇인가? 우선시하는 가치 때문에 희생되는 타자는 누구인가? 지금까지 그것을 결정했던 자가 소수자를 교묘하게 배제해 온 자는 아닌가? 그리고 '나중에'는 언제인가?

질문하기

피피는 나에게만 특별하다. 다른 사람에게 피피는 수많은 개 중의 하나일 뿐이다. 피피는 특별한 개가 아니고 나는 특별한 사람이 아니다. 그러나 피피는 나에게 특별한 개이고 나는 피피에게 특별한 사람이다. 모든 일이 여기에서 시작되었다. 피피는 2킬로그램 남짓한 작은 체구에 인간의 언어를 구사할 줄 모른다. 누군가가 학대하고 착취하더라도 스스로를 지킬 수 없다.

피피와 함께 사는 동안 내가 아닌 존재, 나보다 약한 타자에 대해 생각해야 했다. 무엇보다 '나 자신'에 대해 다시 생각해야 했다. 자신과 타자에 대해 생각하는 것은 강자와 약자, 권력과 착취, 차별과 평등, 폭력과 희생처럼 버성긴 단어를 나란히 놓고 해석을 시도하는 일이다. 고정되지 않은 관계망 속에서 언제나 전자의 자리에 설 수 있는 스스로를 비판적으로 바라보는 일이다.

내가 없으면 생존에 필요한 어떤 것도 구하지 못할 피피에게 나의 의무란 끝내 책임지는 것, 마지막까지 함께하는 것이다. 피피와 산 지 6년이 지날 동안 나는 피피만 지키려 했고 아무 문제도 없었다. 복잡한 문제가 끼어든 것은 책임의 대상을 넓히려 했을 때였다. 피피가 아닌 개는? 한결이, 영탄이, 은동이, 미코, 잔치가 아닌 유기견은? 유기견이 아닌 실험견, 번식견, 식용견, 투견은? 그리고 **개가 아닌 다른 동물**은?

모든 타자가 나에게 특별한 존재만큼 특별하다는 사실을 깨달았다고 해서 인식과 행위가 일치하는 것은 아니다. 감상주의를 넘어서야 하고 내 안의 도덕적 한계를 재설정해야 한다. 익숙한 것을 낯설게 봐야 하고 그 과정에서 끊임없이 발견되는 자기모순을 당혹감에 휩싸여 응시해야 한다.

종차별주의와 인간중심주의에 문제를 제기하는 사람은 이 모순에 대해 공격적인 질문을 받는다. "개, 고양이를 먹지 말자고? 소, 돼지, 닭은?" "모피를 입지 말자고? 가죽 신발과 가방은?" "동물실험을 하지 않는 제품을 쓰자고? 동물실험을 한 필수 의약품은?" 그리고 이 질문들에 "나는 그것을 선택하지 않는다"라고 대답할 수 있는 소수의 사람, 선택하지 않음으로써 중요한 선택을 한 사람, 생명 윤리에 엄격한 기준을 가진 실천주의자—나는 아니다—는 '극단적 동물 애호가'로 낙인찍힌다.

동물에 관해 이야기하는 것은 의식주와 같은 기본적 생활에 도덕적 잣대를 들이대는 일이다. 사람들은 익숙한 삶의 방식을 바꾸는 대신 문제를 지적하는 이의 모순을 찾아 위선자라고 비난하고 싶어 한다. 동물에게 관심을 가지는 것은 안락한 일상이 딜레마로 전환되는 일이다. 나를 위선자라고 비난하는 외부의 적이 아닌 내면의 모순과 싸우는 일이다.

이야기하기

이토록 복잡한 주제인 동물에 대해 이야기하자고 결심한 뒤에도 고민은 계속되었다. 인간 사회에 편입되어 여러 용도로 나뉜 동물(농장동물, 실험동물, 모피동물, 오락동물, 반려동물) 가운데 누구를 이야기할 것인가? 더 참혹한 처지에 있어 여러 책의 소재가 되었던 종(소, 돼지, 닭 같은 농장동물)을 이야기할 것인가? 인간과 우호적 관계를 맺고 있다고 여겨져 동물권을 다룬 책에서 덜 언급되었던 종(개, 고양이 같은 반려동물)을 이야기할 것인가?

나는 하나의 종에 대해, 개에 대해 이야기하기로 마음먹었다. 편협해질 여지를 무릅쓰고 그들을 선택한 이유는 한국 사회에서 개의 분열된 위치가 만들어내는 여러 서사 때문이다. 개가 반려동물로서 확고한 지위를 가진 곳에서는 개의 동물권을 논의할 필요가 없다. 그러나 우리나라에서 개는 가장 나은 처지의 반려동물인 동시에 가장 비참한 처지의 식용동물이다. 동종의 동물을 가족이자 음식으로 바라보는 상반된 관점이 대립하는 사회에서 이들이 어떤 상황에 처해 있는지, 우리가 어디까지 연민을 확장할 수 있는지 질문하고 싶었다. 이 질문이 가장 가까운 동물과 가장 먼 동물 사이의 가교가 되기를 바랐다.

또 다른 이유는 1990년대 초반에 태동한 우리나라의 반려동물 문화가 여전히 양이 질을 압도하는 과도기에 머물러 있다는 점이다. 이것은 한 해 10만 마리 이상의 유기동물이 양산되는 현실과도 맞닿아 있다. 개에 관한 문제는 번식견, 반려견, 유기견, 식용견으로 이어지는 뫼비우스의 띠다. 유기견이 발생하는 근본적 원인은 공급이 수요를 압도적으로 넘어서는 번식장이고, 쓸모를 다한 번식견이 마지막으로 가는 곳은 개고깃집과 개소줏집이다. 번식견의 동물복지는 개 식용 화두와 연결되어 있다.

한때 반려견이었던 개는 유기견이 되고, 유기견 가운데 다수가 개 식육업계로 흘러간다. 유기견 문제는 또다시 개 식용 논쟁으로 돌아간다. 시골이나 외곽 지역에서 잔반을 처리하거나 밭을 지키는 용도로 사육되는 개들이 마지막으로 흘러가는 곳도 개농장이다. 방치견의 문제 역시 개 식용 문제와 긴밀히 닿아 있다. 해외의 활동가가 농장동물, 실험동물, 모피동물, 오락동물 등 다양한 영역에서 동물권 운동을 전개하는 동안 우리나라의 활동가는 개에 관한 뫼비우스의 띠에 갇힌다. 이 또한 우리 사회의 동물권 이야기를 여기에서 시작하는 이유다.

개와 고양이처럼 인간과 더 친밀한 동물을 대변하는 일은 선택적 종차별주의라는 비판을 받는다. 그러나 종차별주의에 반대하는 것은 인간에게만 향하던 시선을 인간 바깥으로 넓히는 일이고, 다른 종의 타자를 대하는 태도를 비판적으로 점검하는 일이다. 개에 관해 이야기하는 것이 종차별주의에 반대하는 일은 아니더라도, 내가 이 이야기에서 기대하는 바는 우리의 연민을 확장하는 인식의 전환을 어딘가에서 시작하는 것이다.

나는 그 시작점을 매일 얼굴을 마주하는 어떤 동물에게서, 눈동자를 바라볼 때마다 내가 인간이라는 사실을 상기시키는 타자에게서, 피피라고 불리는 개별적 존재에게서 찾았다. 어딘가에서 시작해야 한다면 여기에서 시작하려 한다. 이 글이 개에 치우친 증언에 그치지 않고 다른 약자, 다른 고통에 대한 이야기로 번져가기 바란다.

더는 피피와 나의 공통점을 찾지 않는다. 생명체인 우리가 어느 면에서 같다는 것은 당연한 일이다. 오히려 나는 우리의 **결정적 차이**를 생각한다. 내가 피피와 완전히 다른 존재라면, 나를 비인간동물로부터 구분 짓고 '인간답게' 만드는 것은 무엇인가? 예전의 나는 인간과 동물이 멀리 떨어져 있을수록, 인간/비인간의 차이가 확연해 보일수록, 확연한 차이가 우리 종의 우월성을 증명하는 것처럼 느껴질수록 스스로를 '인간답다'고 생각했다. 그러나 피피와 살면서 한때 명확하다고 여겼던 '인간다움'의 정의는 깨졌다. 나는 어떤 장소들에서 새로운 답을 발견하고자 했다. 그곳은 '새끼 빼는 기계'가 살고 있는 강아지

공장이었고 '세상의 어떤 개도 팔 수 있다'는 애견 경매장이었다. '버려진 개의 마지막 정거장'이라는 공설 보호소였고, '무기수가 된 개의 감옥'이라는 사설 보호소였으며, '쓸모없어진 개의 폐기처리장'이라는 식용 개농장이었다.

이 글은 한 마리의 개로부터 시작해 '인간다움'의 의미를 찾는 여정이다.

2장
새끼 빼는 기계

: 번식장과 경매장 :

비탈길 ——————

: 화순, 2017년 7월

외딴 산자락

우리는 어둠에 싸인 마을을 지나고 있었다. 집들은 불이 꺼졌고 도로에는 차가 없었다. 가로등마저 드물어서 의지할 불빛이라고는 우리 차의 헤드라이트뿐이었다. 나는 조수석에 앉아 차창 밖으로 스쳐 가는 오래된 점포와 낡은 시멘트집과 단층 벽돌집을 바라보았다. 새벽 3시경이었고 폭우는 아니지만 굵은 비가 간헐적으로 쏟아지다 말다 하는 밤이었다. 경기도 일산의 집에서 출발한 시간은 밤 11시, 우리는 네 시간째 밤길을 달리고 있었다.

내가 잠시 눈을 감았다 뜬 것과 동시에 범준이 급히 브레이크를 밟았다. 헤드라이트 불빛 속으로 흰빛과 금빛의 무언가가 나타났다. 정체를 알아차리기도 전에 몸이 앞으로 쏠렸다가 안전벨트의 반동과 함께 뒤로 당겨졌다. 헤드라이트의 반경 바깥으로 총총히 사라지는 것은 흰 개와 갈색 개였다. 개들은 이차선 도로를 건너 풀숲으로 들어간 뒤 우리를 돌아보았다.

"하아, 큰일 날 뻔했다."

범준과 나는 마주보고 한숨을 쉬었다. 저 개들이 죽을 수도 있었다고 생각하니 머릿속이 아득해졌다.

마을을 빠져나오자 한동안 논밭이 이어졌다. 다음에는 산을 깎아 만든 포장도로였다. 우리가 올라가고 있는 산은 무등산 줄기에서 뻗어 나온 백아산이었다. 한 방향만 가리키던 내비게이션의 화살표는 마을을 떠난 지 30여 분이 지나서야 오른쪽 길을 가리켰다. 우회전을 하자 우거진 숲과 비포장도로가 나타났다. 비가 내린 뒤여서 자동차 바퀴가 빠질만한 웅덩이가 있을지 몰랐지만 가로등조차 없는 길은 상태를 가늠하기 어려웠다.

차에서 내리자 멀리서 개들이 짖는 소리가 들렸다. 우리는 천천히 비탈길을 걸어 올라갔다. 한 치 앞도 분간할 수 없는 어둠 속이라 발치에 온 신경을 집중했다. 흙길은 울퉁불퉁했고 바닥은 질퍽했다. 개 짖는 소리가 점점 가까워졌다. 축사 앞에 다다랐을 때 소리는 절정에 이르렀다.

"여기가 '그' 번식장인가 봐."

나는 범준을 돌아보며 말했다. 그는 내 옆에 서 있을 테지만 어둠에 묻혀 잘 보이지 않았다.

"확인했으니 가자. 아무것도 안 보이잖아."

범준이 말했다. 임 소장과는 점심 때 이곳에서 만나기로 했다. 처음 오는 화순에서 우리가 알고 있는 주소는 임 소장이 알려준 번식장뿐이어서 내비게이션의 목적지를 여기로 설정한 것이었다. 그래도 진흙에 발이 빠져가며 캄캄한 비탈길을 올라올 필요는 없었다. 범준의 말처럼 위치를 확인했으니 온천이나 숙박시설에서 눈을 붙이는 게 나을 것이다.

이곳을 알게 된 것은 며칠 전 임 소장이 인터넷에 올린 글 때문이었다. "주인을 잃은 화순 번식장 개들이 벼랑 끝에 서 있습니다"라는 문장으로 시작해 "아무도 없는 외딴 산자락에서 두려움에 떨고 있는 개들을 외면하지 말아주세요"라는 호소로 끝나는 글. 왜 굳이 비탈길을 올라왔을까? "아무도 없는 외딴 산자락"과 "두려움에 떨고 있는 개들"을 확인하고 싶었을까?

나는 축사 옆으로 돌아갔다. 도랑인지 수로인지에 발이 빠지면서 신발 속으로 물이 스며들었다. 창문이 있을까 싶어 외

벽을 더듬었다. 아래쪽은 시멘트벽이지만 위쪽은 천막이 벽을 대신하고 있었다. 천막 곳곳에 구멍이 나 있어서 내부를 들여다보는 것은 어렵지 않았다. 구멍에 눈을 대자 안대를 쓴 것처럼 눈앞이 새까맸다. 개들은 어둠 속에 갇혀 있었다. 무섭지 않을까? 집에 혼자 두고 온 피피가 생각났다. 피피와 함께 살면서부터 집에 전등을 다 끈 적이 없었다. 잠잘 때나 외출할 때도 간접 조명 하나쯤은 켜두었다.

"여기 좀 으스스하지 않아?"

범준이 말했다. 나도 등줄기가 서늘하던 참이었다. 개들이 무서울 거라는 생각에 지나치게 몰입한 탓일 것이다. 혹은 한밤의 산속이 원초적인 공포를 건드리는 장소여서일 수도 있다. 우리가 멈춰서 있어서인지 개들이 짖는 소리가 잦아들었다. 사위가 조용해지자 조금 전까지 듣지 못했던, 바람이 나뭇잎을 우수수 흔드는 소리가 들렸다. 누군가가 등 뒤에서 차가운 입김을 내뿜는 것처럼 목덜미가 선뜩했다. 아무것도 보이지 않는 뒤편을 돌아보았다. 산바람이 스쳐가는 거라고 생각하면서도 괜스레 목덜미를 쓰다듬었다. 나는 어둠 속에서 더듬더듬 범준의 손을 잡았다.

"그만 가자."

강아지 공장

낮에 보면 도로에서 번식장으로 접어드는 길은 30도 정도로 가파른 경사로다. 도로와 면한 입구는 논밭이고 그 너머는 울창한 숲이다. 내가 갔던 때는 7월이라 숲 전체가 빽빽한 녹색 군락을 이루고 있었다. 번식장은 비탈길을 따라 200미터쯤 올라간 곳에 자리한다. 실내로 들어가면 컨테이너 공간이 먼저 나온다. 주인은 이곳에 각종 비품을 쌓아놓고 창고로 사용했다. 창고를 지나 안쪽으로 들어가면 공간이 꽤 널찍하다. 아래쪽 벽면은 시멘트로 마감되어 있고 그 위는 구멍 난 천막으로 덮여 있다. 슬레이트 지붕도 마모되어 구멍이 뚫려 있는데 장마철에는 비가 많이 들이쳤을 것이다. 커다란 쥐들은 여기저기 난 구멍으로 번식장 안팎을 들락거린다. 성인 남자의 손가락만 한 크기의 산바퀴벌레들도 마찬가지다.

이 공간에는 케이지가 2층으로 쌓여 있다. 케이지 하나를 바닥에서 띄워 설치하고 또 다른 케이지를 그 위에 올린 것이다. 1층 케이지에 있는 개가 똥오줌을 싸면 바닥으로 떨어지지만 2층 케이지에 있는 개가 똥오줌을 싸면 아래층의 개가 오물을 뒤집어쓴 뒤 떨어진다. 바닥에는 배설물이 켜켜이 쌓이고 번식장 안은 악취로 가득 찬다. 그래도 이 번식장은 천막을 걷으면 환기가 가능하다는 점에서 A급에 속한다. 환기구 하나, 창문 하나 없이 빛도 바람도 들지 않는 번식장도 많다. 밀폐된 탑차 안에 뜬장을 설치해서 이동식 번식장을 만드는 업자도 있다. 그런 곳에 사는 개들은 재래식 화장실 안에 평생을 갇혀 있는 것과 같다. 어느 활동가는 방송에서 이렇게 말했다.

"번식장에 들어가면 눈물이 줄줄 흘러요. 슬퍼서가 아니라 암모니아 가스가 너무 심해서."[1]

유독가스로 가득 찬 번식장에 사는 개는 '모견'이라 불리는 엄마 개와 '종견'이라 불리는 아빠 개다. 이들이 번식장으로 흘러오는 경로는 다양하다. 번식장에서 태어나 번식견으로 키워진 강아지, 펫숍으로 갔지만 아무에게도 선택받지 못해 되돌아온 강아지, 선택받았으나 버림당하고 길거리를 헤매던 개, 유기하는 대신 무료 분양한 개……. 보호자가 없고 품종견이고 중성화 수술(불임 수술)을 받지 않은 개는 언제든 번식장으로 들어올 수 있다.

개들은 교배할 때와 수유할 때를 제외하면 항상 케이지에 갇혀 지낸다. 좁은 케이지 안을 쉴 새 없이 왔다 갔다 하는 개가 있는가 하면 모든 것을 체념한 듯 꼼짝하지 않는 개도 있다. 새끼를 낳고 빼앗기는 일이 반복되면서 어미 개는 미치광이가 되기도 한다. 가정에서 돌봄받는 반려견은 수명이 15년 내외지만 번식장에서는 나이가 많은 개도 7, 8세 정도다. 발정촉진 주사를 맞고 제왕절개 수술을 받으며 끊임없이 임신과 출산을 강요당한 개는 7, 8세쯤 되면 암이든 자궁축농증이든 장기가 망가질 대로 망가진다.

새끼를 못 가지는 모견, 교배를 못 하는 종견, 육체와 정신이 망가진 개는 아무 쓸모가 없어진 뒤에야 번식장을 벗어난다. 생애 한 번은 이들도 불결하고 악취 나는 번식장을 벗어나 햇볕이 내리쬐고 바람이 부는 바깥으로 나가는 것이다. 오래 살아온 케이지를 떠나 옮겨지는 곳은 또 다른 케이지다. 번식업자의 손을 벗어난 그들은 도살업자의 손에 넘겨진다. 몰티즈, 치와와, 시추 같은 소형견은 개소주로 담가진다. 슈나우저, 맬러뮤트, 리트리버 같은 중·대형견은 수육이나 보신탕이 된다. 번식장 주인에게 그들은 삶뿐 아니라 죽음까지도 돈이어야 한다.

이곳은 '강아지 공장puppy mill'이라 불린다. 공장에서 물건을 생산하듯 번식장에서는 강아지를 생산한다. 상품을 찍어내는 것은 기계지만 번식장에서 강아지를 찍어내는 이는 모성을 가진 엄마 개다. 생명을 다룬다고 해서 여기가 공장이 아닌 것은 아니다. 엄마아빠 개는 기계보다 나은 대우를 받지 못한다.

남겨진 개들

근처 숙박시설에서 눈을 붙인 뒤 점심 무렵에 다시 번식장을 찾았다. 실내는 깨끗하게 청소되어 있었다. 자원봉사자들은 빵과 김밥으로 점심식사를 하고 있었고 임 소장은 외출 중이었다. 한쪽에서는 먼저 식사를 마친 봉사자들이 개들을 목욕시키고 있었다. 다른 편에는 대여섯 마리의 꼬질꼬질한 개들이 대기하고 있었다. 실내에 수도시설이 없어서 봉사자들은 마당에서 물을 길어왔다. 휴대용 가스버너에 물을 데우고, 샴푸 물이 담긴 고무대야에서 개를 씻기고, 밖으로 꺼내 헹구고, 드라이어로 털을 말리는 일을 반복했다.

"어떡해!"

누군가의 외침에 돌아보니 샴푸 거품이 잔뜩 묻은 푸들이 고무대야에서 탈출해 번식장 안을 달리고 있었다. 네댓 명의 봉사자들이 달려갔지만 푸들은 사람들 사이를 요리조리 빠져나갔다. 어느 봉사자가 어렵사리 붙잡는가 싶더니 이내 비명을 지르며 놓쳐버렸다. 그는 개에게 물린 손가락을 감싸 쥐었고 푸들은 입구를 향해 달려갔다. 바깥으로 도망치면 붙잡을 방법이 없었다.

"내가 할게, 내가!"

웬 남자가 뛰어 들어오더니 출구를 막아섰다. 짧은 머리카락과 다부진 몸집을 가진 그는 임 소장이었다. 출구가 막히자 푸들은 뒤돌아서 축대를 향해 달렸다. 그때를 놓칠 새라 임 소장은 팔 다리를 넓게 벌리고 무릎을 굽힌 자세로 다가갔다. 서서히 간격을 좁혀가며 축대와 벽 사이로 푸들을 몰아넣었다. 개는 모퉁이에 등을 붙인 채 바들바들 떨었다. 바로 앞까지 다가간 그는 조심스레 푸들의 목덜미와 등을 쓰다듬다가 배 아래로 손을 넣어 안아들었다.

"괜찮으세요?"

나는 손가락을 물린 봉사자에게 물었다.

"무서워서 그랬던 거예요. 저 애 잘못이 아니에요."

그는 손가락을 보여주면서 개를 변호했다.

"보세요, 하나도 안 다쳤죠? 세게 물지도 못하고 무는 시늉만 했어요. 착한 애예요."

푸들의 탈출 시도가 미수로 돌아가자 봉사자들은 다시 각자의 일에 몰두했다. 나는 꼬리를 말고 구석에 웅크려 있는 또 다른 푸들을 조심스레 안고 고무대야로 향했다. 봉사자들이 매어준 목줄에는 '땅콩이'라고 쓰여 있었다. 샴푸 물을 끼얹자 땅콩이는 온몸에 힘을 주었다. 피부가 물에 불어 가면서 검은 딱지가 끝없이 떨어져 나왔다. 개들은 어린 나이에도 피부병과 치아 질환에 시달리고 있었다. 나중에 입양 공고에서 땅콩이의 정보를 확인했다. '암컷, 1세, 2킬로그램.' 내 옆에서는 다른 봉사자가 미소라는 이름의 치와와를 씻기고 있었다. 푸들과 몰티즈가 대부분인 이곳에서 미소는 유일한 치와와였다. 피피와 꼭 닮은 모습에 자꾸 눈길이 갔다. 봉사자는 미소의 배를 씻기다가 멈칫했다.

"실밥이 있어요. 제왕절개한 지 얼마 안 된 것 같은데 물이 닿으면 상처가 덧나겠어요."

나는 임 소장에게 새끼 치와와가 있는지 물었다.

"자견은 푸들 네 마리와 몰티즈 두 마리가 전부였어요. 미소의 새끼는 번식장 주인이 마지막으로 팔았던 강아지들일 거예요."

땅콩이의 목욕을 마치고 뒷정리를 하다가 미소가 번식장 구석에 서 있는 모습을 보았다. 잠시 출입문을 닫아놓았을 때라 실내에서나마 자유롭게 돌아다니라고 케이지에서 꺼내준 것 같았다. 미소는 한 자리에 서서 바닥을 물끄러미 쳐다보더니 문이 열려 있는 케이지에 스스로 들어갔다. 나중에 나는 미소의 정보도 찾아보았다. '암컷, 5세, 3킬로그램.'

임 소장

광주동물보호협회 위드의 임용관 대표, 전 광주시 보호소 소장

제보를 받은 건 지난 일요일, 그러니까 엿새 전이었어요. 화순의 번식장 주인이 교통사고로 갑자기 사망하는 바람에 산속에 개들만 남아 있다는 제보였죠. 제가 위탁 운영하는 시 보호소에는 입양을 못 가고 대기 중인 유기동물이 개는 250마리, 고양이는 170마리예요. 우리가 따로 운영하고 있는 쉼터도 꽉 찼어요. 그런 상황에서 몇십 마리의 번식견을 구하겠다고 마음먹는 게 쉽지 않았어요. 하지만 어쩌겠어요, 우리마저 외면하면 이 개들은 고인의 유족이나 지인이 또 다른 번식장이나 개소줏집에 넘겼을 거예요.

현장에 처음 왔을 때 바닥은 오물투성이였고 사료에는 곰팡이가 슬어 있었어요. 습하고 더러운 데다 쥐떼와 바퀴벌레 떼가 바글거렸고요. 무엇보다 안타까운 건 케이지에 갇힌 채 떨고 있는 개들이었어요. 사람과 교감한 적 없는 개들이라 우리를 많이 무서워하더라고요. 먼저 유족과 토지 주인을 설득했어요. 유족은 알아서 하라는 식이었는데 문제는 토지 주인이었어요. 당장 개들을 빼라는 거죠. 어떻게든 우리가 다 데려갈 테니 3개월만 달라고 부탁해서 10월까지 시간을 벌어둔 상황이에요.

모견과 종견이 쉰 마리, 갓 태어난 자견이 여섯 마리였어요. 보다시피 큰 번식장은 아니라서요. 첫 구조로 새끼부터 빼냈어요. 지금은 우리 단체가 운영하는 쉼터에서 보호받고 있어요. 모견 중에서는 출산한 직후였던 몰티즈가 먼저 입소했어요. 상당히 불안해 보였거든요. 예민하고 경계가 심하고 자기 새끼도 돌보지 않으려 했어요. 그러다 사람이 다가가면 어쩔 줄 몰라 하면서 새끼들을 품고. 예전에 새끼를 빼앗긴 경험이 충격으로 남았겠죠. 그 몰티즈는 내일 새끼들과 함께 임시 보호 가정으로 가요.

몇몇 단체와 개인 활동가들이 상태가 나쁜 모견들을 데려가서 치료와 입양을 맡아줬어요. 상태가 나쁘다는 건 나이가 많거나 피부병이 심한 개들, 치료에 시간이 오래 걸리는 옴이나 심장사상충에 걸린 개들을 말해요. 여러 사람의 도움으로 벌써 스무 마리 정도가 입양을 갔어요. 나머지는 우리가 어떻게든 해봐야죠. 개들에게 그 주인과 이 장소는 세상의 전부였을 거예요. 다른 사람을 만날 수도 없고 다른 곳에 갈 수도 없으니까. 반려견과 함께 사는 사람은 알죠, 개들은 주인이 자기를 어떻게 대하든 믿고 사랑하고 의지한다는 걸. 이 개들에게도 번식장 주인은 그런 대상이었을 거예요. 그분이 돌아가시면서 개들이 자유를 얻었으니 어찌 보면 아이러니하죠.

우리는 번식장을 나와 비탈길을 내려갔다. 새벽과는 분위기가 사뭇 달랐다. 비구름이 갠 하늘에는 태양이 빛났고 산바람은 나무를 스치며 우수수 소리를 냈다. 번식장 주인이 세상을 떠나던 순간에도 태양은 빛났을 것이고 나무는 우수수 소리를 냈을 것이다. 그때도 개들은 결코 벗어날 수 없는 케이지에 갇혀 울부짖었을 것이다. 비탈길 끝에 다다랐을 때 나는 번식장이 있는 방향을 마지막으로 바라보았다. 땅콩이가, 미소가, 엄마 개가, 아빠 개가, 아기 강아지가, 케이지를 벗어난 모든 개가 비탈길을 달려 내려올 것만 같았다.

사람이면 자살했을 거예요

원주, 2017년 8월

누가 번식견을 만났을까?

그러나 내가 목도한 것은 '삶'이 아니라 '장소'다. 나는 번식견의 삶에 개입한 것이 아니라 그들이 지내는 장소를 잠시 방문했을 뿐이다. 내가 본 것은 그들의 일상도 아니다. 그들이 구조되고 난 후의 어느 하루를, 하루 가운데에서도 몇 시간을 함께한 데 불과하다. 스스로 증언하지 못하는 동물의 삶을 이야기하려면 그들을 가까이에서 대했던 누군가의 경험이 필요하다. 그렇게 단편적인 조각을 모아야 전체를 겨우 짐작할 수 있을 것이다.

누가 번식견을 만났을까? 대부분의 사람은 만날 일이 없다. 번식장은 시선이 닿지 않는 은밀한 곳에 있고 개들은 평생을 뜬장에 갇혀 산다. 내가 생각하기에 번식견을 만난 적 있는 사람은 두 부류다. 하나는 화순 번식장 구조를 지휘했던 임 소장 같은 동물 활동가다. 다만 화순 번식장이 그랬듯 구조의 손길이 닿는 곳은 예외적 사례다.

번식견을 만날 수 있는 또 다른 사람은 애견 미용사다. 이들은 자격증을 취득하려고 1년가량 미용학원에서 교육을 받는데, 여기에 실습용으로 제공되는 개가 모견과 종견이다. 번식장은 개를 씻기고 털을 깎아주는 사람이 있어서 좋고, 미용학원은 실습생의 서툰 손길을 감내할 개가 있어서 좋다. 이것은 개들에게도 다행스러운 일인지 모른다. 어떤 견종에게 미용은 생존을 좌우할 만큼 필수적이지만 상당수의 번식견이 방치 상태에 놓여 있다(그러나 간단히 '다행스러운 일'이라고 말할 수 있을까? 미숙한 실습생에게 맡겨진 개들은 미용 과정에서 살이 베이고 혀가 잘리기도 한다). 미용사 지망생은 학원에 다니는 동안 약 200마리 정도의 번식견을 만나고, 한 번 실습 때마다 네 시간에 걸쳐 목욕과 미용을 시켜준다. 실습 기간만큼은 이들이 번식견을 가장 가까이에서, 가장 자주 접하는 사람들이다. 물론 번식업자를 제외하면 말이다.

애견 미용사

애견 미용사 김명진 님 인터뷰

학원에 가면 개들이 먼저 도착해 있어요. 목욕실 앞에 번호가 붙은 케이지가 일렬로 늘어서 있고 그 안에 서너 마리씩 갇혀 있죠. 학생들은 배정된 케이지에서 개를 꺼내요. 번호를 잊어버리면 큰일 나요. 실습이 끝나면 반드시 그 케이지에 개를 다시 넣어야 하거든요. 아니면 이 번식장 개가 저 번식장으로 가는 거예요. 몇 번 그런 일이 있어서 난리가 났어요.

케이지 문을 열면 개들이 똥오줌범벅된 채 달달 떨고 있어요. 왜 이런 꼴인가 싶었는데 나중에 알았어요. 하루는 제가 학원에 일찍 갔는데 건물 앞에 탑차가 서 있더라고요. 아직 케이지를 내리기 전이었고요. 화물칸 안을 슬쩍 들여다보니까 어떤 케이지는 옆으로 누워 있고 어떤 케이지는 뒤집어져 있었어요. 생전 바깥 구경도 못 해본 개들이 캄캄한 화물칸 안에서 케이지째 구르고 뒤집히면서 왔으니 얼마나 무서웠겠어요. 겁에 질려서 똥오줌을 싸고 그게 서로에게 묻고 그랬던 거죠.

번호를 배정받으면 눈치 빠른 학생들은 푸들부터 잡아요. 애견 미용은 푸들이 시초고 다른 견종도 푸들의 미용법을 기본으로 하거든요. 시험도 푸들로 보니까 푸들 실습을 많이 하면 유리해요. 처음엔 개들의 모습에 충격을 받아서 그런 계산도 못 했어요. 서너 달쯤 지나니까 제 살 길을 찾게 되더라고요. 원장이 "1번 케이지에 누구, 누구, 누구" 하고 부르면 먼저 달려가서 케이지 문을 열어야 하는 거예요, 푸들을 뺏기지 않으려면.

처음 실습한 개는 시추였어요, 피부병에 걸려서 진물이 줄줄 흐르던. 미용을 배우기 전이라 목욕만 시켰어요. 반려견과 사는 사람이면 목욕 정도는 할 줄 알지만 학원에서 가르치는 건 달라요. 효율적인 방법으로 매뉴얼을 정해놓거든요. 순서도 있고 시간제한도 있어. 숙련되지 않은 초보자는 순서 생각하랴 시간 확인하랴 정신없어요. 저도 마음은 급하고 손은 서툴렀어요. 번식견들은 대부분 겁이 많고 얌전해요. 그 시추도 그랬어요. 싫은 티도 못 내고 달달 떨기만 했어요. 자꾸 눈물이 나더라고요. 원장이 왔다 갔다 하면서 5분 남았다, 3분 남았다 압박하는데 얼굴을 훔칠 새도 없어서 눈물 콧물 쏟으며 손만 빨리빨리 움직였어요. 그게 제 첫 실습이었어요.

실습

첫 달엔 매일 울면서 실습했어요. 새끼 뺀 지 며칠 안 돼서 수술 자국이 선명한 모견들도 왔어요. 한눈에도 힘들어하는 게 보이는데 미용을 해야 하는 거예요. 애견 미용은 미용사뿐 아니라 개들에게도 체력 소모가 큰 일이에요. 스트레스는 말할 것도 없고요. 낯선 장소에 와서 높고 좁은 테이블 위에 올라간 채 몇 시간씩 서 있는 것부터가 개들에게는 무서운 상황이에요. 거기다 우리가 쓰는 클리퍼, 개의 입장에서는 소음과 진동을 가진 쇳덩어리가 온몸을 훑고 지나가는 거잖아요. 드라이어에 기절초풍하는 개도 많아요. 미용사가 쓰는 건 가정용 헤어 드라이어가 아니라 바람이 세고 소리가 큰 대형 드라이어예요. 그런 일을 출산한 지 며칠 안 된 개가 견뎌야 한다고 생각해 보세요.

펫숍의 쇼윈도 안에 있는 강아지들, 귀엽고 예쁘죠. 부모는 어떤 모습일 것 같아요? 번식견에게 피부병은 기본이에요. 상태가 나쁘거나, 더 나쁠 뿐이죠. 피부병이라고 하면 피부가 안 좋나 보다 하면서 가볍게 여길 수 있는데, 아니요. 보통 사람은 피부병이라는 말에서 털이 다 빠지고 몸 전체가 딱딱한 각질로 뒤덮여 개인지 거북이인지 구분도 안 되는 모습을 상상하지 못해요. 온몸에서 피고름을 줄줄 쏟아내는 상태를 상상하지도 못하고요. 미치지 않고서는 감당할 수 없는 괴로움이에요.

그뿐이게요? 유산할 때 쏟은 핏덩어리가 털 뭉치와 엉켜서

2차 감염이 된 모견도 흔하고요, 굳은 털로 갑옷을 두른 듯한 몰골의 장모견도 많아요. 털 뭉치 안에서 별의별 게 다 나와요. 구더기나 벌레는 말할 것도 없고 이게 왜 털 속에 들어가 있을까 싶은 것, 예를 들면 기계 부품 같은 것. 왜 번식장 케이지에 그런 게 있을까요?

엉킨 털이 철창에 끼어서 꼼짝달싹 못 하는 개들도 자주 봤어요. 우리가 발견하면 바로 빼주지만 번식장에서는 누가 제때 그 개를 빼주겠어요? 제 경험담은 아니고, 동료가 털 갑옷을 두른 모견을 미용하는데 클리퍼가 털 속의 뭔가에 걸리더래요. 뭐였는지 아세요? 주사기요, 수액 넣을 때 쓰는 주사기. 언제 꽂았는지도 모를 만큼 오래된 것이었어요. 플라스틱 겉통은 털이랑 뒤엉켜 있고, 바늘은 녹슬어 있고, 주변 피부는 곪아서 썩어 문드러져 있고. 어쩌면 그렇게 내버려둘 수 있는 거죠?

예전에 유기동물 구호단체의 운영진으로 활동했는데, 거기 사람들이 이런 말을 자주 했어요. "세상에서 제일 불쌍한 개는 내 눈에 띈 개"라고. 단체에 가입하자마자 자기가 발견한 유기견을 구조해 달라는 사람이 많아요. 정확하게 말하면 구조 요청을 하려고 가입한 거죠. 대부분의 사람은 개가 구조되고 안전해지면 사라져요. 요청한 사람은 없어지고 개만 남으면 예전부터 활동해 온 봉사자들, 자신의 연민에 책임지려는 사람들이 어떻게든 감당하는 거예요. 단체도 비용과 인력의 한계가 있어서, 어떤 개를 구한다는 건 다른 개를 구하지 못한다는 뜻이에요. 그래도 다들 자기 눈에 띈 개부터 구해달라고 해요. "세상에서 제일 불쌍한 개는 내 눈에 띈 개"라고 말할 때는 비판의 의미도 있는 거죠.

"내 눈에 띈 개"가 가장 불쌍한 건 맞아요. 실체를 봐야 연민도 생기죠. 그 개와 짧은 시간이라도 교감을 나누면 어떨 것 같아요? 외면하기가 더 어려워요. 그래서 실습하는 게 힘들었어요. 눈 맞추고 말 걸고 쓰다듬고 안고 씻기고 미용했는데, 그 애들이야말로 세상에서 제일 불쌍한 개들인데 저는 아무것도 해줄 수 없으니까요.

실수

원장은 신중하고 조심스러운 사람이라 초보자에게 함부로 개를 내주지 않았어요. 적어도 2개월은 지나야 개를 만질 수 있었죠. 애견 미용은 다른 기술직과 달라요. 생명을 다루는 일이잖아요. 원장이 하루에도 수십 번씩 하는 말이 있었어요. "개한테서 손 떼지 마." 개들은 겁에 질린 상태로 높고 좁은 테이블

위에 올라가 있어요. 손을 떼면 눈 깜짝할 사이에 개가 떨어져요. 원장이 그렇게 주의를 줘도 손을 떼는 실습생이 있어요. 누가 "야!" 하고 부르면 "응?" 하고 돌아보다가 얼떨결에 손을 떼는 거예요. 그러면 개는 곧바로 추락, 골절. 특히 푸들은 다리가 약해서 떨어지면 대부분 다리가 부러져요.

어느 날 실습을 하는데 뒤에서 "빡!" 소리가 나더라고요. 듣는 순간 소름이 쫙 끼쳤어요. 돌아보니까 푸들이 떨어졌는데 경련하듯이 사지를 부들부들 떠는 거예요. 뼈가 부러졌나 싶었는데 눈이 뒤집히면서 구토를 하더라고요. 원장 얼굴이 새하얘졌어요. 골절이면 차라리 나은데 토하는 건 머리를 다친 거거든요. 바로 병원으로 옮겼는데 죽었어요. 지금도 그 장면이 생각나요. 떨어뜨린 사람은 울고불고, 원장은 미친 듯이 고함지르고, 다른 실습생들은 발을 동동 구르고, 그 난리법석 속에서 거품을 물고 죽어가던 작은 푸들이…….

처음에는 너무 힘들었어요. 마흔 가까운 나이에 오래 고민하고 결정한 진로지만 그만두고 싶었어요. 동물에 대한 연민도 타고나는 걸까요? 저는 유별나다 싶을 만큼 그랬거든요. 누구네 집에 개나 고양이가 죽었다는 이야기를 들으면 눈물이 왈칵 났어요. 시 보호소에서 안락사 명단에 오른 유기동물의 사진을 보면 울음이 터졌어요. 학원에 다닌 지 석 달쯤 지나니까 저도 무뎌지더라고요. 똥오줌을 뒤집어쓴 채 겁에 질린 개들을 봐도 그러려니, 피부병으로 괴로워하는 개들을 봐도 그러려니, 출산한 지 얼마 안 된 모견이 힘들어해도 그러려니. 매일 일어나는 일인데 매일 충격받을 수는 없는 거예요. 개들의 모습에는 충격받지 않았지만 새로운 충격이 있었어요. 내가 더는 충격받지 않는다는 충격, 나처럼 연민 많은 사람도 어떤 일이 반복되면 익숙해진다는 충격, 그것도 고작 석 달 만에요.

역할

완전히 무뎌진 시기에 한 몰티즈를 만났어요. 모견이었는데 미용도 할 수 없었어요. 피부병으로 털이 한 올도 남아 있지 않았거든요. 훤히 드러난 맨살조차 딱지로 뒤덮여서 성한 곳이 없었어요. 약물목욕이라도 시켜주려고 따뜻한 물에 넣었더니 딱지가 훌렁훌렁 벗겨지면서 피고름이 줄줄 흐르더라고요. 특정 부위가 아니라 머리끝부터 발끝까지 전부요. 제가 어떻게 해줄 수 있는 상황이 아니었어요.

그 애는 이미 삶을 포기한 상태였어요. 내가 자기를 들어 올리든 물속에 집어넣든 아무 반응도 없었어요. 온몸이 축 처진 채 초점 없는 눈으로 멍하게 있기만 했어요. 그야말로 숨만 붙어 있는 거예요. 시체를 만지는 기분이었어요. 살고 싶어 하지 않는다는 게 너무나도 명확히 느껴졌어요. 아, 개도, 동물도 극한 상황에서는 차라리 죽고 싶어 하는구나. 사람이면 벌써 자살했을 거예요.

원장에게 울면서 부탁했어요. 내가 이 개를 데려가게 해달라고, 구해주고 싶다고, 번식장에 물어봐 달라고. 원장이 딱 세 마디 했어요. "정신 차려. 나가. 마무리해." 제가 계속 매달리니까 원장이 그러더라고요.

"어떤 개가 네 손에 들어왔으면 너에게 주어진 시간 동안 최선의 걸 해줘. 그리고 주인에게 돌려보내. 그게 애견 미용사의 역할이야. 앞의 상황, 뒤의 상황, 아무것도 생각하지 마."

개를 번식장에서 빼내는 게 저에게는 구조지만 번식업자에게는 재산을 넘기는 일이잖아요. 애초에 안 되는 일이었던 거예요. 그 몰티즈처럼 숨만 붙어 있어도 데리고 있는 건 돈이 되어서겠죠? 그런 개도 교배와 번식을 시키는 걸까요? 그날 몰티즈를 보내면서 생각했어요. 우리가 또 만날 수 있을까? 네가 한 번 더 여기에 올 수 있을까? 그 몰티즈는 다시 오지 않았어요. 죽었겠죠, 번식장의 뜬장에서.

버려진 개의 대부 ────

용인, 2017년 5월

대부

그는 '행강대부'라고 불린다. 그가 운영하는 사설 보호소 이름은 '행복한 강아지들이 사는 집', 약칭 '행강집'이다. 그의 별칭에 '행강'이 들어간 것은 쉽게 이해할 수 있지만 왜 '행강 소장'도 아니고 '행강 아빠'도 아니고 '행강대부'인지 나는 항상 궁금했다.

"'행복한 강아지들이 사는 집'이라고 했지만 난 유기견을 행복하게 해주는 사람이 아니야. 이 개들이 가정에 가서 행복해지기 전에 잠시 살려놓는 사람이지. 평생 행복하게 해줄 수 있으면 아빠라고 할 텐데 난 못하니까, 버려진 개에게 잠깐 부모 노릇하는 사람이니까 대부라고 했지."

우리가 이야기를 나누는 곳은 행강집 사무실이다. 컨테이너로 만든 사무실은 거실, 주방, 침실, 화장실로 분리되어 있어 여느 가정집과 다르지 않아 보인다. 그는 이곳에서 손님도 맞고 사무도 보고 식사도 하고 잠도 잔다. 혼자 있을 때는 대부분의 시간을 책상에서 보낸다. 책상 앞에는 이런 글귀가 붙어 있다.

'하나님이 운영하시는 기업입니다.'

나는 '전체'를 볼 수 있지 않을까 하는 기대를 품고 이곳에 왔다. 동물 활동가는 자신을 적으로 간주하는 사람의 영역, 이를테면 번식장, 개농장, 도살장 등에 들어섰을 때 어쩔 수 없이 '전체'가 아닌 '일부'를 본다. 활동가가 마주하는 것은 그 공간에 발을 디딘, 우연한 찰나의 장면이다. 이것은 2차 세계대전 이후 한나 아렌트^{Hannah Arendt}가 제기한 문제와 같다. 집단수용소 사진이 보여주는 것은 연합군이 침투했던 바로 그 순간뿐이다.[2] 어떤 장소에 대해 전체를 알고 있는 사람은 그곳이 일상의 공간이었던 사람밖에 없다.

나는 '하나님이 운영하시는 기업'의 사무실에 앉아 있다. 나와 마주보고 있는 사람은 본명보다 '대부'라는 호칭으로 불리는 남자, 현직 동물 활동가이자 전직 번식업자다.

번식업자

동물보호단체 행강 및 사설 보호소 행강집의 박운선 대표

내가 인천 사람이야. 2003년에 인천에서 이천으로 이사하면 서 아내와 애견 농장(번식장)이나 하면서 살자 그랬어. 아내가 개를 좋아해서 인천에서도 열두 마리를 데리고 살았거든. 일단 모견 종견을 사려고 전국을 돌아다녔어. 이때 웬만한 번식장은 다 가본 것 같아. 판자때기로 만든 하꼬방에서 번식하는 데, 비닐하우스에 뜬장 설치해서 새끼 빼는 데, '가정 분양'이라면서 가정집 창고에 케이지 갖다 놓고 개 키우는 데. 그런 곳을 돌아다니면서 모견 종견을 여든 마리쯤 사다 놓고 시작했지. 정확하게는 일흔일곱 마리였어.

번식업을 시작한 지 얼마 되지 않았을 때 아내랑 성남 모란 시장에 갔어. 식용으로 개 잡는 집 말고, 시장 가운데로 들어가면 강아지를 파는 곳이 있잖아. 거기서 하얀색 푸들 강아지를 봤어. 다른 강아지는 주먹만 한데 이 애만 작은 머리통만 해. 거기다 눈곱도 끼고 콧물도 흘리면서 앉아 있어. 아내가 지나가면서 계속 그 애를 쳐다보더라고. 오일장이니까 닷새 후에 또 시장을 갔는데 그날도 그 애가 나와 있어. 닷새 후에 다시 갔더니 여전히 거기 있어. 세 번째 봤던 날 그 애를 사와서 이름을

설이라고 지었어.

설이가 온 지 며칠 지나니까 어떤 애는 콧물을 흘리고 어떤 애는 설사를 하고 어떤 애는 밥을 안 먹어. 무슨 일인가 했더니 설이가 홍역과 파보 장염을 동시에 앓고 있었어. 치사율과 전염성이 높은 질병을 둘이나 가지고 있었던 거야. 초짜 번식업자가 개에게 발병하는 바이러스에 대해 무슨 지식이 있었겠어? 설이 주변을 닦았던 걸레로 다른 애 주변을 닦고, 설이를 만졌던 손으로 다른 애를 만지면서 바이러스가 쫙 퍼진 거야. 설이를 포함해서 일흔여덟 마리 개들을 끌어안고 병원으로 달려갔어. 한 달 만에 병원비가 2,900만 원이 나오더라고. 그때부터 수의학, 견체학 책 갖다 놓고 독학으로 3년 동안 공부했어.

번식업 한 지 몇 개월 지나니까 판로가 막혔어. 나는 새끼가 태어나면 방에서 뛰어 놀게 해주고 어미젖도 충분히 먹였어. 강아지의 일상 사진을 인터넷에 올려서 우리가 이렇게 관리를 잘 한다는 걸 홍보했지. 그런데 인터넷으로 홍보하는 건 한계가 있더라고. 그때 누가 그러는 거야. **세상의 어떤 개도 팔 수 있는 곳**이 있다고. 그게 경매장이야. 나는 그런 데가 있는 줄도 몰랐어. 2004년에 오 아무개라는 사람이 운영하던 경기도 광주 경매장을 처음 갔지. ⌐

경매장[3]

강아지는 이름을 가지기 전에 번호를 가진다. 번식업자가 경매장 입구에서 강아지를 접수하면 새끼의 말캉말캉하고 보들보들한 배 위에 검은 매직펜으로 번호가 쓰인다. 번호가 쓰인 강아지는 번식장 별로 네댓 마리씩 분류되어 사과상자나 플라스틱 바구니로 옮겨진다. 실내는 강당과 비슷한 모습이다. 가운데에 통로가 있고, 양옆으로 의자가 빼곡히 놓여 있으며, 맨 앞에는 경매사가 올라가는 단상이 있다. 강아지를 담은 바구니는 경매를 시작하기 전 단상 옆으로 옮겨져 천장까지 쌓인다.

실내는 사람으로 가득 차 있지만 불청객은 없다. 경매장은 회원제로 운영되며 일반인의 출입이 철저히 통제된다. 애견숍 사장이나 수의사 같은 구매자는 앞줄을 차지하고, 강아지를 매물로 내놓은 번식업자(좀 더 공식적인 표현으로 '동물 생산업자')는 뒷줄에 앉는다. 경매를 시작하면 경매사는 강아지의 목덜미를 잡아 꺼낸 뒤 구매자가 잘 볼 수 있도록 높이 들어올린다.

"1번, 시추 수컷, 10만 원 출발합니다. 11, 12, 13, 14……."

구매자들 앞에는 천장에서부터 내려온 줄이 있다. 자신이 원하는 가격이 나왔을 때 줄 끝에 달린 스위치 버튼을 누르면 번호에 불이 들어온다. '낙찰.' 구매자는 직원에게 건네받은 강아지를 '검사'한다. 눈곱은 없는지, 항문은 깨끗한지, 언청이나 부정교합은 아닌지. 확인 과정에서 문제를 발견하면 '반품'한다. 경매 막바지에 이르면 반품된 강아지를 재입찰한다. 일명 '묻지 마' 강아지다. 단돈 1만 원에 거래하는 대신 묻지도, 따지지도 않는 조건이다. 경매가 끝나면 강아지는 '낙찰'과 '유찰'로 나뉜다. 낙찰된 강아지는 펫숍과 동물병원으로 떠난다. 유찰된 강아지는 번식장으로 돌아간다.

그래, 경매장은 어떤 개든 팔 수 있는 곳이었어. 처음엔 몰랐지만 이게 경매장의 가장 큰 문제점이야. 새끼만 파는 게 아니야. 모견 종견도 거래해. 한번 번식견이 되면 그렇게 이 번식장, 저 번식장을 떠돌아다니게 돼. 번식업을 하다 보면 출산 능력이 떨어진 모견, 생식을 못 하게 된 종견, 늙은 개, 병든 개가 나올 것 아냐? 이 사람들 표현으로 '폐견'인데 폐견조차 경매장에 데려가면 매물로 내놓을 수 있어. 아직 쓸 만하다며 모견, 종견으로 내놔보고 안 팔리면 '우라통'으로 경매해. 상자에 몽땅 때려 넣고 통째로 판다는 뜻이야. 한 상자에 7만 원에서 10만 원. 폐견을 우라통으로 받아가는 사람이 누구냐? 개장수지. 데려가면 곧바로 죽이고 작업해서 개소줏집이나 개고깃집에 납품해. 경매장은 애견숍 주인과 번식업자만 오는 데가 아니야. 육견업자, 도살업자까지 전국에서 개 만진다는 사람은 죄다 몰려오는 데야. 그러니 세상의 어떤 개도 팔 수 있는 거고.

처음 경매장에 갔을 때 나는 거래가 잘 안 됐어. 우리 애들은 작은 머리통만 한데 다른 애들은 주먹만 한 거야. 옆에 있던 사람에게 물어봤어.

"당신 강아지는 왜 그렇게 작소?"

"아저씨, 사람들은 작은 강아지만 찾아요. 큰 놈은 팔지도 못할 뿐더러 팔아도 제값을 못 받아요. 그래서 일찍 나와야 해요."

"일찍 나온다는 게 무슨 말이오? 두 달은 어미젖을 먹어야 하지 않소. 그럼 당신 강아지는 얼마 만에 여기 나온 거요?"

그 사람이 막 웃더라고.

"두 달이요? 늦어도 35일에는 젖을 떼야 해요. 정확히 30일째 젖을 떼서 5일 동안 보충하고, 35일째 이유식 시작해서 38일이나 39일, 늦어도 40일 전에는 경매장에 나와야 해요. 그다음 20일, 불과 3주 사이에 개새끼들이 엄청나게 커버린다고요."

현행법에서는 판매·알선·중개할 수 있는 강아지와 고양이의 월령을 2개월 이상으로 제한하고 있다(동물보호법 시행규칙 제49조 '영업자의 준수사항'). 2개월 미만일 때 어미와 떨어진 강아지는 면역력이 약해 파보 장염, 코로나 장염, 홍역 등의 전염성 질병에 쉽게 노출된다. 설령 질병에 걸리지 않더라도 평생 허약할 수 있다. 강아지에게는 생사가 달린 문제지만 이 규정의 제재는 미미하다. 1차 위반은 영업 정지 15일, 2차 위반은 영업 정지 1개월, 3차 위반은 영업 정지 3개월이다(동물보호법 시행규칙 제52조 '행정처분의 기준'). 그러나 실제로는 이 정도의 제재조차 잘 이루어지지 않는다. 강아지가 언제 태어났는지 아는 사람은 번식업자뿐이다. 2개월령인데 몸집이 작다고 주장하면 진위 여부를 어떻게 확인하겠는가?

전업

이야기를 듣고 나니까 나도 그렇게 해야겠다는 생각이 드는 게 아니라 인간이 할 짓인가 싶더라고. 젖을 먹어야 하는 시기의 아기를 어미로부터 강제로 떼어내는 것, 아기를 빼앗아서 경매장에 데리고 나갔을 때 어미의 반응, 이 두 가지가 너무나도 마음의 부담이었어. 생각해 봐, 어미는 젖을 물리려고 아기를 계속 찾아. 그러다 아기가 완전히 사라졌다는 사실을 깨닫는 순간 어미가 느끼는 절망감과 상실감, 그게 나도 보여, 눈에 확연히 보여. 못 하겠더라고, 도저히 못 하겠더라고. 번식업을 하기 전에 내 직업도 인간으로서 하지 말아야 하는 일이었거든. 그런데도 생명과 모성이 연관되니까 이건 아니다, 이렇게 살면 안 된다 싶은 거야.

아침저녁마다 내 손으로 밥과 물을 주고 똥오줌을 치웠어. 내 눈이 그 애들의 눈을 바라봤고 내 귀가 그 애들의 숨소리를 들었어. 이 애들이 동물이기 전에 생명체라는 생각이 떠나질 않는 거야. 나처럼 심장이 뛰고, 살과 피를 가지고, 자기 새끼 애틋해하는 생명체 말이야. 그 생명체의 새끼를 빼앗아서 돈을 벌어먹고 있다는 사실에 굉장한 죄책감을 느끼면서도 그만둘 수가 없었어. 돈이 바닥난 상태였거든. 모견 종견 사겠다고 전국으로 돌아다니면서 돈을 많이 썼지, 초반에 파보랑 홍역이 돌면서 병원비로 수천만 원을 썼으니까.

번식업을 한 지 1년쯤 지났을 때 막내딸이 애견 미용사로 동물병원에 취직했어. 지자체의 위탁 보호소를 겸하는 병원이었는데 보호하던 유기견의 공고 기간이 끝나면 '기증'이라고 하면서 자기들이 가지는 거야. 당시엔 그게 뭔지 몰랐는데 유기견을 공혈견으로, 피 뽑는 개로 썼던 거지. 쓸 만큼 쓰고 나면 안락사하고. 어느 날 딸내미가 안락사당할 개를 데려와도 되겠느냐고 묻더라고. 한 마리, 두 마리 데려온 게 그 병원에서만 서른 마리를 데려왔어. 유기견들 상태가 너무 안 좋더라. 전신이 피부병에 감염된 개, 털이 다 빠진 개, 심장사상충에 걸린 개, 굶어서 뼈만 남은 개……. 그 애들을 치료해 주고 살찌우면서 돌봤어. 개들이 건강해지고 밝아지는 모습을 보니까 번식업 따위와는 비교할 수 없는 보람이 생기면서 인식의 변화가 오더라고. 동물은 사람이 보살피고 지켜줄 존재이지, 이용하고 착취하는 대상이 아니구나. 이 약자들에게 고통을 주면서 내 배를 불리는 짓은 하지 말아야겠구나.

그 당시 경제적으로 몹시 곤란한 상황이어서 2004년 12월에 용인으로 이사했어. 이사하는 김에 삼양 케이지 다 치워버리고 결심했어. 앞으로 번식 안 한다. 더는 모견 종견이 같은 고통을 받지 않게 중성화수술해서 무료 분양했어. 그리고 번식견이 나간 자리에 유기견을 데려오기 시작한 거야.

케이지

'삼양 케이지'라는 게 있어. 번식장에서는 이걸 쓰지. 동물병원이나 애견숍에서 케이지를 팔잖아, 발판이 하얀색으로 코팅된. 삼양 케이지에 비하면 호텔이야. 그걸 상상하면 안 돼. 그런 케이지를 갖다 놓는 번식장은 없어. 삼양 케이지는 개가 아니라 번식업자 편하라고 만든 거야, 케이지 문을 열지 않고도 똥을 치울 수 있게. 똥 덩어리가 쑥 빠질 만큼 철망이 성겨야 하니까 개들 발이 푹푹 빠져. 개들이 어떻게 서 있냐 하면 이러고 있어(그는 한 손의 검지와 중지를 벌리고 다른 손을 그 사이에 끼웠다). 발가락 사이에 쇠줄이 끼인 채로 서 있는 거야. 그 부위 살이 무척 연한데, 항상 그렇게 있으니 얼마나 아프겠어.

가정집에서 스무 마리, 서른 마리 사육하면서 번식시키는 사람은 좀 나은 케이지를 놓기도 해. 하지만 개가 일흔 마리 이상인 번식장은 무조건 삼양 케이지야. 게다가 케이지를 바닥에 붙여놓는 게 아니라 맨 아래에 똥 받는 판을 놓고 2층으로 쌓잖아. 개들이 움직이면 케이지도 같이 움직일 것 아냐. 자기들이 딛고 서 있는 땅이 항상 울렁이고 흔들리는 거야. 배설물도 매일 치워주면 좋을 텐데 무더기가 될 때까지 내버려뒀다 날 잡아서 한 번씩 치워. 오줌은 증발해서 흔적도 없어. 암모니아 가스가 진동해. 주로 밀폐된 실내니까.

나도 삼양 케이지를 쓰다가 용인으로 이사 와서 애들을 마당에 풀어줬어. 좋아서 막 뛰어다닐 것 같지? 천만에, 발발 떨면서 얼음이야. 시간이 좀 지나면 잔뜩 움츠린 채로 엉금엉금 기어다녀. 애들은 항상 공중에 떠 있었잖아. 자기가 움직이는 대로 바닥이 흔들렸잖아. 발바닥 전체로 바닥을 딛는 게, 땅바닥이 움직이지 않는 게 오히려 이상한 거야. 삼양 케이지를 치우고 두 달쯤 지나니까 다들 발가락 사이에 혹이 봉긋하게 올라와서 터뜨렸더니 고름이 줄줄 나와. 굳은살이 박혔던 자리가 부드러워지면서 그렇게 된 거지. 한동안 그 치료를 했어. 너무 너무 미안하더라고.

삼양 케이지는 개들이 서 있는 것만으로도 괴로운 곳이야. 번식장에서 일어나는 다른 학대는 차치하더라도 서 있는 것 자체가 고통이야. 거기에 가둬놓고 못 나오게 하는 게 학대야. 동물보호법 개정 토론회 할 때 내가 그랬어. 번식견이 발이라도 빠지지 않는 곳에서 생활하게 해달라고. 바닥면의 쇠줄도 두껍게 해주고. 시행규칙에 들어갈지는 모르겠어(그의 요청은 2023년 6월 현재까지 시행규칙에 반영되지 않았다).

누군가는 동물 활동가면 번식장을 없애야지 무슨 케이지 타령이냐고 하겠지. 번식장은 없어지지 않아. 모든 사람이 유기견을 입양하지도 않아. 앞으로도 누군가는 품종견을, 어린 강아지를 갖고 싶어 할 거야. 그러면 번식장의 동물복지를 보장하는 방향으로 가야지 무조건 없애라고만 하면 번식견이 받는 고통은 어쩔 건데?

번식견의 일생

개들이 번식장으로 흘러가는 데에는 여러 경로가 있어. 누군가가 가정에서 품종견—사실 나는 '품종견'보다 '토종견'의 반대 의미로 '외래견'이라고 표현해—을 데리고 있다가 키우기 싫어졌다고 치자. 버리기는 미안하고 다른 데로 보낼 방법을 찾는다고 치잔 말이야. 인터넷에 들어가면 강아지 분양, 애견 직거래 사이트가 많아. "강아지 삽니다" "강아지 무료 분양 원합니다" 이런 게시물이 엄청나게 올라와. 그런 곳에 보내면 번식장으로 갈 확률이 아주 높아. 전 주인에게는 반려견으로 입양한다고 속이고 번식장으로 넘기는 경우도 꽤 있어.

새끼 관리를 잘하는 모견이나 교배를 잘 하는 종견의 새끼를 번식업자가 따로 빼놓기도 해. 그 사람들 표현으로 '키워 올려', 모견 종견으로 만들려고. 그런 방식으로 세를 불리는 거야. 번식장에서 태어나 키워 올려진 애들은 생후 1년이 되기 전에 번식을 시작해서 죽을 때까지 그것만 해. 번식하고 새끼 빼고, 번식하고 새끼 빼고. 키워 올리는 과정에서 어딘가 안 좋다, 그러면 '처녀증' '총각증'이라는 말을 붙여서 경매장에 내다 팔아. 아까 말했지, 경매장에서는 세상의 어떤 개도 팔 수 있다고.

교배할 때 말고는 케이지에서 못 나오느냐고? 교배조차 케이지 안에서 하는 경우도 있어. 교배가 자연스럽게 되는 일은 별로 없어. 사람이 관여하지. 우선 모견을 사람의 허벅지에 올려놓고 배를 딱 받쳐줘. 종견은 옆에 있어. 수컷도 몸이 힘들어서 안 올라와. 그러면 사람이 고추를 잡고 막 흔들어. 수컷이 흥분해서 올라오겠지? 한 손으로 암컷의 생식기를 잡고 다른 손으로 수컷의 고추를 맞춘 다음, 수컷이 못 빼게 손으로 막아. 그럼 순식간에 교배가 돼. 완전히 강간이야. 수컷에게서 짜낸 정액을 긴 대롱이 달린 주사기에 담아서 암컷 생식기에 집어넣기도 해. 인공수정이지.

번식장만이 아니야. 자기가 키우는 예쁜 반려견, 시집보낸다면서 새끼 보고 싶어 하는 사람들 많잖아. 교배, 분양 이런 것 써 붙인 동물병원이나 애견숍에 찾아가잖아. 종견을 데리고 다니는 교배업자가 있어. 교배는 동물병원이나 애견숍이 하는 게 아니라 그 사람들이 하는 거야, 강간이라고 말한 그 방식으로. 종견은 교배업자에게 끌려 다니면서 평생 그 짓만 하는 거야.

그래도 출산할 때는 병원에 데려가. 번식장마다 연계병원이 있어. 문제는 일부 번식업자가 이걸 직접 하는 거야. 이 사람들이 제대로 된 수술도구를 갖춰서 정석대로 하느냐? 아니지, 소독도 안 한 도구로 더러운 번식장 구석에서 개복한단 말이야. 제왕절개로 새끼를 빼고 나면 장기를 원위치에 넣어야 하잖아.

의사가 아니니까 위치를 모르기도 하고 대충 욱여넣어. 이 사람들 말로는 살다 보면 장기가 원래 자리를 찾아간대. 그래서 상관없대.

이 따위 야매 수술로 출산한 애들의 몸 상태가 어떻겠어? 비위생적인 곳에서 장기를 꺼냈다 넣었으니 몸 안에서 염증이 곰팡이마냥 퍼지지, 후처치도 똑바로 안 하니 여기저기 썩고 곪고 난리지. 그러다 복막염이라도 생기면 패혈증으로 죽는 거야. 개들을 생명체로 여기면 도저히 할 수 없는 짓이야. 새끼 빼는 기계로만 보니까, 사람이 아니란 이유로 생명체로도 보지 않으니까 이런 짓을 하는 거야. 그러다 애들 몸에 이만한 종양이 생기고 생식능력이 떨어지면 경매장에 데려가서 마지막으로 팔아먹어. 그걸 또 사람들은 개고기로, 개소주로 먹어요.

다시 경매장 이야기가 나와서 말이지만 나는 세상에서 반드시 없어져야 할 곳이 경매장이라고 생각해. 경매장이 있으니 번식장이 판을 치고, 번식장이 판을 치니 번식견이 저 모든 학대와 고통을 당하는 거야. 핵심 고리인 경매장이 없어지면 번식업자는 많은 개를 팔아먹을 재주가 없어. 번식장이 이렇게 많이 생길 이유도 없어. 어떤 번식업자는 동물 단체가 유기견을 입양 보내는 것도 아주 못마땅해하더라고. 유기견이 죽어야 생산과 판매의 회전이 빠른데 동물 단체가 잠재 고객을 빼앗아간다고 보는 거야.

근원

보호소 소장으로 살면서 유기견을 어떻게 줄여야 할지 고민했어. 아무리 생각해도 근원은 번식장이야. 오랫동안 동물 생산업은 허가제가 아니라 신고제였잖아. 이것을 허가제로 바꿔서 정부와 지자체의 감시 아래 번식과 판매를 하도록 시스템을 만드는 거야. 가정에서 키우는 개를 번식하는 것도 금지해야 해.* 우리나라 사람이 개를 데려오는 주된 경로는 펫숍이 아니야. "우리 개가 새끼 낳았는데" 하면서 누가 주니까 키우는 거야. 생산을 다방면으로 규제하면 지금처럼 공급이 수요를 압도하는 건 막을 수 있어. 지금의 상황은 무분별한 번식으로 생긴 결과야. 강아지가 넘쳐나니까 아무나 강아지를 키워. 쉽게 데려온 사람은 쉽게 버려.

* 행강대부가 말한 "가정에서 키우는 개를 번식하는 것"은 '생업을 위한 상거래'가 아닌, 반려동물 생산업에 종사하지 않는 사람이 본인의 반려견이 낳은 새끼를 분양하는 경우를 뜻한다. 이 같은 분양이 무책임한 반려동물 입양과 파양 및 유기로 이어지기에 이 행위에 대한 제재를 말하는 것이다. 1회 이상 반복적 분양을 하며 책임비 이상의 금액을 받을 때는 동물생산업에 종사하는 것으로 간주한다.

몇 년 전부터 정부, 지자체, 메이저 동물 단체까지 쫓아다니면서 이 이야기를 했어. 처음에는 비판하는 활동가가 많았어. 그 사람들의 논리는 이런 거지. 불법 번식장은 무조건 없애야 한다, 어떻게 허가를 받아서 영업하게 하나, 그러다 식용 개농장까지 허가를 받아서 사업을 정당화하면 어떻게 감당할 거냐? 하지만 쓰레기를 완벽하게 치우면 파리 떼가 안 꼬여. 법의 테두리로 끌어들여서 행정으로 규제해야 해. 제대로 할 수 있는 사람만 동물 생산업에 종사하게 만들어야 해. 어차피 수천 개의 불법 번식장이 다 합법화될 수 없어. 축사 허가부터 받아야 하는데, 오폐수 처리와 환경 문제로 가축사육제한구역이 늘어나는 추세라 쉽지 않아. 도태되는 곳이 많을 거야.

번식업자들이 억울하다고, 왜 내 생계를 건드리느냐고 한다면 할 말은 하나야. 자정 노력을 했어야 한다는 것. 생산업자와 활동가 들의 합동 토론회에서도 내가 그랬어.

"당신들이 살아남고 싶었다면 자정 노력을 했어야 합니다. 몇십 년 동안 그 노력을 안 하지 않았소? 앞에서 끌어주는 애견협회나 애견연맹 같은 단체가 있는데도 긴 시간이 지날 동안 아무 변화가 없었다는 건, 당신들이 이 상태가 지속되길 바라고 있었던 것 아니오? 당신들이 하지 않았으니 동물 단체가 이 문제를 개선할 거요. 우리를 원망하기 전에 당신들이 먼저 노력하쇼."

정부는 유기동물을 처리하는 비용에 혈세를 쓰고 있는데 번식업자는 무분별하게 생산한 동물에 대해 눈곱만큼도 책임지지 않아. 농림축산검역본부 통계를 보면, 2016년 한 해만 유기동물 처리 비용이 100억 원이 넘어. 정확히 128.8억 원이야.* 유기동물 양산에 가장 큰 책임이 있는 사람들, 자기들 돈벌이를 위해서 혈세를 낭비하는 사람들이 억울하다고? 왜 생계를 건드리느냐고? 결자해지는 못 할망정 그게 무슨 소리야?

개를 제대로 아는 사람, 동물복지 개념을 가진 사람이 확실한 규제 안에서 동물 생산업을 한다면 나는 반대하지 않아. 이 일이 아무나 넘볼 수 없는 어려운 직업이 되어서 지금처럼 지탄받는 일이 아니라 사회적으로 존중받는 일이 되길 바라. 반드시 그래야 해. 귀한 생명을 탄생시키는 일이니까. 그리고 마침내… 그래, 마침내 20대 국회에서 동물 생산업을 허가제로 전환하는 동물보호법 개정안이 본회의를 통과했어. 이 한 줄을 바꾸려고 우리가 얼마나 치열하게 싸웠는지, 얼마나 절박하게 목소리를 높였는지. 갈 길은 까마득한데 여기까지 오는 데도

---

* 이 인터뷰는 2017년에 진행되었고 행강대부가 언급한 유기동물의 관리와 처리 비용은 2016년 자료이다. 농림축산검역본부가 발표한 최근 통계에 따르면 2020년 지자체 보호소에 입소한 유기동물은 13만 401마리로, 보호소 운영비에는 267여억 원이 소요되었다.

시간이 참 오래 걸렸어.*

근원의 근원

우리나라에서 강아지를 판매하는 일반적 경로는 번식장-경매장-판매처(애견숍, 동물병원)다. 통계청이 발표한 '2020년 인구주택총조사 표본집계결과'에 따르면 반려동물 가구 수는 313만이다.** 그러나 전체 반려동물 가운데 유기동물을 입양하는 비율은 높지 않다. 행강대부의 말처럼 "번식장은 없어지지" 않을 것이다. "모든 사람이 유기견을 입양하지도 않"을 것이고 "누군가는 품종견을, 어린 강아지를 갖고 싶어" 할 것이다.

2016년 농림축산식품부는 전국의 번식장을 1,000여 곳으로, 동물 단체는 3,000여 곳 이상으로 추정했다. 동물생산업이 신

* '동물생산업 허가제 전환'에 관한 개정안은 2017년 3월 본회의를 통과하여 2018년 3월부터 시행되었다. 그러나 다음 장에서 언급하는 연천 합법 번식장의 사례에서 보다시피 번식장에 대한 관리·감독이 허울뿐이라는 지적이 끊이지 않는다. 2023년 시행된 개정안에서는 반려동물 수입·판매·장묘업이 허가제로 전환되었고, 무허가 영업자에 대한 처벌은 2년 이하의 징역, 2,000만원 이하의 벌금으로 강화되었다.
** 인구주택총조사에서 나타난 반려동물 가구 수는 기존의 표본 조사와 상당한 차이가 있다. 농림축산식품부가 발표한 '2020 동물보호 국민의식조사'에서는 638만 가구, KB 경영 연구소가 발간한 '2021 한국 반려동물보고서'는 604만 가구로 추정했는데 이는 통계청 조사의 두 배이다. 인구주택총조사에 반려동물 양육 여부가 반영된 것은 2020년이 처음이다.

고제였던 그 당시, 합법 번식장은 188개소였다.[4] 농축산부의 통계를 따르더라도 약 80퍼센트가, 동물 단체의 통계를 따르면 약 94퍼센트가 불법 번식장이었던 셈이다. 한 방송 프로그램의 고발로 번식장의 동물학대 문제가 불거지자 정부는 3개월에 걸쳐 4,594개소의 번식장을 전수조사하기로 했다.[5] 그러나 2023년 현재도 동물 단체는 '전수조사와 관리·감독 강화'를 주장한다. 조사 이후에도 변한 것이 없다는 이유다. 불법 번식장은 적발되더라도 가벼운 처벌을 받을 뿐이다. 번식업자는 안다, 처벌이 있더라도 강아지를 '최소 비용'으로 '최대한 빨리' '밀어내는' 것이 더 이익이라는 사실을.[6]

현행법에서 경매장은 동물 판매업으로 등록된다. 즉 합법이다.* 경매장은 합법의 테두리 안에서 불법 번식장의 강아지를 대량으로 거래한다. 경매장을 거쳐 가는 강아지는 한 해 25만~30만 마리다.[7] 경매장은 마리당 5~5.5퍼센트의 수수료를 받는다(2016년 기준). 경매장의 수입은 규모에 따라 다르지만 행강대부가 인터뷰 중 "내가 다녔던 경매장은 많이 들어올 때는 1,000마리, 적을 때는 600마리, 폐견 말고 새끼만"이라고 말했던 것과, 당시 강아지 한 마리의 가격이 평균 30만 원이었다는 것을

---

* '동물 판매업'으로 등록한 '애견 경매장'은 펫숍이나 동물병원에서 판매하는 강아지의 유통업소를 지칭한다. 이와 별개로 성행하는 소위 '육견 경매장'은 모두 허가받지 않은 불법이다.

취합하면 경매장이 불법 번식장의 강아지를 유통하여 취했던 수익을 어림짐작할 수 있다.

동물생산업은 오랫동안 자발적 신고제로 유지되었으나, 2018년 3월부터 동물 단체들의 숙원이었던 동물생산업의 허가제가 실시되었다. 2022년 지자체의 허가를 받아 '합법적으로' 운영하는 번식장은 2,177개소다. 그렇다면 합법 번식장과 불법 번식장은 얼마나 다를까?

2022년 11월 동물권행동 카라는 동물학대가 만연하고 사체조차 수습하지 않는 번식장에 대한 제보를 받았다. 현장은 경기도 연천의 비닐하우스로 뜬장 아래 배설물은 수년째 방치된 것으로 보였고, 개들의 관리 상태도 엉망이었다. 심지어 한 포메라니안은 대변과 털이 뭉쳐 항문이 막힌 상태로 엄청난 고통을 겪고 있었다. 불법 번식장의 전형적 모습이지만 이곳은 '합법 번식장'으로 몇 개월 전에도 연천군의 점검을 받았다. 활동가들은 죽어가고 있던 2.2킬로그램의 모견을 긴급 구조했다. 후일 루시라는 이름을 얻은 개의 상태는 다음과 같았다.

(…) 젖이 마른 흔적이 있었고, 다리 사이로 흘러나온 장기가 보였다. 개는 아주 간신히 뒷다리를 들어 다리가 장기에 닿지 않도록 애쓰고 있었다. (…) 개를 꺼내 안고 병원으로 가는 길, 호흡이 떨어지고

있었다. 활동가는 긴급히 심폐소생을 진행했다. (⋯) 개는 마지막 숨을 크게 한 번 몰아쉬고 눈도 감지 못한 채 세상을 떠났다. (⋯) 부검 결과, 자궁과 질이 탈출했고, 2차 감염으로 인한 패혈증으로 사망한 것으로 밝혀졌다. 그 외에도 심장과 간에 부분적인 괴사가 관찰됐고, 장간막 유착, 소장 내 염증, 장 꼬임 등이 있었다. 위는 텅 비어 있었다. 탈출된 자궁과 질도 뒤집혀서 꼬여 있었다. 수의사는 잦은 출산 때문일 거라고 추측했다. (⋯) 번식업자에게 왜 루시를 그동안 치료하지 않았냐고 물었을 때, 그는 "내가 손으로 (탈출한 장기를) 밀어 넣었는데 또 튀어나온 것"이란 기함할 만한 대답을 내놨다. 경험상 이렇게 겨울이 되면 장기가 나온 개들은 모두 죽는다는 말도 덧붙였다.[8]

새로운 제도가 힘을 발휘하지 못해 합법과 불법의 차이가 무의미한 상황에서 해결책은 없는 것일까? 행강대부가 말한 '근원'이 번식장이라면, '근원의 근원'은 동물에 대한 정의定義가 아닐까? 우리의 제도와 인식은 동물을 어떻게 규정하고 있을까? 나는 다음 장에서 '동물은 동물인가?'라는 질문을 통해 동물의 정의와 지위에 대해 말하고자 한다.

동물이 되지 못한 동물

동물은 동물인가?

'동물은 동물인가?'라는 질문은 동어반복이라는 점에서 어색하다. 그러면 이런 질문은 어떨까? "반려동물은 동물인가?"[9] 사람들은 '길들여지지 않은 야생동물'이나 '물건처럼 이용하는 산업 동물'을 '사랑하는 반려동물'과 구분한다. '동물은 동물인가?'라는 말이 의아하더라도 '반려동물은 동물인가?'라는 말이 그럴듯하게 들린다면 그들이 사람의 공간에 살고, 이름을 가지며, 개별적 존재로 대우받기 때문일 것이다. 인류문화 연구자인 에리카 퍼지Erica Fudge는 반려동물을 동물과 인간의 중간 계급으로 규정하면서 "그들은 인간이면서 또한 동물"[10]이고 "종 사이의 경계를 넘어선"[11] 존재라고 말한다.

《'동물'에 반대한다*Animal*》를 쓴 에리카 퍼지나 《우리는 왜 개는 사랑하고 돼지는 먹고 소는 신을까*Why We Love Dogs, Eat Pigs, and Wear Cows*》의 저자인 심리학자 멜라니 조이[Melanie Joy]처럼, 서구의 학자나 작가가 '반려동물은 동물인가?'라고 질문할 때는 인간과 반려동물의 계급 차이보다 반려동물과 다른 동물의 계급 차이, 즉 어떤 동물은 사랑받고 다른 동물은 착취당하는 현실에 초점을 맞추는 경우가 많다. 그러나 우리나라에서 '반려동물은 동물인가?'라는 질문은 전혀 다른 의미를 담을 수 있다.

'반려동물은 동물(생명체)인가?'

어느 사회에서나 반려동물은 가장 나은 처지이기에 '반려동물은 동물인가?'라는 물음과 '동물은 동물인가?'라는 물음을 나란히 놓는 것은 부적절하게 느껴진다. 그러나 반려동물조차 '생명체인가?'라는 화두를 던져야 하는 사회에서 다른 동물의 상황은 말할 필요도 없다. 번식장에 관한 이야기 끝에 '동물은 동물인가?'라고 묻는 이유는 판매와 구매의 대상으로서 동물은 생명체가 아니라 물건이기 때문이다.

동물은 물건인가?

<서울신문>의 기획기사 시리즈 '2022 유기동물 리포트'의 표현을 빌리면, 강아지는 "패스트 패션fast fashion처럼" 사고 팔린다. 미디어를 통해 특정 견종의 인기가 높아지면 생산업자는 해당 품종을 파양하는 사람에게 개를 넘겨받아 "긁어모"은 뒤, 쉴 새 없이 교배시키면서 새끼를 "찍어낸다."[12] 동물을 물건으로 여기는 것은 생산업자만이 아니다. 불티나게 팔린 견종은 1~2년이 지나면 유기견 보호소에서 흔한 개가 된다. 미디어를 보고 '충동구매'한 소비자는 유행 지난 '상품'을 쉽게 버린다. 어린이날이나 크리스마스가 되면 펫숍은 아이의 '선물'을 사러 온 사람들로 북적인다.

2023년 3월에 보도된 '양평 개 집단 아사 사건'은 생명을 물건으로 취급하는 동물생산업의 폐단을 엽기적이고 절망적인 방식으로 보여준다. 이 사건은 60대 남성이 2020년 2월부터 2023년 3월까지, 번식장에서 '처리'하라고 넘긴 폐견을 마리당 1만 원에 양도받은 뒤 굶겨 죽인 일이다. 자택에서 발견된 동물 사체는 1,256구에 달했고 그는 몇 마리를 데려왔는지 기억하지 못했다. 검찰은 관련자 조사와 현장 검증을 통해 가해자가 동물을 넘겨받은 순간부터 굶겨 죽이려는 고의성이 있었다고 판

단하여 구속 기소했다.

이 사건은 동물생산업 금지 운동에 다시 불을 지피는 계기가 되었다. 2023년 4월 8일 종로 보신각 앞에서 열린 '개들을 위한 위령제'에는 110개의 시민 단체와 양평주민대책위를 비롯한 100여 명의 시민이 참석했고 이들은 "동물은 물건이 아니다" "번식장과 개농장을 철폐하라"라는 구호를 외쳤다. 행강의 박운선 대표는 동물보호법 개정안을 준비하던 2016~2017년에 동물 단체가 모견·종견의 처리를 규제하는 법안을 추가할 것을 요청했지만, 정부에서 번식업자들이 전과자가 될 것을 염려해 거부했다고 말한다. "정부가 생명을 아사시키는 환경과 구조를 만들었다. 대한민국 정부는 번식업자의 이익을 먼저 생각하는 곳이다."[13] 그의 말처럼 반려동물을 상품으로 대하는 환경과 구조가 지속하는 한, 번식견은 비극적 최후를 피할 도리가 없다.

법률을 살펴보면 동물이 동물인지 더욱 의구심을 품지 않을 수 없다. 현행법에서 반려동물을 포함한 모든 동물의 법적 지위는 '재물'이다. 이 재물에 생명력이 있느냐 없느냐는 판단하지 않는다. 이 문제와 관련한 법은 민법 제98조 '물건의 정의'와 형법 제366조 '재물손괴 등'이다. "타인의 재물, 문서 또는 전자기록 등 특수매체기록을 손괴 또는 은닉 기타 방법으로 (…) 해한 자는 3년 이하의 징역 또는 700만 원 이하의 벌금에 처한다

(형법 제366조 '재물손괴 등')." 여기서 "재물"은 민법 제98조 '물건의 정의'에 따르면 "유체물 및 전기, 기타 관리할 수 있는 자연력"이고 동물은 "유체물"에 해당한다. 쉽게 말해 누군가가 피피의 다리를 자르는 것과 내가 이 글을 쓰고 있는 책상의 다리를 자르는 것이 법적으로는 같은 행위다. 진짜 강아지의 다리를 자르는 것과 강아지 인형의 다리를 자르는 것도 구분할 수 없다.* 이 같은 법 적용에는 처벌 수위보다 중요한 문제가 있다. 생명체를 다치거나 죽게 한 책임을 묻는 것이 아니라, 얼마짜리 재물을 망가뜨렸으니 얼마의 보상을 하라고 요구하는 것은 생명 윤리에 대한 사회적 인식에 영향을 미치기 때문이다.

2016년 아동복지법 및 동물보호법 위반으로 고발된 40대 여성의 사례는 아동이나 동물 같은 약자를 범죄 대상으로 삼는 일의 잔혹성과, 동물을 무생물로 취급하는 제도의 부조리를 동시에 보여준다. 이 여성은 당시 8세였던 입양아가 지켜보는 앞에서 자신이 키우던 강아지의 머리를 망치로 때렸다. 벽과 가구뿐 아니라 아이에게까지 피가 튀었다. 같은 해 가해자는 술에 취한 상태로 또다시 강아지의 몸을 송곳으로 여러 번 찌르고 자신이 피우고 있던 담뱃불로 지져서 죽인 뒤, 송곳을 든 채

---

* 이 비유는 민법 제98조 개정안의 통과를 촉구하는 기자회견에서 동물권행동 카라의 전진경 대표가 한 발언에서 따왔다.

아이에게 다가가 말했다. "개새끼야, 너도 죽여줄까?"

어린이와 강아지를 상대로 저지른 이 가혹 행위에 대해 가해자는 아동학대죄만 선고받았다. 처벌은 징역 1년이었다. 망치로 때리고 송곳으로 찌르고 담뱃불로 지져 죽인 강아지는 오로지 아동에 대한 정서적 학대의 '도구'로만 평가되었다.[14] (어린이와 동물은 자신의 목숨과 안전을 보호자에게 전적으로 의지할 수밖에 없다. 가해자의 영향권을 벗어날 수 없는 약자를 대상으로 했다는 점에서 이 여성이 행한 아동학대와 동물학대의 본질은 맞닿아 있다.)

민법 제98조와 별개로 '동물보호법'은 동물학대에 관한 처벌을 강화해 왔다. 내가 이 책의 초판을 집필하던 2017년, 동물학대는 "1년 이하의 징역이나 1,000만 원 이하의 벌금"이었다. 책을 출간한 2018년에는 "2년 이하의 징역이나 2,000만 원 이하의 벌금"으로, 2020년에는 "3년 이하의 징역이나 3,000만 원 이하의 벌금(동물보호법 제97조 '벌칙')"으로 수위를 높였다. 재물손괴죄의 형량이 더 강했던, 그래서 반려동물을 해친 가해자를 재물손괴죄로 고발할 수밖에 없었던 예전과 달리 현재는 동물학대의 처벌이 우위에 있는 것이다. 그렇다면 처벌을 강화한 이후의 현실은 어떨까?

가해자에게 보내는 메시지

2021년 동물자유연대는 어느 오픈 채팅방의 사용자들을 고발했다. 이들은 길고양이 학대 방법을 공유하거나 가해를 부추기는 대화를 나누었고, 각자가 실행한 학대와 살해 장면을 사진과 동영상으로 올렸다. 포획틀에 갇혀 몸부림치는 고양이를 보며 웃고 있는 영상, 화살에 맞아 피를 흘리는 고양이 사진, 비닐봉지에 담은 동물 머리와 살해당한 고양이의 사진과 영상 등 이들은 범죄 행위를 거리낌 없이 게시했다. 고양이뿐 아니라 야생동물의 목을 자르고 칼로 찌르는 영상도 있었다.

동물보호법을 조롱하는 대화도 나누었다. "동물학대는 어차피 벌금형이다." "처벌받지 않을 것이라 더 짜릿하다." 일부 사용자는 성범죄를 예고하는 발언도 서슴지 않았다. "(동물을 학대하고 싶은 마음도 있지만) 여자를 괴롭히고 강간하고 싶은 더러운 성욕도 있다. 강호순, 이춘재 과인 것 같다."[15] 이 채팅방은 디지털 성범죄 집단인 N번방과 유사한 형태로 운영되었는데, 학대와 살해에 참여하지 않는 사용자는 퇴출하고 적극적 가담자에게는 소위 '전문방'에 입장할 수 있는 자격을 부여하는 식이었다.

N번방의 운영자들이 각각 34년과 42년의 징역형을 받던 2022년 11월, 동물 고어방 사건의 핵심 인물에게도 1심 판결이

선고되었다. 방장은 방조죄 혐의로 300만 원의 벌금형을, 네 차례에 걸쳐 동물학대 장면이 담긴 사진과 동영상을 게재했던 행동대장은 벌금 100만 원, 징역 4개월을 받았다. 그나마도 징역형은 집행 유예 2년이었기에 가해자들은 자유의 몸으로 법정을 빠져나갔다.[*]

2022년 기소된 '동탄 길고양이 50마리 학대 살해 사건'이 '제2의 고어방'이라 불리면서 앞의 사건은 '제1의 고어방'이라 불렸다. 제2의 고어방 학대자는 삽이나 쇠봉 등의 도구로 고양이의 머리를 내리치고, 눈알을 터뜨리고, 목을 조르고, 이빨을 부러뜨리고, 익사시키고, 불태우고, 끓는 물을 붓는 등 잔혹한 고문으로 죽음에 이르게 한 뒤 사진과 영상을 오픈 채팅방에 공유했다. 발견 당시 사체는 50구였고 얼마나 더 나올지 알 수 없는 상황이었다. 제보자는 국민청원 게시판에 다음과 같은 글을 올렸다. "제1의 고어방 처벌이 약했기 때문에 제2의 고어방이 생긴 것이다. 3년 징역, 3,000만 원 벌금은 얼마나 잔혹한 방법으로 (동물이) 죽어나가야 실행하느냐?"

제보자가 말했듯, 또한 가담자들의 처벌받지 않으리라는 자

---

[*] 검찰이 즉각 항소했지만, 이 사건은 피고인과 재판부의 사정으로 항소심 기일이 두 차례나 연기되었다. 2023년 6월 2일 열린 항소심 1차 공판에서 재판부가 검찰에 A씨의 정신감정을 요청했고 검찰이 이를 받아들였으며, 6월 말 현재 다음 공판을 앞두고 있다.

신감이 보여주듯 동물학대에 대한 경미한 처벌은 또 다른 범죄자에게 '괜찮다'는 메시지를 주고 있는지 모른다. 이후에도 온라인 커뮤니티 '디시인사이드'에 고양이 방화 게시물이 올라오고 동물학대 방법을 공유하는 오픈 채팅방이 생겨나는 등 온라인 동물학대는 끊이지 않고 있다. 사법적 선례는 생명을 대하는 태도에도 영향을 미치기에, 우리 사회에서 동물학대를 저지르는 자는 당당하다. 개인방송에서 자신의 개를 침대에 패대기치고 폭행한 BJ는 시청자의 제보로 출동한 경찰에게 말했다. "내 개를 내가 때리는 게 잘못이냐? 내 재산이고 내 마음이지."*

2022년 동물권행동 카라가 고발한 '포항 고양이 연쇄 살해 사건'의 피고인 김 씨에게 재판부가 집행유예 없이 징역 2년 6개월을 선고한 것은 이례적일 뿐 아니라 (2023년 5월 이전까지) 우리나라 동물보호법 역사상 가장 강력한 처벌이었다. 가해자는 30대 남성으로 3년에 걸쳐 고양이를 연쇄 살해한 뒤 나무에 매달거나 십자가에 못 박아 전시했고, 학대 영상을 콘텐츠로 이용하기도 했다. 표창원 프로파일러는 이 사건을 "명시적 메시지. 요구 조건을 내걸고. 그만두지 않으면 난 계속할 거야. 이

---

* 피학대견은 동물 단체에 구조되어 새로운 입양자를 만났다. 다음 해 가해자는 유튜브에 '강아지 키우는 방법 좀 알려주세요'라는 방송을 진행했고 여기에는 그가 최근에 분양받았다는 강아지가 등장했다.

게 테러가 되는 거예요. 반사회적 범죄"라고 설명했고 "가장 걱정되는 것은 무관심이다. (…) 그러다 보면 재범 가능성은 100퍼센트 그 이상이 된다"[16]라고 우려했다.

2023년 5월 수원지법 여주지원은 1,256마리의 개를 굶겨 죽인 '양평 개 집단 아사 사건'의 가해자에게 3년 징역을 선고했다. 동물학대 가해자에게 내려진 첫 법정 최고형이었다. 동물학대의 처벌 수위를 높여야 한다는 주장이 있지만 법이 '존재하지 않아서' 문제가 아니라, 이미 시행 중인 법을 '적용하지 않아서' 문제다.

재판부가 대부분 실형을 선고하지 않는 주요 원인은 '양형 기준의 부재'*다. 법원은 양형의 표준 지침에 따라 유죄 판결을 받은 피고인에 대한 형벌의 양과 정도를 결정한다. 그러나 동물 범죄처럼 양형 기준이 부재할 때는 전적으로 법관의 자유재량에 맡긴다.

'포항 고양이 연쇄 살해 사건'이나 '양평 개 집단 아사 사건'처럼 방송에 보도되어 관심도가 높았던 사건, 또한 살해 방식이 잔인하고 피해 동물의 숫자가 많았던 사건은 이례적으로 징

---

* 2023년 6월 대법원은 동물학대의 양형 기준을 수립할 계획이라고 발표했다. 양형위는 동물학대와 대인범죄의 연관성, 동물학대에 대한 국민적 관심의 증가로 양형 기준 설정이 필요하다고 밝혔다.

역형이 선고되기도 하지만, 여전히 대부분의 사건은 집행유예 혹은 벌금형에 그치거나 기소조차 되지 않는다. 법무부 자료에 따르면 2017년부터 2022년 3월까지 동물보호법 위반으로 고발된 사람은 4,221명이고, 정식 재판을 받은 사람은 122명(2.9%)이며, 구속 기소된 사람은 단 4명이다. 나머지는 불기소와 약식명령 처분을 받고 풀려났다.[17]

동물은 물건이 아니다

1983년 10월 오스트리아 빈에서 열린 국제 심포지엄에서 '인간의 즐거움을 위해 사육하는 동물'이라는 뜻의 '애완동물pet'을 '사람과 더불어 사는 동물'이라는 뜻의 '반려동물companion animal'로 개칭하면서, '인간의 노리개'가 아닌 '인간의 동반자'라는 의미가 정립되었다. 언어는 인식을 바꾸는 데 기여한다는 점에서 중요하다. 그러나 현실을 개선하는 일은 다른 문제다. 그것은 언어적 영역을 넘어 정치적 영역으로 나아갈 때 실현될 수 있다. 개의 명칭이 가축에서 애완으로, 애완에서 반려로 격상했다 해서 동물 산업의 사육 방식인 '최소 비용, 최대 생산'이 개를 비껴가지는 않는다. 앞에서 이야기한 번식장이나 뒤에서 이야기할 개농장은 이 공식을 철저히 따른다. 인간에게 암퇘지는 새끼를 낳는다는 목적밖에 없고, 젖소는 우유를 생산한다는 목적밖에 없다. 마찬가지로 강아지 공장의 번식견은 강아지를 만들어낸다는 목적밖에 없다.

행강대부가 번식장에서 행해지는 불법 수술을 이야기하며 "개들을 생명체로 여기면 도저히 할 수 없는 짓이야. 사람이 아니란 이유로 생명체로도 보지 않는 거야"라고 말한 것은 감정적 발언도, 주관적 견해도 아니다. 오히려 그 말은 너무나도 정확하다. 이윤 추구의 수단이 된 동물은 개든 고양이든, 소든 돼지든 무생물과 동일하게 취급된다. 여전히 동물에 관한 우리의 지배적 사고방식은 사람/물건의 이분법적 체계다. '동물은 물건이 아니다'라는 상식이 동물보호법의 원칙이 될 때 개별 법률도 효력을 발휘할 수 있다.

오스트리아는 1988년, 독일은 1990년, 스위스는 2002년에 '동물은 물건이 아니다'라는 조문을 민법에 추가함으로써, 인간이나 물건이 아닌 '제3의 존재'라는 법적 지위를 동물에게 부여했다. 동물권 운동은 사람과 물건만 구분하던 이분법 체계의 시대를 끝내고 권리의 주체인 '인간', 권리의 객체인 '물건' 그리고 '동물'이라는 삼분법 체계의 시대로 전환할 것을 요청한다.[18] 이 시대 전환은 동물이 쾌락과 고통을 느끼고 감정을 가진 생명체라는 자명한 사실을 인정하는 데에서 시작한다. '동물은 물건이 아니다. 생명이다.' 우리는 이 문장이 진실이라는 것을 알고 있다.

2018년 3월 20일 청와대는 개헌안 일부를 발표하며 "동물보호에 대해 국가가 그 정책을 수립하는 조항을 신설했다"라고 말했다. 동물보호를 '국가의 책무'로 규정하여 동물이 물건의 지위에서 벗어날 가능성을 시사한 것이다. 2021년에는 법무부가 '물건의 정의'에 대한 민법 제98조에 "동물은 물건이 아니다"라는 조항(민법 제98조의 2)을 신설하는 내용을 국회에 제출했다. 정치인들이 그토록 중요하게 여기는 '국민적 합의'도 끝났다. '2022 동물복지에 대한 국민인식조사'에 따르면 국민의 94.3퍼센트가 동물과 물건의 법적 지위를 구분하는 데 찬성하고 있다.[19]

2023년 4월 여야 원내대표는 "동물은 물건이 아니다"라는 조항을 신설하는 데 합의했다. 그러나 6월 현재, 이 법안은 법제사법위원회에 상정되지 않은 채 여전히 국회에서 계류하고 있다. 동물과 물건을 동일시했던, 그래서 수없이 반복되는 야만적 동물학대를 제대로 처벌하지 못했던 시대는 여전히 현재진행형이다.

3장

죄 없는
사형수와 무기수

: 공설 보호소와 사설 보호소 :

봄이 오지 않는 곳

: 천안, 2017년 4월

황사와 미세먼지가 정점에 다다른 4월, 내가 천안시 제2보
호소*를 방문한 날은 그 봄 들어 드물게 날씨가 좋았다. 화창
하고 청명했다. 춥지도 덥지도 않았다. 황사와 미세먼지가 걷
히자 햇살이 내리쬐고 미풍이 살랑였다. 보호소는 차가 드문드
문 지나가는 2차선 도로에 면해 있었다. 건너편은 꽃이 흐드러
지게 핀 개천이었다. 보호소 문은 활짝 열려 있었고 입구 쪽 케

---

* 2017년 천안시 보호소는 비영리 사단법인 동물과의 아름다운 이야기의 대표인 이경미 소장
이 운영하고 있었다. 현재 천안시 보호소의 책임자는 다른 사람이다. 이경미 소장 시절의 천
안시 보호소는 대형견을 수용하는 제1보호소, 소형견을 수용하는 제2보호소, 고양이 보호소
로 나뉘어 있었고, 지자체의 위탁 보호소이면서 안락사를 최소화하고 입양센터의 형태로 운
영되었다.

이지에 있던 몰티즈는 빼꼼히 밖을 내다보고 있었다. 내가 다가가자 몰티즈는 짖지 않고 물끄러미 쳐다보았다.

센터장 김은 보호소 앞에서 수건 빨래를 널고 있었다. 해를 등지고 걸어오는 나를 그는 가늘게 눈을 뜨고 쳐다보다가 손차양을 만들어 해를 가렸다. 내가 목례를 하자 쑥스러운 표정으로 인사를 건넸다. 우리는 초면이었다. 보호소 책임자이자 인터뷰를 약속한 이 소장은 포획 작업을 나갔다고 했다.

문 안으로 들어가니 마당이나 현관 없이 곧바로 보호소 실내였다. 김은 쉴 새 없이 움직였다. 100여 개의 케이지를 여닫으며 물병을 채우고 대변을 치우고 소변을 닦았다. 개들의 뒤치다꺼리를 하지 않을 때는 바닥을 물청소하고 쓰레기를 정리하고 무언가를 수리했다. 잽싸게 수돗가로 달려가 걸레를 빨았고, 순식간에 싱크대로 와서 개밥그릇을 설거지했으며, 날렵하게 케이지 앞으로 돌아가 자기 발을 물어뜯는 개의 등짝을 후려친 뒤 넥 칼라를 씌웠다. 나는 그의 재바른 몸짓을 넋 놓고 바라보다가 개수대 안의 컵이라도 씻으려고 고무장갑을 꼈다. 색깔과 재질이 다른 서너 개의 수세미 가운데 무엇을 써야 할지 알 수 없었다.

"놔둬요. 컵과 개밥그릇 씻는 수세미가 달라요. 처음 온 사람이 도와봤자 민폐예요, 민폐."

김은 직설적으로 말하는 성정인 듯했지만 불쾌하거나 무례한 느낌을 주는 사람은 아니었다. 만난 지 몇 분도 지나지 않아 나는 그가 좋아졌다. 김은 빠르고 경쾌한 말투로 나에게 이야기하다가, 깜짝 놀랄 만큼 크고 굵은 목소리로 가여운 유기견에게 고함을 질렀다.

"야! 밥그릇 엎지 마! 너 이따 굶긴다?"

일직선 형태의 보호소는 세 공간으로 나뉘어 있었다. 비품이 있는 사무공간과 두 개의 견사를 나란히 연결한 구조였다. 내가 들어갔던 문은 후문으로 2번 견사의 출입구였다. 두 견사에는 각각 수십 개의 케이지가 2층으로 쌓여 있었다.

"센터장님은 여기 매일 나오시는 거예요? 보호소에서 일한 지는 얼마나 되었어요?"

김은 내가 서 있는 쪽으로 고개를 돌렸다. 그 순간에도 손은 쉴 새 없이 움직이고 있었다.

"센터장이라고 하지 말아요. 나 직원 아니고 봉사자예요, 붙박이 봉사자. 하긴 그게 그거네요. 여기 온 지는 1년 넘었어요. 소장님 만나서 코 꼈어요."

우리가 이야기를 나누고 있는 2번 견사는 넓지 않은 공간이지만 활짝 열린 창문과 출입문으로 햇볕과 바람이 들어왔다. 나는 안쪽 케이지에 있는 털이 풍성한 포메라니안을 바라보았다. 인기가 많고 분양가가 높은 품종인 데다 포메라니안 가운데에서도 유달리 생김새가 예뻤다. 김은 고무장갑의 물기를 탁탁 털며 내 옆으로 다가왔다.

"그 애가 지금 우리 보호소에서 제일 인기가 좋아요. 입양하겠다고 찾아와선 다른 개에게 눈길 한 번 안 주고 이 애부터 지목하는 사람이 많아요. 전 그런 사람에게 딱 잘라서 말해요. '벌써 입양 예약되었거든요.'"

김은 건너편에 있는 작고 새하얀 몰티즈를 돌아보았다.

"그럼 다음으로 가리키는 애가 이 몰티즈예요. 한 살, 2킬로그램, 초소형. 이 둘은 서로 입양하겠다고 난리예요. 오늘도 문의 전화가 몇 건이나 왔는지 몰라요."

"여기에 가장 오래 있었던 애는 누구예요?"

김은 위층 케이지에 있는 황갈색 혼종견을 가리켰다. 순하게 생긴 개는 눈이 마주치자 꼬리를 흔들었다. 내가 다가가자 철창 사이로 다급히 앞발을 내밀었고, 손을 주자 철창에 얼굴을 붙인 채 조그만 혀로 손바닥을 열심히 핥았다. 그 몸짓에 간절함이 배어 있어서 차마 손을 거둘 수가 없었다.

"그 애는 3년 전에 여기 들어왔어요. 그동안 입양 문의가 한 건도 없었죠."

김은 옆 케이지에 있는 두 마리의 강아지를 바라보며 말을 이었다.

"요즘 믹스견 대란이에요. 꼬맹이가 많이 들어와요. 믹스견은 끝도 없이 태어나잖아요. 이 애들도 어릴 때 입양 못 가면 저 애처럼 되겠죠."

내가 그쪽으로 몸을 돌리자 강아지들은 철창 틈으로 까만 코를 내밀고 킁킁거렸다. 한 배에서 태어난 듯한 3, 4개월령의 혼종견이었다. 3, 4개월은 사람 나이로 환산하면 대략 5~7세쯤이다. 물고 뜯고 맛보고 냄새 맡고 뛰어다니면서 세상이 어떤 곳인지 알아갈 시기다. 나는 김을 따라 1번 견사로 갔다. 미용하고 옷까지 차려입은 채 한껏 멋 부린 토이 푸들이 제일 먼저 눈에 띄었다.

"이 푸들은 누가 잃어버린 것 아닐까요?"

김은 고개를 저었다.

"미용하고 옷 입혀서 예쁜 모습으로 버리는 사람도 많아요. 그러면 남이 키워줄 거라 생각하나 봐요."

푸들은 견종 특성이 영리해서 상황을 기민하게 알아차린다. 우스꽝스러울 정도로 꾸민 탓에 더 애처로워 보이는 푸들도 자신의 처지를 알고 있는 듯 망연자실한 눈빛이었다. 또 다른 푸들도 있었다. 대형 케이지 안에 모여 있는 세 마리의 푸들 가운데 한 마리는 잠시도 가만히 있지 못하고 한쪽 방향으로 원을 그리며 돌았고, 두 마리는 경쟁하듯 목소리를 높여 짖었다.

"시끄러워! 너희 그러다가 버려졌지? 안 봐도 뻔해. 나라도 너희 같은 개는 갖다버렸을 거야."

김은 푸들들을 향해 소리를 지른 뒤 나에게 말했다.

"저 애들은 사람으로 치면 주의력결핍과잉행동장애예요. 왜 저런 개들이 생기는지 알아요? 번식장 때문이에요. 모든 일이 거기서 시작되는 거예요."

우리가 있는 1번 견사는 사무실과 2번 견사 사이에 끼어 있어서, 다른 공간과 달리 외부로 통하는 문이나 창문이 없었다. 바깥세상과 완전히 단절된 그곳에서 나는 케이지 속의 개들을 바라보고 있었다. 화창하고 청명한 날, 춥지도 덥지도 않은 날, 황사와 미세먼지가 걷힌 날, 햇살이 내리쬐고 미풍이 살랑이는 날, 바깥은 완연한 봄이지만 이곳은 아무 계절도 아니었다.

개 값이 얼마여야 할까요?

브리더 또는 봉사자

전 천안시 보호소의 김미지 센터장

센터장님이라고 부르지 말라니까요. 저는 브리딩^{breeding}을 해요. 많이는 안 하고 몇 년 동안 한 번 했어요. 라사압소라고 특수한 견종이라 시장성이 없어요. 한 번 브리딩으로 여덟 마리가 태어났는데 한 마리는 미국으로 입양 가고, 또 한 마리는 캐나다로 입양 가고, 세 마리는 한국에서 입양 보냈어요. 나머지 세 마리는 제가 데리고 있고요. 입양 보낼 때 첫 번째 조건은 '제대로 키우지 않으면 내가 빼앗아온다'는 거였어요. 여기에 동의해야 다음 단계로 진행해요. 왜 까다롭게 구느냐 하면 라사압소는 현존하는 견종 가운데 수명이 가장 길어요. 20년 이상, 30년 가까이 사는 개들도 있어요. 사람이 제대로 키우지 않거나 나쁜 곳으로 흘러가면 더 오랫동안 고통당해요.

미국에서 입양한 분들은 한국 여성과 미국 남성의 재혼 커플이었는데 자식 대신 반려동물을 선택한 거였어요. 30년의 여생을 함께할 반려견으로 우리 강아지를 선택한 거예요. 제가 물었어요.

"당신들이 개보다 먼저 죽으면 어쩔래?"

미국인 남편이 그러더라고요.

"내 유산 상속받을 건데 뭘 걱정해?"

캐나다에서 온 분들은 한인 커플인데 사고방식은 비슷했어요. 캐나다에서는 라사압소가 1,000만 원 정도 하는데 우리나라에서는 상대적으로 저렴하니까 한국에 방문했을 때 입양한 거였죠. 우리나라에서 입양 간 강아지들은 결론부터 말하자면 도로 데려왔어요. 세 마리 다요. 모든 개가 마찬가지지만 라사압소는 견종에 대한 이해가 없으면 개도 사람도 힘들어져요. 우리나라에서 입양한 분들은 준비 없이 특이한 개를 키우고 싶어 하는 마음만 컸어요. 우리 개가 이렇게 희귀하고 비싸다는 걸 과시하고 싶은 거죠. 그래도 잘 키워주기를 바라며 신신당부해서 보냈는데 다시 데려와야 했어요.

그 사람들만이 아니에요. 우리나라는 반려견을 키우려면 공부부터 해야 한다는 인식이 없어요. 데려오면 예쁘고 귀여운 모습으로 착하게 있을 줄 알아요. 문제가 생겨도 자기가 통제할 수 있을 줄 알고요. 웃기는 소리죠. 개에 대한 지식이 없는데 무슨 수로 컨트롤한대요? 잘못된 정보도 넘쳐나요. 저는 일본에서 동물행동학을 공부했는데 한국에 들어왔더니 일본에서는 10년 전에 소용없다고 판명한 강압적 훈련법이 전파되고 있더라고요. 서점에는 그런 책이 쫙 깔려 있고요. 개에 관한 훈련은 케이스 바이 케이스, 견종마다 개체마다 다른데 획일적인 방법으로 할 수 있다는 것부터 말이 안 되는 거예요.

훈련사, 자칭 동물 애호가, 개를 입양 보내는 사람, 개를 입양하는 사람, 개를 오래 키운 사람조차 개를 제대로 이해하고 있는 경우가 별로 없어요. 대부분은 자기 생각, 자기감정에 따라 일관성 없이 막 키워요. 개가 문제 행동을 하면 자기가 잘못 키운 줄 모르고 개 탓하면서 갖다버려요. 이게 반려동물 문화의 현주소예요. 뭐가 어떻게 잘못되었냐고 물으면 난감해요. 개에 대한 이해조차 없는데 어디서부터 이야기해요?

가격 경쟁력

그래도 이야기하자고 하시니 해보자고요. 저는 활동가도 뭣
도 아니니까 애들을 그냥 물건이라 치고 이야기할게요. 사람들
이 가장 오래 가지고 있는 소유물이 뭘까요? 집? 자동차? 부동
산 중개사무소에서는 집이 보통 10년이라고 해요. 자동차도 비
슷하겠죠. 제가 생각하기에 가장 오래 가지고 있는 건 반려동
물이에요. 15년 이상, 20년 가까이.

시금치 한 단도 원산지 표시하는 세상에 반려동물은 어느
번식장에서 태어났는지, 그곳의 환경은 어떤지, 모견과 종견은
누구인지, 임신했을 때 모견이 뭘 먹고 어떻게 지냈는지 아무
도 몰라요. 생산업자는 시금치 한 단 취급도 못 받고 시장에 나
가는 강아지를 어떻게 만들까요? 거름 주고 물 주고 햇볕 쬐이
면서 고이고이 만들까요? 아니죠. 가장 손이 안 드는 방법으로,
제일 저렴하게 만들죠.

반려동물 생산업이 사각지대에 있는데 왜 좋은 상품을 만들
려고 노력하겠어요? 제대로 만들려면 가격 경쟁력이 떨어지는
데요. 가격 경쟁력이란 무엇을 뜻하느냐? 작가님은 반려동물
가격이 얼마쯤 되어야 적당하다고 생각하세요? 제가 봉사자들
에게 물어보면 그분들조차 "30만 원? 40만 원?" 그래요. 이게

우리나라 소비자가 일반적으로 생각하는 강아지의 적정 가격이에요. 현실도 그렇고요.*

자, 그럼 30만 원이 적정 가격인지 따져보자고요. 어미개가 1년에 새끼를 몇 번 낳을까요? 한 번 낳을 때는 몇 마리나 낳을까요? 평균적으로 1년에 한두 번 낳는데 한 번이라 치고 세 마리를 낳았다고 가정할게요. 소비자의 손에 들어가기 전, 생산자가 출하할 때 가격은 3분의 1 정도예요. 10만 원짜리 강아지를 세 마리 낳으면 30만 원이죠. 1년에 어미개가 먹는 사료 값만 30만 원은 되지 않겠어요? 10만 원짜리 강아지를 생산하는 어미개는 뭘 먹을 수 있을까요? 어떤 공간에서 지낼 수 있을까요? 아프다고 치료받을 수 있을까요? 깨끗한 환경에서 학대당하지 않고 살 수 있을까요?

그래서 생산업자는 돈과 일손이 가장 적게 드는 방식을 선택해요. 가로세로 5센티미터의 네모난 구멍이 열십자로 뚫린 바닥 위에서 엄지손가락보다 작은 발을 가진 몰티즈가 살아요. 심한 경우는 양발이 다 빠지는 철망 위에서 살기도 해요. 교배할 때 잠깐 꺼내주거나, 그때조차 안 꺼내주고 종견을 케이지에 집어넣죠. 모견은 만삭이 될 때까지 그 안에서 지내요. 새끼

---

* 2023년 현재 강아지 분양가는 견종에 따라 차이가 있지만 대략 50~200만 원 정도다.

낳을 때가 되면 출산장으로 이동하는데 말이 출산장이지 라면 상자예요. 번식장 구석의 라면상자에서 아기를 낳은 엄마의 심정이 어떻겠어요? 자기 상황이 불안하고 새끼가 걱정되니까 안절부절못하고 바깥을 두리번거려요. 제가 번식장에서 봤던 어떤 어미는 새끼를 지키려다 못해 도로 뱃속에 집어넣으려고 안간힘을 쓰고 있었어요.

법적으로 60일이 안 된 강아지는 어미에게서 떼어내면 안 된다고요? 번식장에선 눈 뜨는 날이 젖 떼는 날이에요. 눈 뜨는 데 2주밖에 안 걸려요. 이빨도 안 난 아기가 사료 알갱이를 어떻게 씹겠어요? 그래도 물에 불려서 억지로 먹여요. 소비자는 작아야 좋아하니까. 조그마할 때 팔아야 한 푼이라도 더 받으니까. 어떤 번식업자는 초소형 강아지를 만들려고 멘델의 유전법칙을 적용해요. 엄마 개와 아빠 개를 교배해서 딸이 나오면 아빠와 딸을 교배하고, 근친교배로 3대만 내려가면 사이즈가 70퍼센트까지 줄어요. 이만하던 몰티즈가 요만해져요(그는 양손을 가슴너비로 벌렸다가 작게 모았다). 이렇게 태어난 개는 열성인자가 결합해서 온갖 유전병에 시달려요. 사이즈만 보고 귀엽다고 샀던 사람은 아픈 개 뒤치다꺼리하기 싫어서 내다버리겠죠?

근친교배가 아니라도 10만 원대 원가의 강아지를 이윤까지 남겨서 생산하려면 불량품이 나올 수밖에 없어요. 새끼가 태어났는데 신체장애가 있으면 그 자리에서 확! 아, 물론 거기는 안락사 없어요, 젖만 안 물리면 죽으니까. 하지만 정신장애가 있는 강아지는 겉모습으로 알 수 없잖아요. 그럼 누군가가 외모, 품종, 사이즈만 보고 사겠죠? 선천적으로 정신장애가 없더라도 태어난 지 한 달 만에 어미에게서 떨어져 경매장으로, 애견 숍으로 갔잖아요. 엄마 젖을 먹고, 유대감을 형성하고, 수면을 취해야 할 시기에 쇼윈도의 유리 상자에, 한밤중에도 환하게 빛나는 조명 아래에 갇혀 있었잖아요. 그런 개가 신체든 정신이든 멀쩡할까요?

동물복지를 떠나서 개 값이 최하 100만 원이 안 되면 소비자는 상품의 질을 따질 수 없는 거예요. 저품질, 저가격, 대량 생산 구조를 고품질, 고가격, 소량 생산구조로 바꾸지 않으면 유기견은 절대 줄지 않아요. 지금 상황은 어때요? 가뜩이나 정서 불안인 강아지를 개에 대한 지식도, 경험도 없는 소비자가 구매해요. 아무것도 모르니 자기 생각, 자기 기분대로 키우고요. 어떻게 문제가 생기지 않을 수 있겠어요? 결국 사람들은 감당 안 되는 상품을 쓰레기처럼 버려요. 그렇게 생긴 게 여기 있는 수많은 유기견이에요. 불량품 취급받으면서 버려진 이 많은 개의 뒤처리를 누가 할까요? 번식업자가? 정치인이? 천만에요. **더 사랑하는 사람, 더 마음 아픈 사람**이 하죠. 그게 우리 소장님 같은 사람이고요.

　제 생각에 진짜 문제는 마구잡이로 만들어내는 생산업자도 아니고, 쉽게 사고 버리는 소비자도 아니에요. 정부예요, 정부. 나라에서 제대로 된 동물보호법을 만들지 않아서 생기는 일을 힘없는 개인이 독박 쓰고 감당하는 거예요, 단지 동물을 사랑한다는 이유로.

　저는 이기적이고 독선적이고 제멋대로인 사람이에요. 모든 개를 좋아하지도 않고 아는 개만 예뻐해요. 솔직히 유기견 문제도 크게 관심 없어요. 대부분의 사람이 그럴걸요. "어머, 불쌍해라" 그러고 끝이잖아요, 자기하고 상관없는 일이니까(갑자기 김은 눈물을 흘렸다. 슬픈 표정은 아니었다. 이야기하는 내내 그의 표정과 말투는 담담했고 그것은 울고 있을 때도 마찬가지였다). 저는 소장님과 인연이 되어서 여기 있는 것뿐이에요. 소장님의 진심을 아니까 힘들어도 같이 가는 거예요. 누군가는 그래야 하잖아요.

　소장님이 어떤 개를 쓰다듬어 주면 제가 그래요. "그 애 놔두고 다른 애 예뻐해 주세요." 소장님이 어떤 개를 입양 보내려고 애쓰면 또 떽떽거려요. "그 애는 정신머리 없고 오두방정이라 입양 못 가요." 소장님이 뭘 할 때마다 태클 걸고 구박해요. 제가 성격이 못됐기도 하지만 이 모든 일이 속상하고 화나고 안타까워서 말이 자꾸 엇나가요.

작고 어린 암컷 품종견

개가 문제행동을 하는 데에는 이유가 있어요. 간단한 원인도 마음이 열려 있지 않으면 발견할 수 없어요. 진짜 사람 혼을 쏙 빼놓는 개도 있긴 해요. 잠시도 가만히 있질 못해서 좁은 케이지 안에서 계속 왔다 갔다, 밥그릇이든 철창이든 이빨이 닳을 때까지 물어뜯고, 정 물어뜯을 게 없으면 자기 발이라도 물어뜯어요. 이런 개는 정신이 심각하게 불안한 상태인 거예요. 저는 그런 애들에게 말해요.

"야, 너 이러다 버림받았지? 나 같아도 버렸을 거다."

궁둥이라도 한 대 때리려고 손을 들면 화들짝 놀라서 눈을 감고 바들바들 떨어요. 전 주인에게 무지하게 맞았던 거죠. 우리 보호소에서 그런 개 중에 화이트 푸들이 있었어요. 이 녀석이 하루 종일 짖고 울고 긁고 물어뜯으면서 난리법석을 치는데, 생긴 건 예쁘게 생겨서 입양 문의가 많이 왔어요. 그중 한 분에게 입양을 보냈는데 보호소 나선 지 30분 만에 유턴해서 돌아왔어요. 다음 주에 다른 분이 또 데려갔는데 하룻밤 자고 돌아왔어요.

이 녀석 때문에 정신머리 없어서 못 살겠다고 투덜거렸더니 소장님이 기가 막히게 입양할 분을 찾아오셨어요. 지금은 그

집에서 말썽 안 부리고 잘 살아요. 보호자가 개에 대해 많이 알고 교육도 잘했거든요. 개를 모르는 사람들이 겪지 않아도 되는 일을 겪고, 버리지 않아도 되는 애를 버리는 거예요.

우리가 이야기하는 동안에도 전화 왔잖아요. 조금 전에 보셨던 포메라니안, 또 입양 문의 온 거예요. 사실 그 애 슬개골 탈구 3기예요. 병원비 드니까 버린 거예요. 전화하신 분이 자기가 꼭 데려가고 싶다고, 정말 잘 키울 수 있대요.

"슬개골 탈구라서 입양하면 수술부터 시켜야 해요."

그랬더니 깜짝 놀라요.

"네? 제가 수술을 시켜야 한다고요?"

"아픈 상태로 키우시게요?"

"아니, 수술은 그쪽에서……."

"저희가 수술시킬 테니까 수술비 내고 데려가세요."

소장님은 이런 말씀 못 하지만 전 해요. 진짜 동물을 좋아하고 유기동물에게 진심인 사람은 입양할 때 따지는 게 별로 없어요. 품종, 나이, 성별, 정해놓은 조건 없이 마음이 가는 개를 입양해요. 자기 마음에 들어왔으면 믹스견이든 노령견이든 치료가 필요한 개든 책임지고 감당해요. 하지만 그런 분은 열 명 중 한 명이 될까 말까 하고 대부분은 원하는 게 비슷해요. 작고 어린 암컷 품종견. 수컷은 마킹할 수도 있으니 싫은 거죠. 그런

데 여기에 또 다른 조건을 더하는 신청자가 있어요.

"대소변 가리고 말귀 알아듣고 짖지 않고 털이 안 빠지면 좋겠어요."

제가 그래요.

"어머나, 그런 개 있으면 알려주세요. 제가 꼭 키우고 싶네요. 여기 유기견 보호소예요. 짖는 개, 무는 개, 똥오줌 못 가리는 개, 아픈 개, 나이 많은 개 다 있어요. 찾아오실 필요 없으니 정 키우고 싶으면 펫숍에 가서 강아지 한 마리 사세요."

그런 다음에 덧붙여요.

"펫숍에서 데려온 강아지도 만만치는 않을 거예요. 성견이 됐을 때 사이즈 장담 못 하고, 짖거나 물거나 말썽부릴 수 있어요. 배변 훈련해도 안 될 수 있고, 어릴 때 혹은 나이 들어서 아플 수 있어요. 어디에서 누구를 데려오든 사람이 잘 키워야 하는 거예요. 감당 못 하실 거면 **제발 개 키우지 마세요. 알겠죠?**"

버려진 개의 마지막 정거장

캣맘

비영리 사단법인 동물과의 아름다운 이야기의 이경미 대표,

전 천안시 보호소 소장

저는 옷가게를 했어요. 유기동물 보호소 소장은 생각한 적도 없는 일이에요. 천안시 보호소 소장이 된 건 5년 전이고 동물 문제에 관심을 가진 건 7년 전이에요. 제 삶이 바뀐 건 2010년 5월 아침. 운명의 순간에 제가 뭘 하고 있었느냐 하면, 하하, 이불 빨래를 털고 있었어요. 베란다 밖에서 작고 희미하게 고양이 울음소리가 들렸는데 얼마나 구슬프고 절박했는지 몰라

요. 소리가 나는 쪽을 봤더니 아파트 입구에 손바닥보다 작은 아기 고양이가 혼자 울고 있더라고요. 이불이고 뭐고 다 집어 던지고 달려갔어요. 고양이를 키운 적도 없었고 좋아하지도 않았는데 말이에요. 동물병원에 데려갔더니 생후 일주일이래요. 수의사가 젖병 하나, 우유 한 통 주면서 그래요.

"생존 확률 50퍼센트, 사망 확률 50퍼센트. 잘 살려보세요."

집에 돌아오자마자 인터넷으로 정보를 찾고 사람들에게 묻고 두 시간 간격으로 수유해서 살려냈어요. 이름은 두정이. 나의 첫 고양이이자 첫 구조였죠. 모든 일이 그때부터 시작됐어요. 두정이가 진짜 못생겼어요. 그런데 순하고 장난기 많고 사람 좋아하고, 세상에 이런 개냥이가 없는 거예요. 내 새끼라는 생각이 드니까 못생긴 건 눈에 들어오지도 않아요. 착한 점, 예쁜 점, 좋은 점만 보이죠. 고양이 한 마리를 사랑했을 뿐인데 그전에는 보이지 않던 장면이 눈에 들어오더라고요. 운전을 하다가도 길고양이를 보면 브레이크를 밟게 되고, 삐쩍 마른 애들이 뭔가를 뜯어먹고 있으면 밥을 챙겨주게 되고. 그러면서 우리 두정이 같은 길고양이가 얼마나 고단하고 위험하게 사는지 알게 되었어요.

평균 수명이 15년인 고양이가 길 위에서는 2, 3년밖에 못 살아요. 어느 수의사가 길고양이를 부검했더니 뱃속에 흙과 풀만

들어 있더래요. 혐오 범죄의 대상이 된 고양이는 상상할 수 없을 만큼 잔인한 방법으로 살해당해요. 개뿐 아니라 고양이도 먹는 우리나라에서 나비탕 재료로 잡힌 길고양이는 끓는 물에 산 채로 던져져요. 그런 일을 알면서 캣맘이 됐어요. 캣맘이라니, 두정이를 만나기 전에는 상상도 못 했죠. 낮에는 장사를 하고 아침저녁으로는 길고양이 밥을 주러 다녔어요. 하루에 3킬로미터 이상, 한 달이면 100킬로미터 이상을요. 나중에는 밥만 주는 게 아니라 아픈 고양이를 병원에 데려가서 사비로 치료했어요. 길고양이 돌본다고 욕도 많이 먹었지만 저는 당당했어요. 관리실, 경비실, 이웃 사람들을 찾아가서 말했어요.

"제가 밥 주니까 고양이들이 쓰레기봉투 안 뜯을 거예요. 애들이 밥 먹고 가면 주변 정리 다 할 거고요, 중성화수술도 시킬 거예요. 그러면 발정기에 울음소리 나는 일도 없고 개체수도 늘지 않아요. 두고 보세요, 제 덕분에 동네가 더 좋아질 테니까요. 나중에 저에게 고마워하실걸요?"

다들 뭐 이런 여자가 있나 하는 표정이었지만 자신 있었어요. 한 마리씩 TNR*을 했고, 임신한 고양이나 아기 고양이를

---

* TNR: '포획Trap' '중성화 수술Neuter' '제자리 방사Return'의 약자로, 길고양이를 포획하고 중성화수술을 실시해 원래 영역에 방사하는 활동을 뜻한다. 길고양이의 한쪽 귀 끝이 잘려 있는 것은 TNR을 받았다는 표식이다. 개체수를 조절하는 가장 인도적인 방법으로 알려져 많은 나라에서 시행하고 있으며, 우리나라에서는 일부 지자체가 참여하고 있다.

발견하면 우리 집에 데려왔어요. 동네 환경이 좋아지니 경비실과 관리실에서 먼저 아군이 되어주더라고요.

"사모님, 귀여운 아기 고양이가 혼자 울고 있어요!"

전화가 와서 달려가면 이미 본인들이 붙잡아서 보호하고 계신 거 있죠.

봉사

캣맘으로 활동하면서 천안에도 반려동물을 사랑하는 사람들의 모임이 있다는 것과, 그분들이 천안시 보호소에서 봉사활동을 한다는 것을 알게 되었어요. 첫 봉사를 갔던 날, 머리가 멍해질 만큼 충격을 받았어요. 이름만 보호소지 비닐하우스에 뜬장을 층층이 쌓아놓은 곳이었어요. 케이지마다 큰 개는 하나, 작은 개는 둘, 2층 개가 똥오줌을 싸면 1층 개가 다 뒤집어쓰는 구조. 봉사자가 오기 전에는 청소하는 사람도 없어서 배설물이 무더기로 쌓여 있고 한여름이라 파리에 바퀴벌레가 들끓는… 맞아요, 번식장이랑 똑같았어요. 차이점은 새끼를 빼지 않는다는 것밖에 없었죠.

고양이도 많았는데 개와 고양이를 분리하지도 않았어요. 판자때기 하나 세워놓고 이쪽은 개, 저쪽은 고양이. 개들이 짖는 소리에 고양이들은 극도의 스트레스 상태였어요. 고양이가 배변하려면 모래 상자가 필요하잖아요. 뜬장에 고양이만 덜렁 넣었더라고요. 개 사료는 있었지만 고양이 사료는 없었고요.

개 사료든 고양이 사료든 중요하지 않았어요. 소장이 동물들을 굶기다시피 했거든요. 애들은 봉사자가 갔을 때만 밥을 먹을 수 있었어요. 소장이 사료를 갖다 놓은 이유는 시찰이나 감사를 대비한 거였어요. 봉사자가 사료를 주면 오만상을 쓰면서 눈치를 줬어요. 보여주기용인데 진짜 먹인다고. 소장이 수의사였어요. 시 보호소를 운영하면 지자체에서 보조금이 나오니까 보호소는 부업인 거죠. 대동물과 수의사였는데 개나 고양이에 대한 지식이 없었어요. 견종도 잘 모르고 고양이 암수도 구분하지 못했어요. 봉사자에게 삼색고양이를 보여주면서 "애가 암놈이요, 수놈이요?" 하고 묻던 사람이에요. 삼색고양이는 거의 암컷이에요. 수컷일 확률은 1,000마리 중 한 마리예요. 고양이를 키우는 사람이면 누구나 아는 상식이에요.

봉사자가 동물의 상태를 살펴보고 "애들 설사해요" 하면 마지못해 항생제 주사를 툭 놔줘요. 그러고 나서 같은 주사기로 다른 애에게 툭, 또 다른 애에게 툭. 그렇게 여섯 마리에게 주사를 놔서 다 같이 죽은 적도 있어요. 네, 여섯 마리 다요. 그래도 봉사자들은 싫은 소리를 못 했어요, 성질나서 다 안락사할까 봐. 소장이 공고 기간이 끝났다고 칼같이 안락사하진 않았거든 요. 그 사람이 유기동물에게 눈곱만큼이라도 연민이 있어서 그 랬다고 생각하진 않아요. 비닐하우스인 데다 냉난방 시설도 없 으니, 그 안이 여름에는 얼마나 푹푹 찌고 겨울에는 얼마나 꽁 꽁 얼겠어요. 영하 10도 아래로 내려가면 비닐하우스 안에 고 드름이 자라요. 소장은 애들이 얼어 죽도록 내버려뒀어요. 애 들도 처리하고 안락사 약품비도 굳고, 그 사람 입장에서는 일 석이조죠.

첫 봉사 이후 한동안 못 갔어요. 아니, 안 갔어요. 외면하고 싶었고 모르는 척 살고 싶었어요. 그러다 계기가 생겨서 다시 봉사를 나갔을 때 아기 고양이 스물네 마리가 한꺼번에 입소했 어요. 소장이 이 애들을 한 케이지에, 소형견 두 마리가 겨우 들 어갈 만한 공간에 몽땅 집어넣은 거예요. 어떤 아기는 위에서 짓밟히고, 어떤 아기는 옆에서 짓눌리고, 어떤 아기는 철창에 매달려서 울부짖었어요. 스물네 마리 아기들이 차례차례 죽어 가는 모습을 지켜보면서 결심했어요. 내가 당신 보호소 못 하 게 만든다. 앞으로 유기동물 판에 발도 못 들이게 만든다. 내가 꼭 그렇게 만든다…….

싸움

곧바로 시청으로 달려갔어요. 담당 공무원에게 보호소를 운영하려면 어떻게 해야 하냐고 물었어요. 한 묶음짜리 과업지시 서류를 제 앞에 탁 놓더니 여기 적힌 대로 다 준비하래요. 그 지시서의 내용이 좀 황당했어요. 지자체 보호소를 운영하려는 개인의 자격이 동물 판매업자여야 한다는 것부터가 그랬어요. 동물 판매업자가 되려면 관련 교육을 이수한 뒤 지자체에 신고하고, 등록증을 받아서 동물을 판매하는 가게를 열어야 해요. 이해할 수 없었지만 그렇게 했어요. 교육도 받고 신고도 하고 빈 가게도 얻고요. 지금도 그걸 왜 해야 했는지 모르겠어요.

동물 판매업자로 등록했더니 이번에는 보호소를 마련하라기에 사비를 털어서 임대할 건물도 보러 다녔어요. 돈은 둘째치고 유기동물 보호소로 사용한다니까 아무도 계약을 안 하려는 거예요. 너무나도 애를 먹었는데 결국엔 좋은 분을 만나서 계약했어요. 그 밖에도 우여곡절이 많았지만 시청에서 시키는 일은 꼬박꼬박 했어요. 진짜 절박했거든요. 보호소라고 불려서는 안 되는 곳에 애들을 두고 나올 때마다 마음이 먹먹했어요. 삶의 기회를 얻을 수 있는 애들까지 열악한 보호소에서 얼어 죽고 병들어 죽을 때마다 악에 받쳤어요. 마지막으로 보호소에 갔던 날, 만약 내가 소장이 안 되더라도 당신만큼은 절대 이 일을 못 하게 만들겠다고 이를 바득바득 갈았어요.

애들을 살리려면 한시가 급한데 시에서 입찰을 안 해주는 거예요. 하라는 건 다 했는데, 소장의 만행을 뻔히 알면서. 그때부터 시청을 상대로 혼자 싸움을 시작했어요. 저는 처절한데 공무원들은 눈 하나 깜빡하지 않더라고요. '계란으로 바위 치기'라는 말을 온몸으로 실감했어요. 상황이 반전된 건 봉사자들이 민원 폭탄을 터뜨리면서였어요. 일주일 사이 500여 건의 민원이 올라갔어요. "개인 활동가가 유기동물을 살리기 위해 보호소를 맡겠다는데 왜 허가를 안 하냐?" "동물보호에 아무 의식도 없는 소장이 오로지 돈벌이로 이런 짓을 하는데 왜 시에서는 묵과하느냐?"라는 게 민원의 주 내용이었죠.

학대 증거도 많았어요. 봉사자들이 찍어놓은 사진과 영상으로요. 다 같이 들고 일어나서 이판사판으로 덤볐어요. 봉사자들도 3년 동안 참고 참았던 게 터진 거예요. 사진과 영상을 인터넷에 퍼뜨리자 방송 3사가 취재를 시작했어요. 서울의 동물 단체들이 천안 시청으로 찾아와서 항의했고, 저도 죽기 아니면 까무러치기라는 심정으로 싸웠어요. 결국 시장님이 나서서 소장의 계약을 취소한 뒤에야 제가 보호소의 운영권을 따냈어요. 보호소를 하겠다고 결심한 지 8개월 만의 일이었어요.

마지막 정거장

제가 유기동물에게 해주고 싶었던 건 네 가지예요. 굶기지 않기, 공고 기간이 끝났다고 안락사하지 않기, 최선을 다해 입양 보내기, 살릴 수 없다면 안락사로 고통을 덜어주기. 보호소가 지켜야 하는 기본적인 동물 복지지만 우리나라의 지자체 위탁 보호소가 이걸 실현하는 건 불가능에 가까워요. 공고 기간 후 안락사하지 않는 것부터가 그래요. 동물 단체나 사설 보호소는 자신들이 구조 여부를 결정할 수 있지만 시 보호소는 그럴 수 없어요. 신고를 받으면 무조건 포획해야 해요. 안락사 없이 감당할 수 없는 거예요. 다른 시 보호소 소장들이 저에 대해 그런 말을 했대요.

"미친 거 아냐? 안락사를 안 하고 보호소가 돌아가?"

지금은 다 알려졌지만 한동안 쉬쉬했어요, 안락사하지 않는다는 걸. 왜 그랬느냐 하면… (이 소장은 손가락으로 테이블 위에 약도를 그렸다) 천안 동면은 오창과 붙어 있어요. 인가가 없는데 천안 오창 경계에 버려지는 개가 많아요. 동면만이 아니에요. 세종 경계 천안, 아산 경계 천안, 이런 외곽에 개가 엄청나게 버려져요. 유기하는 사람의 '양심'이라고 해야 할까요? '천안 넘어가서 버리면 죽지는 않겠지?' 어떤 사람은 신고하면서 대놓고 물어요. "안락사 안 하는 데 맞죠?" 제 입장에서는 한다고도, 안 한다고도 말할 수 없잖아요. 안락사만 문제가 아니라 보호소에 잡혀 와서 케이지에 갇혀 있는 것 자체가 얼마나 무섭고 스트레스받는 상황인데요. 왜 그런 생각은 안 하냐고요. 목숨만 부지하면 다냐고요.

우리도 수의사의 판단에 따라 도무지 손도 쓸 수 없는 애는 한 달에 한두 건 정도 안락사를 해요. 이건 진정한 의미의 안락사예요. 고통에서 해방시켜 주니까요. 유기동물을 구조하고 보살펴서 좋은 가정에 입양 보내는 것도 제 의무지만, 피할 수 없는 고통을 빨리 덜어주는 것도 제 의무예요. 증상에 따라 당장은 고통을 못 느끼더라도 곧 고통이 덮친다는 걸 제가 안다면, 그 고통을 피하게 해주는 것도 제 몫인 거예요.

개를 안락사하는 경우는 90퍼센트 이상이 교통사고예요. 자동차가 확 치고 갔는데 장기가 몸 밖으로 다 쏟아졌거나 다발성 골절인 경우는 안락사할 수밖에 없어요. 머리부터 발끝까지 뼈가 몽땅 부러진 게 다발성 골절이에요. 정말이지 이루 말할 수 없는 고통이에요. 그때는 서둘러서 보내줘요. 공고 기간이고 뭐고 필요 없어요. 떠날 수밖에 없는 동물을 잘 보내는 것도 제 일이지만 안락사를 지켜보는 건 항상 힘들어요. 고통에만 허덕이는 것 같아도 주사를 맞기 직전까지 맑은 눈으로 제 눈을 바라보는 애들이 있어요. 보낼 때는 이렇게 말해줘요.

"다음 생엔 절대 이 나라에서 개로 태어나지 마."

그리고 덧붙여요.

"꼭 개로 태어나야 한다면 품종견으로 태어나."

우리가 어쩔 수 없이 안락사하는 개들의 대다수가 믹스견이에요. 품종견보다 못한 취급받는 애들, 잡종이니 똥개니 하면서 천대받는 애들. 공설 보호소는 버려진 개들이 세상을 떠나기 전에 들르는 마지막 정거장 같아요.

어떤 죽음

보호소에서 죽는 것까진 어쩔 수 없더라도 '어떻게 죽느냐'는 중요한 문제예요. 어떤 보호소는 극도의 고통에 처해 있는 동물을 응급처치도 하지 않고, 아니면 최소한의 처치만 하고 공고 기간이 끝날 때까지, 때로는 숨이 끊어질 때까지 방치해요. 공고 기간을 채워야 보조금 전액을 받으니까 기다리는 거예요. 어차피 죽을 애를 고통이란 고통은 다 겪게 만드는 거예요.

안락사에 관한 또 다른 문제는 지자체와의 계약서에 적혀 있는 '인도적인 방법으로 처리한다'는 문장이에요. 정말 두루

뭉술한 표현이잖아요. 어떤 약물, 어떤 방법으로 안락사하든 보호소 마음이에요. 고통사가 아니려면 안락사 주사를 놓기 전에 마취 주사를 놓아야 해요. 전국의 수백 개 위탁 보호소가 다 그렇게 하고 있을까요? 안락사가 절실한 애도 돈 때문에 방치하는 상황에서? 마취제 없이 안락사 약품만 단독으로 투여하면 동물은 엄청난 고통을 느끼면서 죽어가요.

처음부터 지금까지 5년을 안락사 없이 왔어요. 우리 보호소에 입소하는 유기동물이 한 해 평균 1,500마리예요. 입양률은 80퍼센트가 넘어요. 구조한 지 1, 2년 지나서 입양 가는 애는 공고번호도 찾기 힘들어요. 시청에 입양 서류를 가져가서 기록을 조회했더니 누적 입양률이 85퍼센트나 나왔어요. 담당 공무원이 소장님 정말 대단하다고, 존경한다고 몇 번이나 말했어요. 실상은 두 개의 보호소로도 감당이 안 돼서 우리 집에서 보호하는 유기견만 100마리가 넘어요. 시에서는 공고 기간이 지나면 한 푼도 지원하지 않아요. 나머지는 제 몫인 거예요. 얼마 전에 다른 지역에서 연락이 왔어요.

"우리 지역 보호소도 소장님처럼 운영하면 좋겠는데 조언해 주시겠어요?"

제가 딱 잘라서 말했어요.

"조언 못 해요. 완전히 미쳐서 다 감당하겠다고 덤비는 수밖에 없어요."

그렇잖아요, 희생이 따르는 일인데 누구에게 하라 마라 하겠어요. 안락사 없는 시 보호소, 누적 입양률 85퍼센트, 참 좋은 것 같죠? 저라고 왜 회의감이 없겠어요? 애들이 끝없이 밀려들어올 때면 혼잣말로 중얼거려요. 내가 언제까지 버틸 수 있을까?

'자연사' '안락사' '입양'이라는 언어가 은폐하는 것

버려진 개는 어떻게 될까?

많은 사람이 유기동물을 신고하면 지방자치단체의 관할 보호소로 간다는 사실을 안다. 그러나 입소한 유기동물이 어떻게 되는지 정확히 아는 사람은 많지 않다. 실태를 전혀 모르거나 대강 알고 있는 사람이라면 앞서 이 소장이 했던 이야기—위탁 보호소와 직영 보호소의 차이, '진짜 안락사'이려면 두 가지 주사가 필요한 이유, 회생 가능성이 없는 동물을 보조금 때문에 방치하는 상황—를 명확히 이해하기 어려울 수 있다.

보호소에 관해 설명하려면 유기동물 구조 사업을 언제, 어떻게, 왜 실시했는지 이야기하는 것이 먼저다. 이 사업은 1995년 1월 서울시의 동물구조관리협회를 시작으로 전국에 확산되었다. 당시에는 지자체가 직접 운영하는 직영 보호소가 없었고, 개인이 위탁받아 운영하는 위탁 보호소만 있었다. 초창기 보호소의 목적은 '동물보호'가 아니라 '공중보건'이었기에, 다시 말해 길을 헤매는 개가 사람에게 미칠지 모르는 피해만 고려한 사업이었기에 보호소 수탁자의 자격 조건은 단 하나 '개 사육 시설을 갖춘 자'였다.

개 사육 시설을 갖춘 자는 누구인가? 개농장 주인들이다. 보호소라는 말의 의미를 생각하면 믿기 어렵지만 1990년대에는 이들이 영업장 안에서 보호소를 동시 운영하곤 했다. 이곳에 들어간 유기동물의 최후는 말할 필요가 없을 것이다. 2000년대에 동물 단체가 실시한 '전국 지자체 보호소 1차 조사'에 따르면 이 당시까지도 보호소에서는 안락사 비용을 아끼려고 유기동물을 굶겨 죽이거나 도살업자에게 팔아넘기는 일이 잦았다. 상황이 개선된 것은 동물 활동가들이 보호소에 대한 감시의 강도를 높이고 시민들이 유기동물의 상황에 관심을 가지면서부터였다.[1]

2016년과 2017년 사이에 실시한 '전국 지자체 보호소 2차 조사'에 따르면 100퍼센트 위탁 운영이던 초기와 달리, 직영 보호소로 전환하는 추세였다. "10년 전과 비교해 시설과 관리 면에서 양적, 질적으로 변화가 있었"고, "관리 대응의 편차는 지역별로 현저한 차이"[2]를 보였다. '직영 보호소로 전환하는 추세'라고 하지만 국회 입법 조사처가 발간한 <국정감사 이슈 보고서>에 따르면 여전히 직영 보호소는 13.7퍼센트에 불과하다(2021년).

"양적, 질적으로 변화가 있었"다는 말에도 여전히 의문은 남는다. 과거에 다반사였던 일들, 예를 들면 유기견을 개 식육업자에게 팔아넘기는 사례가 지금도 있을까? 위탁 보호소 가운데 옛 천안시 보호소 소장 같은 사람은 몇 퍼센트이고, 내가 만난 이 소장 같은 사람은 몇 퍼센트일까? 초기 보호소를 0점이라고 하고, 현재 가장 모범적인 보호소를 10점이라고 한다면 전국 위탁 보호소의 평균 점수는 몇 점일까? "관리 대응의 편차"가 "지역별로 현저한 차이"를 보이는 상황에서 평균 점수는 의미가 있을까? '실태'에 관해 의문을 제기하는 이유는, 운영 기준이 불명확한 탓에 보호소의 관리 수준이 오롯이 소장 개인의 의식에 달려 있기 때문이다. 보호소라는 동일한 간판 아래 극단적으로 다른 일이 벌어지는 것이다.

또 다른 의문은 '언어'에 관한 것이다. 이 소장과 인터뷰를 하면서, 동물 단체의 보고서를 읽으면서, 농림축산검역본부의 통계를 살피면서, 보호소 자원봉사자의 경험담을 수집하면서 나는 이 사안과 관련한 언어가—설령 일부라 하더라도—현실을 은폐하는 데 일조한다고 생각했다. 초창기 보호소가 '보호'라는 언어와 무관했던 것처럼, 여전히 언어는 현실을 가린 채 '모든 것이 괜찮다'는 낙관주의를 심어주고 있는지 모른다. '자연사' '안락사' '입양'은 보호소의 현황을 설명할 때 빈번하게 쓰는 언어다. 각각의 언어에서는 아무 고통도 느껴지지 않는다. 그러나 나는 이 언어에 마침표와 물음표를 함께 쓰려고 한다. 이것은 '실태에 관한 이야기'이자 '언어에 관한 이야기'다.

자연사. 자연사?

유기동물이 살아서 보호소를 나갈 확률은 50퍼센트 정도다. 원래 보호자도 찾지 않고 새로운 입양자도 나타나지 않은 나머지 동물은 죽음을 맞는다. 많은 사람이 안락사와 달리 자연사 비율에 주목하지 않는다. 그러나 보호소에서 유기동물의 자연사는 노쇠하여 죽음에 이르는 상태를 뜻하는 언어가 아니다. 그저 '안락사가 아닌 죽음'을 의미할 뿐이다.

동물자유연대가 지자체의 정보공개청구를 통해 확인한 바에 의하면, 4년(2015~2018년) 동안 자연사한 개체는 10만 2,951

마리였다. 사망 원인을 밝힌 사례(8만 2,013마리) 가운데 질병으로 인한 사망은 33.7퍼센트, 사고와 상해로 인한 사망은 13.8퍼센트였다.[3] 이 비율은 입소 전후로 발병한 질환이나 외상을 치료받지 못한 채, 고통과 공포 속에서 죽어간 동물을 가리킨다. 이 소장의 말처럼 "극도의 고통에 처해 있는 동물을 (…) 공고 기간이 끝날 때까지, 때로는 숨이 끊어질 때까지 방치"하고 "어차피 죽을 애를 고통이란 고통은 다 겪게 만드는" 사례도 '자연사'로 뭉뚱그려진다.

회생 가능성이 없는 동물을 치료도 하지 않고 안락사도 하지 않는다면, 그 동물이 겪어야 하는 죽음의 과정은 끔찍할 수밖에 없다. 적어도 보호소라는 이름을 걸고 있다면 살리거나, 자비롭게 죽이거나 둘 중 하나는 선택해야 한다. 일부 보호소가 이처럼 부도덕한 행위를 하는 이유는 보조금의 지급 방식과 관련이 있다.

지급 방식은 지자체의 방침에 따라 달라지는데, 이 가운데 '항목별 방식'은 포획, 보호, 사체 처리에 드는 비용을 나누어 지급한다. 공고 기간이 끝나기 전에 원 소유자에게 돌아가거나 폐사하면 실제 보호 기간에 대한 보조금만 지급한다. 그래서 항목별 보조금을 받는 어떤 보호소들은 자비로운 죽음이 절실한 상황에서도 안락사를 하지 않고 공고 기간이 끝날 때까지,

또는 숨이 끊어질 때까지 기다린다. 이 죽음은 자연사의 통계에 포함된다.

안락사. 안락사?

유기동물을 안락사하는 이유는 끊임없이 밀려오는 동물을 감당할 여력이 없기 때문이다. 공고일로부터 열흘이 지나거나 (동물보호법 제43조 '동물의 소유권 취득') 수용 한계를 넘기면, 어리든 건강하든 죽인다. 늙거나 아파서 사람의 손길을 절박하게 필요로 한다면 가장 먼저 죽인다. 사람의 안락사는 회복할 가망이 없는 중환자의 고통을 덜어주려는 목적에서 행해진다. 동물의 안락사는 생명을 단절하는 이유를 불문하고 독극물을 투여하는 행위, 즉 죽임의 방식만을 가리킨다. 엄밀히 따지면 유기동물의 안락사는 방식과 상관없이 '살처분stamping out'이 적절한 표현이다. 그런데도 보호소에서의 죽음을 '안락사'라고 부르는 이유는 '고통 없는 죽음'이(라고 믿)기 때문이다.

엄밀히 말해 '독극물을 투여하는 행위'가 '고통 없는 죽음'을 의미하는 것은 아니다. 보호소에서 흔히 사용하는 안락사 약품은 '석시니콜린succinyl choline'이나 'T-61'이다. 그러나 마취제(럼푼,

케타민, 졸레틸 등) 없이 이 약품들을 단독으로 주사한다면 결코 안락사일 수 없다. 석시니콜린은 안락사 약품이라기보다는 신경근 차단제다. 의식이 또렷한 상태에서 근육만 마비시키기에, 꼼짝달싹 못 한 채 질식사하는 것이다. 이때 대상은 반응하지 못할 뿐 고통을 고스란히 느낀다. T-61은 안락사 전용 약품으로 알려져 있지만, 고통을 느끼지 않게 하려면 5초마다 1cc를 투여해야 한다. 사람이 이 정확성을 지키는 것은 불가능하다. 따라서 석시니콜린은 물론 T-61을 단독 사용해도 안락사가 아니다. 해외에서 T-61의 단독 사용을 엄격하게 금지하는 이유다.[4]

우리나라에서는 오랫동안 '유기동물의 인도적 처리'에 관한 규정이 명확하지 않아 마취제를 투여하지 않는 보호소가 많았다. 개정된 동물보호법 시행규칙에 따르면 "인도적 처리"는 "동물보호센터의 종사자 한 명 이상의 참관 하에 수의사가 시행"해야 한다. 또한 "마취제 사용 후 심장에 작용하는 약물을 사용하는 등 (…) 동물의 고통을 최소화해야 한다(동물보호법 시행규칙 제20조 '동물보호센터의 준수사항')." 그러나 보호소에 대한 관리 감독이 허술하다는 지적이 끊이지 않는 상황에서, 모든 보호소가 이 규칙을 지키고 있으리라 생각하기는 어렵다.

입양. 입양?

유기동물에게 이상적 결말은 실수로 자신을 놓친 가족에게 돌아가는 것이다. 그러나 원 보호자에게 반환되는 비율이 평균 10퍼센트대라는 점을 생각하면 대부분의 유기동물은 잃어버린 것이 아니라 의도적으로 버려진 것이다. 이들이 살아서 보호소를 나가는 방법은 입양뿐이다. 동물 단체는 유기동물을 입양 보낼 때 세세한 항목을 열거한 서류와 인터뷰를 통해 신청자의 자격을 심사한다. 한번 버림받았던 동물이 같은 일을 겪지 않게 하기 위해서다. 지자체 보호소에서 입양자의 자격은 "동물을 애호하는 자"(동물보호법 제45조 '동물의 기증·분양')라는 모호한 조건뿐이다.

2015년 한 언론사가 충남의 어느 위탁 보호소를 취재한 사례를 보면, 입양자에 대한 허술한 검증뿐 아니라 보호소와 개 농장의 유착 관계를 의심하게 된다. 도사견 두 마리를 입양한 사람은 개농장 주인이었고, 대형견 다섯 마리를, 그것도 교통사고를 당해 걷지 못하는 개들만 데려간 사람의 주소지는 인가가 없는 허허벌판으로 가짜 주소였다. 1년 사이에 대형견 열 마리를 입양한 사람도 있었다. 가장 최근에 개를 데려간 날은 복날이었다. 마지막으로 입양한 개를 포함해 그 집에는 단 한 마리의 개도 남아 있지 않았다. 일곱 마리 개를 받아간 또 다른 사람은 입양 사실 자체를 부인하며 모른다는 말만 반복했다.[5]

2017년 9월 동물 단체 코리안독스[KDS]는 하남시의 위탁 보호소가 여주의 한 개농장에 지속적으로 유기견을 공급해 온 사실을 적발했다. 개농장에 유기견을 데려간 장본인은 동물병원 원장이기도 한 보호소 소장이었다. 활동가가 촬영한 개농장 사진에는 공고에서 '입양' 또는 '자연사'로 처리한 수많은 개들이 나와 있었다. 혼종 중·대형견과 어린 발바리를 비롯하여 코커스패니얼, 브리타니스패니얼, 포인터 같은 품종견도 다수였다. 5년 전에 보호소에서 넘겨진 것으로 추정되는 누렁이는 식용 개를 생산하는 종견으로 사육되고 있었다.

나는 사실 확인을 하려고 하남시에 민원을 접수했다. 해당 동물병원의 보호센터 지정을 취소했고 하남 경찰서에 수사를 의뢰했다는 답변이 돌아왔다. 며칠 후 보도된 바에 따르면 이 동물병원은 무려 13년이나 위탁 계약을 지속해 왔다. 활동가가 개농장에서 직접 확인한 유기견은 10여 마리지만 이는 빙산의 일각일 것이다. 13년 동안 이 보호소는 버림받은 개를 얼마나 많이 개농장으로 빼돌렸을까? 지자체는 왜 이런 사실을 적발하지 못했을까? 보호소가 지자체에서 받은 보조금은 연간 4,000~5,000만 원이다.[6] 개농장에서 받은 뒷돈을 더하면 13년에 걸쳐 취한 부당이익은 훨씬 늘어날 것이다.

최근에도 이런 일이 벌어지고 있는지 찾아보았다. '남양주 개 물림 사망 사건'의 기사가 상단에 올라와 있었다. 2021년 5월 50대 여성이 개농장에서 탈출한 개에게 물려 목숨을 잃은 일로, 농장주는 마흔네 마리의 개를 현장에 방치하고 있었다. 그는 남양주시의 축협 조합원 자격을 취득하려고 개농장을 차린 것으로 알려졌다. 다시 말해 '목적'은 조합원으로서 누릴 수 있는 각종 혜택, '수단'은 개였다. 그 가운데 다수는 보호소에서 유입된 유기견이었다. 뜬장에는 반려동물 등록 인식칩을 내장한 보더콜리를 포함해, 남양주시 보호소가 '입양 완료'로 처리한 개들이 여러 마리 있었다. 2020년 비글구조네트워크는 정읍시 보호소가 건강원을 운영하는 개농장 주인에게 유기견을 팔아넘긴 사실을 밝혀내기도 했다.

오래전부터 동물 단체는 이와 유사한 정황에 문제를 제기해왔다. 동물보호법은 "소유자 등이 없이 배회하거나 내버려진 동물", 즉 유기동물을 "포획하여 판매"하거나 "죽이는 행위"를 금지한다(제10조 '동물학대 등의 금지'). 그러나 현실에서는 보호소 측이 개농장인지 몰랐다고 하면 그만이다. 하남시 보호소처럼 소장이 개농장에 직접 판매했더라도 처벌은 쉽지 않다. "안락사를 시키느니 짬밥이라도 먹여서 키운다는데 보내지 않을 수 있느냐?" "잡아먹거나 팔지 않겠다는 확약을 받고 보냈다"라는 해명으로 무혐의 처분을 받은 사례가 적지 않다.[7]

특정한 언어를 들으면 머릿속에서는 그와 관련한 이미지가 활성화한다. 자연사, 안락사, 입양이라는 언어가 불러일으키는 이미지는 무엇일까? 적어도 고통은 아닐 것이다. 언어가 누락한 현실을 발견하고 이미지가 조장한 허상을 거부하는 일은 중요하다. 어떤 자연사는 최소한의 자비도 허락되지 않는 끔찍한 죽음이라는 것을, 어떤 안락사는 고통사라는 말과 동의어라는 것을, 어떤 입양은 죽음으로 가는 급행열차라는 것을 언어는 알려주지 않는다. 대신 저 언어들은 현실에 엄연히 실재하는 고통을 은폐한다. 모든 보호소가 인도적이라고, 유기동물이 마지막 순간만큼은 편안하다고 믿게 만든다. 언어와 현실이 동떨어져 있다면 우리는 무엇을 바꿔야 할까? 언어, 아니면 현실?

죄 없는 무기수의 감옥

: 용인, 2017년 5월

모두가 외면한 개

유기동물을 보호하는 시설을 흔히 '보호소'라 칭한다. 그러나 공설 보호소(지자체의 직영 및 위탁 보호소)와 사설 보호소(민간 보호소)는 전혀 다른 곳이다. 사설 보호소는 대부분 개인이 운영하며 적게는 100마리, 많게는 1,000마리의 유기동물을 보호한다. 소장이 직접 구조한 개뿐 아니라 개인이 구조한 뒤 입양자를 찾지 못한 개, 동물 단체에서 오랫동안 입양을 보내지 못해 위탁한 개, 목숨은 건졌으나 모두가 외면한 개가 사설 보호소로 들어간다. 사람들이 반려견으로 선호하지 않는 대형견과 혼종견이 압도적으로 많은 것도 그 때문이다.

사설 보호소는 크게 두 가지 측면에서 공설 보호소와 차이가 있다. 첫째, 안락사를 하지 않는다. 소장들은 기본적으로 동물을 구하는 데 뜻을 둔 사람들이다. 이들은 아무도 관심 가지지 않는 개들을 마지막까지 보살핀다. 둘째, 보호에 대한 법적 지침이 전혀 없다. 기본 지침이라도 있는 공설 보호소와 달리 사설 보호소는 법의 사각지대다. 정부는 전국의 사설 보호소가 몇 개인지, 개체수는 몇 마리인지 2019년 이전까지 전혀 파악하지 못하고 있었다. 이런 상황에서 일부 사설 보호소는 수많은 동물을 과다하게 사육하는 애니멀 호더의 경향을 보이기도 한다. 지금은 사라진 '애린원'이 대표적 사례다.

경기도 포천에 소재했던 애린원은 한때 3,000~4,000마리로 추정되는 개들을 보유했고, 폐쇄 당시에는 1,000여 마리의 개들을 야생 상태나 다름없이 방치하고 있었다. 2019년 9월 포천시가 애린원을 불법 점거 시설물로 지정해 강제 철거하고, '생명존중사랑실천협의회(약칭 생존사, 현재 비글구조네트워크로 통합)'를 중심으로 동물 활동가들이 애린원의 개들을 구조하면서 '최대 규모의 사설 보호소' '보호 시설을 가장한 학대 시설' '개감옥' 등의 수식어로 불리던 애린원은 해체되었다.

여전히 일부 사설 보호소는 열악한 환경에 수백 마리의 개를 방치하거나, 중성화 수술을 하지 않아 개체수를 늘리는 등 여러 문제를 안고 있다. 시설 관리가 우수한 보호소도 상황이 어렵기는 마찬가지다. 정기 후원자나 봉사자도 거의 없이, 소장 혼자 수많은 유기동물을 돌보는 곳이 많기 때문이다. 모두가 외면한 개를 자신조차 외면할 수 없다는 사명감과 책임감만이 이들의 유일한 버팀목이다.

2019년 농림축산식품부는 최초로 사설 보호소 조사에 나섰고 전국에 총 82개소가 있다고 집계했다. 동물 단체는 정부가 파악하지 못한 보호소를 합치면 150여 곳 이상이라고 추정했다. 농식품부가 조사한 20개의 보호소 가운데 11개는 소장 한 명이 운영하고 있었다.[8] 사설 보호소를 제도권에 편입해야 한다는 주장이 이어지자 정부는 동물보호법 전부개정안에 '민간 동물보호시설 신고제'를 도입했고, 1년 뒤인 2023년 4월 27일부터 시행한다고 예고했다. 그러나 실태를 모르는 처사라는 비판이 나온다. 임대 부지에서 노령의 보호소장이 홀로 운영하는 사설 보호소가 대부분이기에, 이들이 신고제의 기준을 맞추기란 불가능하다는 것이다. 무법 상태의 개농장과 신종 펫숍*에

* '안락사 없는 보호소' '안심 보호소' '반려동물 요양 보호소'로 가장하여 파양자와 입양자 양쪽에게 돈을 받는 새로운 형태의 펫숍을 말한다. 보호자가 파양하는 개는 '파양비' 명목으로 유료 인계하고, 새로운 입양자에게는 '입양비'를 받아 유료 양도한다. 동물판매업과 무관한 '진짜' 보호소와 달리 이들은 판매업자로 등록되어 있는데, 파양된 동물은 방치하고 번식장에서 도매한 어린 강아지만 거래 대상으로 삼는 경우가 많다. 2023년 5월 한 방송 매체는 신종 펫

대한 제재안 없이 사설 보호소만 규제하는 것은 형평성에 어긋
난다는 의견도 제기되고 있다.[9]

대부의 전직
동물보호단체 행강 및 사설 보호소 행강집의 박운선 대표

나는 세상에서 제일 나쁜 놈이었어. 내가 그랬지, 번식업을
하기 전에도 인간으로서 하지 말아야 할 일을 했다고. 사채업
자였어. 30억쯤 깔아놓고 돌렸지. 나는 사채업보다 번식업이
더 못할 짓 같았어. 빌려준 돈을 받아내려고 독하게 굴 수 있었
던 건 사람들의 행동이 합리화할 빌미를 주었다고 할까, 그런
이유도 있었거든.

누가 400만 원이 필요해서 돈을 빌리러 왔다고 치자. 웬일
인지 그 사람은 400만 원이 아니라 500만 원을 빌려가. 나는
30퍼센트를 더해서 근저당설정을 잡아. 선이자 빼고 뭐 빼고
하면 이 사람은 440만 원쯤 가져가. 애초에 필요한 건 400만 원

숍에서 일어난 대규모 동물 학살 사건을 방영했다. 업체는 '안락사 없는 보호소'로 소비자를
유인한 뒤 치료비 등의 명목으로 수백, 수천만 원의 파양비를 요구했고, 넘겨받은 동물은 처
리업자를 통해 경기도 여주의 야산에 암매장했다. 발견된 개와 고양이의 사체는 118마리였
다. 부검 결과 대부분의 동물은 산 채로 생매장된 것으로 드러났다. 스물여덟 마리에게서는
둔기에 의한 두개골 골절이 확인되었다.

이었잖아. 이 사람이 나가자마자 가장 먼저 가는 데가 어디냐? 우리 사무실 앞에 있는 고깃집이야. 더 빌려간 돈으로 갈비 뜯고 술 마시는 거야. 열에 아홉은 그러더구먼. 그 모습을 보면 죄책감이 누그러졌어. 그래, 넌 네 의지로 내 돈 빌려갔지? 난 내 의지로 내 돈 받아낸다, 이렇게 마음먹으니 끝없이 악해질 수 있더라고.

사람은 말을 하잖아. 말한다는 건 거짓말, 변명, 합리화를 한다는 거야. 동물은 그러지 않아. 필요한 것보다 더 취하는 탐욕을 부리지도 않거니와 자기 운명을 선택한 것도 아니야. 거짓말, 변명, 합리화도 못 해. 나는 다른 게 아니었어. 아무 선택권도 없는 나약한 생명체를 착취하는 게, 어미에게 아기를 빼앗고 아기에게 어미를 빼앗는 게, 그렇게 내 부를 쌓는 게 싫었어.

보이지 않던 것

유기견을 돌보면서부터 텔레비전으로든 인터넷으로든 그전까지 보이지 않던 게 보이기 시작했어. 가장 먼저 보인 건 한부모 가정이나 조부모 가정에서 사는 아이들이었어. 2006년이었나, 나도 굉장히 어렵던 때야. 유기견 보호소와 별개로 애견 호텔을 개업했어. 후원금에만 의지해서 보호소를 운영하면 안 된다는 생각에 '자립형 보호소'를 목표로 했어. 애견 호텔에서 나오는 수입으로 유기견을 구하려고 했던 거야. 후원은 남의 연민과 도움에 의존하는 거잖아. 거기에 기대면 후원이 안 들 어올 때 나는 개들을 굶겨야 한다고. 처음 사업을 시작했을 때 는 홍보도 안 되고 너무 힘들었어.

그즈음 교회에 나갔어. 교회에서는 수입의 10퍼센트를 십일 조로 헌금하잖아. 내 십일조가 1만 원 내외였으니 일주일에 10 만 원을 겨우 벌고 있었던 거야. 우리 교회에 중학생이 하나 있 었는데 이 아이가 아버지와 둘이 살았어. 아버지는 술주정뱅이 인데 술 취해서 자식을 때리고 교회도 못 나가게 했어. 학교가 멀어서 아이는 새벽 4시 30분에 집에서 나가. 그런데 손에 도시 락이 없어. 아침도 거르고 점심도 거르고 저녁에 교회에 와서 라면 끓여 먹은 뒤에 기도하다가 집에 가.

그 사실을 알고 아내와 상의했어. 우리도 형편이 어렵지만 저 아이의 급식비를 내주면 어떻겠느냐고. 목사님에게 급식비가 얼마냐고 물었더니 9만 얼마래. 저녁까지 먹으면 얼마냐고 했 더니 12만 얼마래. 그 금액만큼 따로 헌금할 테니 교회에서 지 원하는 걸로 해달라고 했어, 아이가 모르게. 어느 날부터 1만 원 밖에 못 내던 십일조가 5만 원으로, 10만 원으로 늘어나는 거야.

그럼 일주일에 50만 원, 100만 원 번 거잖아. 그때부터 초등학생 다섯 명에게 매달 10만 원씩, 총 50만 원을 학용품비와 책값으로 지원했어. 하나님이 나에게 채워주신 걸 나보다 더 절실한 이에게 돌려줘야 하니까. 사채업자였을 때 이런 생각을 눈곱만큼이라도 했을 것 같아? 죄다 내 주머니에 쑤셔 넣느라 바빴지.

2007년에서 2008년까지 아이들을 후원하고 2009년에 내가 수술하느라 중단했다가 2010년부터 다시 시작했어. 작년부터 보호소 재정이 몹시 어려워져서, 버티고 버티다가 올해 초에 후원을 중단할 수밖에 없었어. 아이들에게 "미안하다, 더는 못하겠다" 그러고 돌아서는데 마음이… 너무너무 슬프더라. (그는 이야기를 멈추고 한동안 창밖을 바라보았다.)

동물에 대한 연민을 낮잡아 보는 사람이 많잖아. 우리가 구하는 대상이 사람이 아니라 동물이라는 이유로, 응원은 고사하고 비난을 받을 때도 있잖아. 나도 인터넷에서 그런 댓글 많이 봐. 개새끼들 도와줄 여력 있으면 사람이나 도와주라고. 불쌍한 사람도 많은데 개새끼가 대수냐고. 하지만 사람이든 동물이든 누군가를 위해 자기 인생을 걸어본 사람은 그렇게 말하지 않아. 여기 돕지 말고 저기 도와라, 이 아이를 구하지 말고 저 아이를 구해라, 그런 소리는 누구도 구한 적 없고 누구도 살린 적 없는 사람이 하는 말이야.

죄 없는 무기수의 감옥

초기에는 여러 마리를 한꺼번에 구조한 적이 많았어. 경기
도 하남에 어떤 아가씨가 버리고 도망간 개 스물두 마리, 가정
집에서 번식견으로 쓰면서 학대하던 개 서른여섯 마리, 용인시
청의 요청으로 구조한 개 마흔두 마리. 번식견도 구하기 시작
했어. 번식장마다 돌아다니면서 폐견을 사는 나까마(중간업자)
들이 있거든. 몰티즈나 요크셔테리어 같은 소형견은 마리당
5,000원에서 1만 원, 코커스패니얼이나 슈나우저 같은 중형견
은 2만 원. 고기 값이지. 스무 마리 데려가면 20만 원, 마흔 마리
데려가면 40만 원. 내가 그 정보를 받아서 나까마에게 그랬어.

"야, 폐견 사면 개장수에게 가지 말고 우리에게 와라. 5,000
원에 샀으면 1만 원 주고, 1만 원에 샀으면 1만 5,000원 줄게."

그렇게 데려온 애들을 유기견 구호 단체와 연계해서 입양
보냈어. 그 해에 번식견만 160마리인가 입양 보냈나 봐. 이 애
들은 없어서 입양을 못 보낼 만큼 신청자가 줄을 서. 번식견은
아주 예쁘고 인물 좋은 녀석들만 쓰거든. 이것저것 합치면 지
금까지 구조한 개가 2,000마리가 넘어. 1,400마리는 입양을 갔
고 600마리 정도는 자연사했고 지금 있는 개들은 260마리야.
첫 구조부터 지금까지 13년이 지났어. 이 13년 동안 내가 매일

생각한 게 있어, 사설 보호소는 다 없어져야 한다고.

나는 누가 유기동물 쉼터를 하겠다고 하면 그러라고 해. 입양센터도 찬성이야. 사설 보호소를 만든다고 하면 뜯어말려. 안 된다고, 제발 하지 말라고. 이게 내 입에서, 사설 보호소 소장 입에서 나오는 소리야. 쉼터나 입양센터는 규모가 작고 입양을 최우선순위에 두니까 회전이 빠르잖아. 사설 보호소는 최소한 100마리, 아니면 200~300마리, 심한 곳은 1,000마리씩 개를 데리고 있어. 보호 수준도 제각각이야. 운영을 잘하는 데가 있는가 하면 애니멀 호더의 학대 시설 같은 데도 있다고.

대부분의 사설 보호소는 유기견에게 밥 주고 물 주는 것밖에 할 수 없어. 말 그대로 '보호'만 하는 거야. 어떤 사람들은 유기견을 구조해서 사설 보호소에 집어넣잖아. 안락사 없고 밥 굶을 일 없으니까. 그런데 그게 전부야? 그거면 충분해? 우리 보호소에서는 1년에 네 가지 예방접종을 다 해. 종합백신, 코로나 장염, 켄넬코프, 광견병. 매달 심장사상충 예방제도 급여해. 사료는 자율 급식으로 떨어지지 않게 넣어주고 물도 아침저녁으로 깨끗하게 갈아줘. 하루에 두 번씩 배설물을 치우고 아프면 병원에 데려가. 우리는 최선을 다하고 있어, 여기 들어온 애들이 안전하고 쾌적하게 지낼 수 있도록. 나는 행강집이 대한민국 사설 보호소 중에서 최고 수준이라고 자부해.

하지만 우리 개들에게 물어봐. "너희 행복하니?" 행복하면 봉사자가 올 때마다 왜 그렇게 흥분하고 지랄이야? 애들이 원하는 건 딱 하나야. 이 수백 마리 개들 중에서 자기에게 와달라고, 이 많은 개들 중에서 자기를 쓰다듬어 달라고. 사람 손길 한 번 받아보겠다고 철창에 매달려서 울고불고하는 거야. 서로 밀치고 밀리면서 난리법석을 치는 거야. 어쩌다 봉사자를 따라 산책이라도 나가면 견사 입구에서부터 엉덩이에 힘을 주고 버텨, 안 들어가려고. 초보 봉사자가 뭣도 모르고 한 견사에서 한 마리만 데리고 산책을 나갔다? 그 녀석은 그날 밤에 죽어, 다른 개들에게 물려서. 가정에서 반려견으로 사랑받는 개들, 더는 사람 손길을 갈구하지 않는 개들, 옷 입고 산책 다니는 개들, 여기 있는 개들이 그 개들과 뭐가 달라? 하다못해 같은 유기견이라도 쉼터나 입양센터에서 돌봄받는 개들과는 또 뭐가 달라? 이 녀석들이 잘못한 게 뭐야? 무슨 죄가 있어?

우리가 운영하는 애견 호텔에는 보호자가 맡긴 열댓 마리 반려견을 돌보느라 직원 다섯 명이 달라붙어. 유기견사는 나와 부소장 둘이서 260마리를 관리해. 여기에도 계급이 있는 거야. 이 많은 개를 관리하면서 입양 홍보까지 하기는 힘들어. 몸이 열 개라도 모자랄 지경이야. 나도 개들이 450마리까지 늘어났을 때는, 이렇게 가면 안 된다 싶어서 동물 단체들과 손잡고 입양에 전념했지만 늘 그럴 수 있는 게 아니야. 제 발로 찾아오는 사람에게만 입양 보내는데 1년에 열 마리가 채 못 가. 260마리 중 열 마리면 확률이 얼마야? 로또도 이런 로또가 없잖아. 그럼 이 애들이 어떻게 보호소를 나가느냐? 죽어서 나가. 지자체 보호소에서 죽임당하는 애들이 사형수라면 우리 애들은 무기수야. 사설 보호소는 그냥 감옥이 아니라 무기수 감옥인 거야, 죄 없는 무기수의 감옥. 나는 보호소장이 아니라 감옥소장이야.

기껏 살려서 영원히 감옥살이시키려면 뭣 하러 구하는 거야? 이보다 고통스러운 게 어디 있어? 안락사 없고 굶주릴 걱정 없으니 됐다고? 자기가 평생 갇혀 살아야 하면 안 죽고 안 굶어서 좋다고 할 거야? 왜 이 애들에게는 밥만 먹고 살라고 해? 왜 그거면 충분하다고 해? 나는 그게 싫어. 너무너무 싫어. 그래서 토론회나 집회에 쫓아다니면서 목소리를 내는 거야. 유기견 문제를 근본적으로 해결해야 하니까. 행강집을 비롯한 사설 보호소가 전부 없어져야 하니까.

혼종견은 어디에서 죽는가?

유기견 문제의 근본적 해결이 뭐냐? 품종견은 생산업을 규제해야 하잖아. 믹스견의 핵심은 개 식용이야. 시골은 집마다 개를, 주로 발바리나 중·대형견을 키우잖아. 그 사람들에게 개는 마당에 묶여 있는 음식물 쓰레기통이야. 그리고 개 식용 문화가 있으니 키우는 거야. 붙박이로 묶어놓든 유기견마냥 풀어놓든, 짬밥 처리용으로 대충 키우다가 복날 되면 개장수에게 팔아서 노인네들 담뱃값 하는 거야.

큰 개만 먹는 게 아니야. 2, 3킬로그램짜리 요크셔테리어나 치와와도 한두 사람 먹기 딱 좋다고 잡아먹는 게 한국 사람이야. 발바리는 말해서 뭐 해? 작은 개가 양은 적어도 맛은 좋다고 도살장 가면 작은 개만 찾는 사람도 많아요. 개고기만 먹는 게 아니라 개소주도 먹잖아. 개소주 재료는 전부 소형견이야.

믹스견은 도살장이 아니면 보호소에서 죽어. 시골에서 풀어놓고 키우는 믹스견, 주인이 있는지 없는지도 모르는 믹스견, 방치된 믹스견에게서 태어나 떠돌이가 된 믹스견, 이 애들이 유기견으로 신고돼서 지자체 보호소로 끌려가. 그리고 맞아, 일부지만 보호소에서 식용으로 흘러가는 경우도 꽤 있어. 그런 보호소는 입양 간 개가 죽든 살든, 학대당하든 방치당하든, 잡아먹히든 개장수에게 팔려가든 신경도 안 써. 시골의 위탁 보호소 가봐. 소장, 보신탕집 주인, 개고기 좋아하는 사람, 다 친한 지역 주민이야. 자기들끼리 이런 대화를 해.

"좋은 것 들어왔어."

"내가 가져갈게."

좋은 것이란 근수 많이 나가는 놈이야. 입양하는 게 아니라 동네 사람들과 같이 먹으려고, 아니면 개장수에게 팔아먹으려고 끌고 가는 거야. 시골일수록 심해. 자기들끼리는 서로 좋지. 보호소에서는 안락사하고 소각하는 것도 비용인데 입양으로 처리하면 돈도 굳고 깔끔하잖아. 이걸 처벌할 방법이 없어. "입양하겠다고 해서 입양 보냈는데 뭐가 문제냐?" "그 사람 속내를 어떻게 아냐?" 이러면 할 말 없거든. 뒷돈 받고 팔았다는 근거가 있으면 처벌하겠지만 자료로 남겨놓을 리가 없잖아. 주로 믹스견과 대형견이 이런 일을 당해.

개 식용 문화가 있는 한 이런 애들을 무분별하게 사육하는 현실은 절대 해결되지 않아. 예뻐하다 버리는 품종견도, 대충 키우다 팔아먹는 믹스견도 해결 방법은 같아. 동물을 사랑하는 사람, 제대로 키울 수 있는 사람, 끝까지 책임질 사람만 키워야 한다는 것. 내 생각엔 그런 환경을 만들려면 동물을 키우는 모든 사람이 해마다 등록세를 내야 해. 그 세금을 동물복지 문화를 형성하는 데 써야 해. 그러지 않으면 짬밥 처리하고 담뱃값 하려고 개 키우는 사람이 사라지지 않아. 그 사람들은 말하겠지. **개는 원래 그렇게 키우는 거라고.**

두 종류의 개

반려견과 가축

우리 사회에는 두 종류의 개가 있다. '반려견'으로서의 개와 '가축'으로서의 개. 이 분류는 품종견을 생산하는 수천 개의 불법 번식장, 시골에서 잔반을 처리하거나 개장수에게 팔려고 집마다 키우는 혼종견, 한 해 10만 마리* 이상 발생하는 유기동물로 연결된다. 여기에는 여러 원인이 혼재하는데 '순종주의'

---

* 초판을 출간한 2018년 유기동물의 숫자는 12만 1,077마리였다. 2019년에는 13만 5,791마리, 2020년에는 13만 401마리, 2021년에는 11만 8,273마리였다. 지난 5년간 발생한 유기동물은 60여만 마리다. 농림축산식품부의 통계는 공설 보호소에 입소한 유기동물만 집계하기에 실제로는 이 숫자를 훨씬 웃도는 것으로 추정한다.

도 그 가운데 하나다. 순종주의의 사전적 정의는 "다른 계통과 섞이지 아니한 유전적으로 순수한 계통이나 품종"이다. '순수함'이라는 모호한 개념을 내세워 누군가를 비인격화 혹은 비생명화한다는 점에서 차별적인 동시에, 인간이 동물에게 동일한 메커니즘을 적용한다는 점에서도 문제적이다.

순종주의의 유의어라 할 수 있는 '순혈주의'는 "순수한 혈통만을 선호하고 다른 종족의 피가 섞인 혈통은 배척하는" 것이다. 이런 태도는 역사적으로 이방인, 즉 대상화한 타자에 대한 폭력을 제도화했다. 나치 정권은 '한 방울 규율one drop rule'에 따라 다른 인종 사이의 결혼을 금지함으로써 게르만 민족주의를 확고히 했고, 미국과 남아프리카공화국도 백인과 비백인의 결혼을 금지하는 배덕법을 시행하여 백인 우월주의를 강화했다.

그러나 우리나라의 순종주의-순혈주의는 양상이 다르다. 오랫동안 단일민족이라는 허구를 긍지로 삼았던 우리나라에서는 인종이나 민족이 아니라 가문, 즉 부계 혈통이 초점이다. 배타적 가족주의는 남아선호나 이주민 혐오 같은 거시적 현상부터 학연이나 지연 같은 미시적 문제까지 다층적 차별 구조를 만들어냈다. 그 잣대가 인종이든 민족이든 가족이든 순수한 피에 대한 지향은 기준에 맞지 않는 것을 불순함으로 규정한다.

급속하게 형성된 반려동물 문화와 오랫동안 유지한 개 식용 문화가 공존하는 우리나라에서 외국산 품종견만 반려견으로 신분 상승했다는 것은, 핏줄에 대한 인간의 관념을 동물에게 투사한 결과일 것이다. 즉, 품종견은 반려견이고 혼종견-비품종견은 가축이다. 어떤 사람들은 이 모순을 한마디로 정리한다.

"우리나라에서는 원래 그렇게 개를 키웠어."

원래 그렇게 키우는 개

그래서 누군가는 지금도 **그렇게** 개를 키운다. 도심 외곽의 수많은 혼종견이 1미터 남짓한 줄에 묶여 평생을 살며 잔반을 처리한다. 개농장이 아니라도 농가나 촌가의 뜬장에 갇혀 있다 복날에 사라지는 개는 셀 수 없이 흔하다. 시골 지역에서 땅이나 농작물을 지킬 목적으로 키우는 개는 야산과 밭에 홀로 묶여 지낸다. 폭우도, 폭설도, 땡볕도, 칼바람도 피할 수 없는 허허벌판에서 추위와 더위, 허기와 외로움을 견딘다. 방치되는 개들의 소유자는 개를 묶어놓지 않으면 반대로 풀어놓기에 혼종견의 최후는 일반적으로 두 가지다. 유기견으로 신고되어 보호소에서 안락사되거나, 개장수에게 팔려가(혹은 길에서 붙잡혀가) 도살되거나. 대부분의 소유자가 중성화수술에 대한 의식이 없어서 다산^{多産}이 일반적인 혼종견은 동물생산업과 함께 유기견 문제의 또 다른 축이다. 전 천안시 보호소의 센터장 김이 말했듯, **믹스견은 끝없이 태어난다.**

학대와 방치의 대상이 되는 혼종견 가운데 가장 흔한 것은 진도 혼종이다. '진도개'는 1967년에 제정한 '한국진도개보호·육성법'*에 따라 '천연기념물 제53호'로 지정되지만, 심사를 통과하지 못한 개는 '진돗개', 즉 흔한 토종개로 분류하여 "거세 또는 도태^{淘汰}"되거나 진도군 외로 "반출"된다(제8조 '심사 결과의 처리'). 심사 기준 또한 '표정이 온화하고 차분할 것' '친근감이 있어 보일 것' '머리가 둔해 보이지 않을 것' 등 임의적이고 주관적이다. 천연기념물을 육성하려고 무분별하게 생산하고, 기준에 맞지 않는 개는 군 외로 쫓아내는 관행은 수많은 진돗개와 진도 혼종견을, 인간이 무가치하다고 평가하는 개를 만들어냈다. 쫓겨난 개는 떠돌이로 전락하거나, 개농장으로 흘러가거나, 밭을 지키는 용도로 사육된다. 국견-진돗개는 우리나라에서 가장 비극적인 견종이다.[10]

한편에선 급속도로 성장한 반려동물 문화가 다양한 형태의

---

* 동물 단체들은 '한국진도개보호소·육성법'이 시대착오적이라는 지적을 제기해 왔다. 진도 밖으로 반출한 '진돗개'에 대한 의무와 관리가 전무할 뿐 아니라, 심사를 통과한 '진도개'도 불행하기는 마찬가지다. 이들은 개농장과 다름없는 뜬장에서 사육되며 또 다른 진돗개-진도개를 생산하는 데 이용된다.

혼종견을 만들어냈다. 2000년대 이후 토이 종이나 테리어 종의 외모를 가진 혼종견이 늘어난 것은 버려지는 대신 시골로 보내진 외국산 품종견이 또 다른 혼종견을 만들어냈기 때문이다. 유기견 보호소에서 흔한 견종은 몰티즈, 푸들, 시추처럼 펫숍에서 많이 판매되는 견종이다. 그러나 몰티즈, 푸들, 시추를 압도적으로 능가하는 것은 (토종견이 섞였든 외래견이 섞였든) 혼종견이다.

동물자유연대의 동물보호관리시스템 분석 결과를 보면, 전체 유기견의 78.3퍼센트가 혼종견이다(2021년). 품종견에 비해 안락사와 자연사 비율은 높고, 입양되거나 반환되는 비율은 낮다. 이런 현상은 도시보다 시골이 훨씬 심각하다. 이 통계는 시골개, 마당개, 들개로 불리는 혼종견-방치견의 번식으로 유기동물 문제가 악화하고 있음을 보여준다. 이들은 몰티즈, 푸들, 시추와 달리 입양을 원하는 사람도 별로 없다.

혼종견인 데다 중·대형견의 체구면 살아서 보호소를 나가기 힘들다. 그나마 운이 좋은 개들은 비행기의 화물칸에 실려 태평양을 건넌다. 우리나라 동물 단체가 연계한 국제 동물 단체를 통해 혼종견에 대한 편견이 덜한 나라—주로 미국이나 캐나다 같은 북미 지역—로 입양을 간다. 그러나 해외 입양을 간 개가 모두 행복해지는 것은 아니다. 또다시 유기·유실되거나 학대 상황에 처하기도 하지만 사후관리의 손길이 미치지 못하는 경우가 많다.

2014년에는 어느 국제단체가 우리나라의 개농장에서 사육되던 개들을 데려가 모금운동에 이용한 뒤 전부 안락사한 사례도 있다. 개인이나 영세한 동물 단체가 후원금을 목적으로 해외 입양 사업에 뛰어들기도 한다. 현지 관계자의 전언에 의하면 "미국에 떠도는 유기견 중에는 한국에서 온 백구나 발바리들이 자주 목격된다."[11]

인간이 원하는 개

순종견은 무엇을 의미할까? '순수'와 '가치'일 수도, '유전병'과 '고통'일 수도 있다. 순종견, 품종견이라 부르는 개는 대부분 서구에서 들어온 외래견이지만 그 나라들도 견종을 따진 지는 그리 오래되지 않았다. 200년 전 유럽에서는 개를 기능과 외양에 따라 대강 분류했다. 체구가 큰 개는 마스티프, 여우나 사슴을 수렵하는 개는 하운드, 땅 속이나 바위굴에 서식하는 동물을 찾아내는 개는 테리어라고 부르는 식이었다. 혈통과 외형을 중심으로 견종을 세분화한 것은 18세기 영국에서 도그 쇼^{dog}

show가 등장했던 시기로 추정한다.

하나의 품종을 만드는 방법은 간단히 말하면, '이종교배^{hybrid}'*로 원하는 특성을 부각하고 '근친교배^{inbreeding}'로 고정하는 일이다. 산업화 이전에는 구조, 수렵, 목축 등의 역할을 맡기느라 '기능'에 중점을 두고 품종을 개량했지만 오늘날의 목적은 오로지 '외형'이다. 인간의 취향을 위해 여러 세대에 걸쳐 한정된 유전자만 물려받은 현대의 품종견은 열성 형질이 발현하여 다양한 유전병에 시달린다.

영국 케임브리지 대학 수의학과에 따르면 몰티즈는 잠복고환, 혈우병, 갑상선기능저하를 비롯한 열두 가지, 시추는 유방종양, 요결석을 비롯한 열 가지, 푸들은 림프부종, 백내장, 부신피질기능저하증를 비롯한 마흔다섯 가지 유전병의 가능성이 있다.[12] 저먼 셰퍼드의 관절염, 불테리어의 신장병, 도베르만의 심장병, 닥스훈트의 척추 디스크, 세인트 버나드의 혈우병, 골든 리트리버의 암 등 품종견의 종류만큼이나 그들이 앓는 유전병도 다양하다.

잉글리시 불도그는 '유전병의 집합체'라고 불릴 만큼 심각

---

* '두 개 이상의 요소나 기능을 결합하는 것'을 의미하는 '하이브리드^{hybrid}'는 동물의 이종교배를 뜻하기도 한다. 라이거^{liger}(수사자와 암호랑이), 타이곤^{tigon}(수호랑이와 암사자)이 종간잡종의 대표적 사례다. 동종 안에서 이루어지는 교배는 엄밀히 말하면 '이품종異品種 교배'라고 해야 하지만, 본문에서는 품종 개량과 관련하여 흔히 사용하는 '이종교배'라는 표현을 썼다.

한 문제를, 그것도 몹시 많이 가진 견종이다. 브리더들은 잉글리시 불도그의 얼굴을 더 일그러지게, 피부를 더 주름지게 만듦으로써 과장된 인상을 주고 싶어 했다. 그 결과 머리는 아주 커졌고 머즐(주둥이)은 매우 짧아졌으며 아래턱은 바짝 올라붙었다. 목과 등은 짧고, 어깨와 가슴은 넓고, 허리는 좁고, 앞다리는 벌어지고, 앞뒤 다리의 길이는 다르다.

외양으로 인해 잉글리시 불도그는 평생을 고통스럽게 살아야 하는 운명에 처했다. 머즐이 납작한 탓에 다른 견종보다 들숨의 양이 30퍼센트 이상 적어 늘 숨이 차고, 잠잘 때는 수면 무호흡증을 겪으며, 적은 먼지에도 심한 재채기 증상을 보인다. 주름으로 늘어진 피부는 여러 안구 질병을 가져왔는데 주로 걸리는 것은 안검내반증, 건성각결막염, 제3안검돌출증(체리아이)이다. 이 질병들은 시력 저하뿐 아니라 실명으로 이어질 수도 있다. 입가의 주름 때문에 물을 마시는 것조차 불편하고 피부병에 쉽게 노출된다.

앞서 언급한 것은 불도그의 얼굴에 한정한 것이다. 몸은 지나치게 벌어진 앞다리 때문에 슬개골 탈구의 확률이 높고, 대퇴골이형성으로 만 3세만 되어도 극심한 관절염을 앓는다. 골격 이상이 심각해서 치료를 하더라도 재발할 확률이 높다. 더 큰 문제는 자연분만이 불가능할 만큼 커져버린 머리통이다. 이 견종은 제왕절개로만 출산할 수 있고, 의술의 도움을 받지 못하면 분만에 실패하고 사망한다. 반려견의 평균 수명은 15~20년이지만 잉글리시 불도그는 오래 살아야 8~10년 남짓이다.

세상의 모든 개

혼종견은 무엇을 의미할까? 비품종견일 수도, **세상의 모든 개**일 수도 있다. '완성'되어 '명칭'을 얻은 품종견이란 여러 견종의 특정 형질을 근친교배로 유지시킨 결과이기 때문이다. 캐나다 래브라도주의 중형견이 영국으로 건너가 몇몇 종과 교배를 거친 뒤 래브라도 리트리버가 된 것처럼, 영국 토종견과 티베트 마스티프의 교배종이 잉글리시 불도그가 된 것처럼, 물새 사냥에 쓰이던 사냥개가 브리더들의 의욕에 찬 시도로 토이 푸들이 된 것처럼, 지금도 인간이 의도적으로 조합한 개는 혼종견이라는 낙인 대신 새로운 품명을 얻는다. 포메라니안과 스피츠를 교배한 폼피츠, 몰티즈와 푸들을 교배한 몰티푸, 포메라니안과 시베리안 허스키를 교배한 폼스키처럼 이들에게는 '하이브리드 견종'이라는 거창한 이름이 붙고 높은 가격이 매겨진다.

동물학적으로는 순종과 혼종의 구분이 무의미하다. 털이 길고 귀가 쫑긋한 품종을 만들고 싶다면 그런 외모의 혼종견끼리 교배한다. 10~20세대가 지나면 긴 털과 쫑긋한 귀가 특성이 되고 여기에 품명을 붙이면 새로운 품종이 탄생한다. 300~400종에 이르는 현대의 품종견은 불과 100년 사이에 이런 방식으로 만들어졌다.[13] 또한 협회가 주최하는 전람회에서 혈통, 건강, 관리 상태 등에 대한 심사를 통과해야 '순종견'이라는 명칭을 받는 나라들과 달리, 판매자가 개의 혈통을 속이는 것이 쉬운 우리나라에서 '순종견'이 얼마나 신뢰할 만한 개념인지도 의문이다.[14]

품종 개량 자체를 비판하지 않더라도 모든 개가 혼종이라는 사실은 이들이 처해 있는 상황을 이해하기 어려운 무엇으로 만든다. 왜 순종견은 인간의 취향 때문에 고통받고, 혼종견은 '원래 그렇게' 키워지다 잡아먹히는가? 순종주의-순혈주의는 동종의 동물을 두 종류로 분리하는 납득할 만한 기준인가?

이제는 다른 장소에서 다른 고통을 받던 이 모든 개가 흘러가는 마지막 장소, 번식견과 유기견 문제의 종착점에 대해 이야기할 차례다.

4장
폐기되는 존재

: 개농장과 개시장 그리고 도살장 :

살아서 나갈 수 없는 곳

: 서울, 2017년 6월

개시장에서

봄처럼 볕이 따갑고 여름처럼 후텁지근한 봄과 여름의 어디
쯤 되는 날, 나는 경동시장의 개고기 골목에 서 있었다. 붉게 녹
슨 사육장에는 열 마리 가량의 백구와 황구가 산 채로 전시되
어 있었다. 손님이 손가락질로 지목하면 곧바로 끌려 나와 입
이나 항문에 전기봉이 쑤셔 넣어질 개들이었다. 그 운명은 빠
르면 내일, 늦으면 모레쯤 닥칠 것이다. 개들은 케이지 앞에 서
있는 나와 뚱아저씨와 행강대부를 물끄러미 바라보았다. 뚱아
저씨가 철창 사이로 손을 내밀자 앞에 있던 흰둥이가 머뭇머뭇

다가와 잠시 눈을 바라보더니 손등을 핥았다. 나는 그것이 흰둥이가 세상에서 느낄 마지막 온기라고, 흰둥이가 온 곳이 개농장이라면 최초의 온기일 것이라고 생각했다.

두 사람을 따라 개시장을 한 바퀴 돌았다. 뚱아저씨와 행강 대부가 소속된 동물유관단체대표자협의회, 약칭 동단협이 경동시장에서 개 식용 반대 활동을 벌인 지 17일째 되는 날이었다. 첫날부터 시장 주차장에 세워놓은 캠핑카에서 먹고 자며 활동을 이어온 뚱아저씨는 얼굴이 꺼칠해져 있었다. 서울시와 동단협이 개고기 업소의 위법 사항을 감시하면서, 대부분의 업소는 사육장을 철거한 상태였다. 여전히 개를 전시하는 가게는 조금 전에 봤던 곳뿐인 듯했다.

몇 시간 후 시장을 빠져나오는 길, 우리는 다시 흰둥이가 있던 사육장 앞을 지나쳤다. 사람들의 발걸음이 뜸해지고 가게들이 문을 닫은 늦은 오후, 개들은 잠들어 있었다. 어떤 개는 친구의 등에 머리를 얹은 채, 어떤 개는 자신의 몸을 베개처럼 내어준 채. 잠시나마 공포는 잊었고 아직 죽음의 순간은 오지 않아서인지 그 모습은 고즈넉하고 평화로워 보였다. 케이지 옆에는 유리문 너머로 내부가 훤히 들여다보이는 냉장고가 있었고, 냉장실에는 먼저 죽은 개들이 고깃덩어리로 진열되어 있었다. 내일이면 저 살점은 보신탕집 냄비 속에서 끓고 있을 것이다. 냉장고의 빈칸은 철창 안에서 자고 있는 개들이 채울 것이다. 잠든 개들을 깨울까 봐 발소리를 낮춰 살금살금 지나가는데 누렁이 한 마리가 "응, 응" 소리를 내며 잠꼬대를 했다. 꿈에서나마 철창을 벗어나 어딘가를 달리고 있었을까? 누렁이는 앞다리를 자꾸 허정허정하며 희미하게 웃었다.

그들의 생존권
팅커벨 프로젝트의 황동열 대표

한 달 전에 서울시 동물보호과와 동물 단체 대표들이 간담회를 가졌어요. 동물보호과 과장님이 그러더라고요.

"시장님이 서울 시내의 개시장을 철폐할 의지를 가지고 있습니다. 동물보호과에서 이 일을 진행할 건데 인력이 모자라니 동물 단체가 감시 활동을 도와주시면 고맙겠습니다."

시원하게 나서는 사람이 없기에 내가 그랬어요.

"제가 같이 하겠습니다. 밤을 새워서라도 감시 활동을 도와드릴게요."

내가 빈말하는 사람이 아니잖아. '밤새워' 감시하겠다는 말을 어떻게 지키지? 시장에서 자야겠다. 시장에서 자려면 어떻게 해야 하지? 노숙은 할 수 없으니까 캠핑카를 갖다 놔야겠다, 이렇게 된 거예요. 캠핑카를 렌트해서 시장 주차장에 세워놓은 뒤 쪽잠을 자면서 아침, 점심, 저녁, 새벽까지 하루 네다섯 차례씩 순찰을 돌았어요.

경동시장에는 세 골목에 걸쳐서 여섯 개의 개고기 업소가 있어요. 살아 있는 개를 전시해 놓고 주문이 들어오면 도살해서 도매나 소매로 넘기는 거야. 순찰할 때마다 생각했어요. 여기 있는 개들은 왜 이렇게 순할까? 내가 케이지 앞에 가서 쭈그리고 앉으면 처음에는 개들이 멀뚱멀뚱 쳐다봐. "이리 와" 하면 머뭇머뭇 다가오고, 손을 내밀면 핥아줘. 사람을 경계할 것 같지만 그렇지 않아요. 가끔 무서워하는 개도 있지만 대부분은 느낌으로 아는 것 같아. '이 아저씨는 우리를 해치지 않는다. 우리를 좋아한다.' 처음에는 어색해하거나 어리둥절하던 개들도 다시 가면 반기고 좋아했어요.

열흘째 되던 날 누렁이를 만났어요. 원래 이름은 모르지만, 이름을 가진 적이 있는지도 모르지만 중간 체구의 황구여서 누렁이라고 불렀어요. 생후 7, 8개월쯤 되었으려나, 한 살이 안 되었을 거야. 몸은 다 자랐지만 강아지라고 해야 할 어린애였어요. 누가 팔아버렸는지, 떠돌이로 지내다 여기로 흘러왔는지, 아니면 개농장에서 태어나 어린 나이에 죽으러 왔는지…….

누렁이를 만난 곳은 ○○상회였어요. 하필이면 거기가 제일 악질이야. 그 업소에 나를 볼 때마다 참 반가워하던 흰둥이가 있었는데 그 애가 사라진 자리에 처음 보는 누렁이가 와 있더라고요. "누렁아" 하고 불렀더니 멈칫거리다가 다가와서 손바닥을 핥아요. 그런데 다른 개들보다 훨씬 오래 핥더라고, 아주 오래. 다음 날 갔더니 아직 누렁이가 있는 거예요. "아, 누렁아, 살아 있었구나. 다행이다." 그날도 내 손을 정말 오래 핥았어요. 다음 날 순찰을 도는데 어쩐 일인지 그때도 애가 있어. 그쯤 되니까 '누렁이가 끝까지 살면 좋겠다, 이 싸움이 성공할 때까지 살아서 내가 구해주고 싶다'는 생각이 드는 거예요.

철창 속의 개들은 하루 이틀이면 바뀌어요. 전날 쓰다듬어 줬던 애가 다음 날 가면 없어. 나는 유기동물 구호단체 대표고, 마음만 먹으면 구조할 수 있었잖아. 그런데 여기 있는 개들, 우리가 구하는 개와 똑같은 개들에게 아무것도 해줄 수가 없는 거야. 쭈그리고 앉아서 말 걸어주고 손 내밀어주는 것밖에는.

어떤 사람이 개시장에서 너무 마음 가는 개가 있어서 매입해서 구하려고 했대요. 솔직하게 말하면 업자가 안 팔 테니까 이렇게 말했다는 거야. "내가 데려가서 살을 좀 더 찌운 다음 잡아먹으려고 합니다. 웃돈 얹어줄 테니까 살아 있는 채로 파세요." 주인이 그러더래. "이 개들은 절대 살아서 못 나갑니다.

단 한 마리도 살아 있는 상태로는 데려갈 수 없소."

　누렁이는 사흘을 살아 있었어요. 개시장에 나온 개치고 오래 버틴 셈이지. 사흘째 밤까지도 누렁이와 이야기하고 머리를 쓰다듬어 주었는데 다음 날 아침에 갔더니 없어, 누렁이가. 내가 길거리에, 개시장 골목에 털썩 주저앉았어요. "아이고, 누렁아. 아이고, 누렁아." 바닥에 앉은 채로 고개를 들었는데 눈앞에 개고기 진열대가 있고 도륙된 개가 부위별로 놓여 있는 거야. 느낌으로 알겠더라고. '이게 누렁이구나. 이 살점이 누렁이 거구나.'

　유기동물을 구조할 때 마지막 문턱을 못 넘고 세상을 떠나는 애들이 종종 있어요. 처음 구조했던 코돌이처럼, 우리 단체의 발단이 된 팅커벨처럼. 나이 들어서 버려진 노견일 때도 있고 아픈 상태로 구조된 환견일 때도 있어요. 나이가 많거나 아프지 않더라도 유기동물은 모두 사지에 놓여 있어요. 보호소로 끌려갔든 길거리를 떠돌아다니든 삶보다 죽음이 가까운 거야. 구사일생으로 마지막 손길을 붙잡았는데, 앞으로 행복해질 일만 남았는데 한 고비를 못 넘기고 떠나는 걸 보면 안타깝고 허망하지. 단 하루라도 우리 단체의 개였으면 반려동물 화장터에서 장례를 치러요. 하지만 누렁이는, 내가 본 누렁이의 마지막은 조각조각 잘려서 진열된 모습이었어요. 살아 있을 때도 해준 게 없는데 죽고 나서도 해줄 수 있는 게 없었어.

그날 이후 개시장을 폐쇄할 방법을 더 깊이 고민했어요. 감시 활동을 하면서 봤더니 이 사람들이 항상 무자료 거래를 하는 거야. 판매와 유통이 오로지 현금으로만 이뤄져요. '아, 이 사람들이 탈세를 하는구나.' 우리 단체 자문 세무사에게 상의했더니 틀림없을 거래요. 내가 장부를 볼 수는 없지만 전시했던 마릿수와 사라진 마릿수를 종합하면 일 매출을 추산할 수 있잖아요. 그동안 목격한 것을 떠올리니 매일 한 집에서, 적어도 열 마리는 잡았어요. 한 마리에 30만 원이라고 치면 적게 잡아도 하루 매출이 200만 원이잖아. 한 달이면 5,000만 원이고 1년이면 6억 원이에요. 복날 끼는 성수기에는 두세 배쯤 벌 텐데 그건 계산에서 제외하더라도.*

말이 안 되는 건 이 업소들이 전부 간이과세자로 사업자등록을 냈다는 거예요. 간이과세자는 1년 매출 규모가 4,800만 원 이하, 한 달에 400만 원이 안 되는 업체를 말해요. 주인 혼자 장사하면서 월세 내고 공과금 내고 뭐 내고 나면 겨우 먹고살 수

---

* 모란시장의 개고기 업소 주인 ㄱ씨의 말에 따르면 시장에서 식당으로 납품하는 개고기 한 근 (0.6kg)은 4,000원 선으로 예전보다 많이 떨어졌지만, 한 마리에 20만 원 이상을 받는다. 예년에 그는 평일 하루 일흔 마리, 중복엔 200마리를 판매했지만 올 여름에는 평일 하루 스무 마리에서 서른 마리, 중복에는 예순 마리를 판매했다. 그의 말대로라면 ㄱ씨 업소의 8월 기준 평일 매출은 500만~600만 원으로 황동열 대표가 추산한 금액보다 두세 배가량 많다. ㄱ씨가 밝힌 마진율은 8퍼센트다.[1]

있는 업체. 그러면 연간 6억 원 이상의 매출을 올리는 것으로 추산되는 이 사람들이, 도살업자에 아르바이트생에 직원을 몇 명씩 두고 있는 이 사람들이 간이과세자일 수 없잖아. 간이과세자로 등록했으니 1년에 4,800만 원 이상 신고할 수도 없어, 제대로 신고하면 일반과세자로 전환되니까. 무자료 거래를 하면서 매출을 누락하고 세금을 떼먹고 있는 거예요.

나는 이 사람들이 말하는 생존권은 허구라고 봐요. 국민으로서 기본 의무도 안 지키면서 무슨 권리를 말해요? 개 식육업자도 먹고 살아야지 하는 사람은 아무것도 모르는 거예요. 편드는 사람은 유리지갑 아니에요? 나는 동물 활동가로서도 개 식용을 반대하지만 세금을 내는 시민으로서도 이런 일은 바로 잡아야 한다고 생각해. 우리는 4대 보험 내고 소득세 내면서 납세의 의무를 지키고 있잖아요. 왜 이 사람들은 우리보다 돈도 훨씬 많이 벌면서 세금을 안 내느냐 말이에요. 이게 적폐가 아니면 뭐란 말이야?

그동안 나는 개 식용을 반대하면서도 활동가치곤 온건한 입장이었어요. 개농장이나 개고깃집 주인들에게 증오나 분노를 표출하기보다는 전업할 수 있는 길을 열어줘야 한다고 생각했어요. 여기에서 이 사람들 하는 짓 보면서 생각이 바뀌었어. 폐업 정도가 아니라 세무조사를 해서 수십 년에 걸친 탈세 행위에 징벌적 세금을 물려야 해, 불법으로 벌어들인 더러운 돈을 전부 토해내도록.

살리는 일, 죽이는 일
동물보호단체 행강 및 사설 보호소 행강집의 박운선 대표

대한민국에서 법 없이 할 수 있는 일이 뭐냐? 그런 일이 있긴 있냐? 있지, 개 키우는 것. 우리나라에서 개 식용과 관련한 문제는 법률과 행정이 완전히 빠져 있어. 개농장은 가축분뇨처리시설만 있으면 끝이야. 다른 허가 필요 없어. 이래 놓고 분뇨마저도 불법으로 처리해, 무단으로 투기하거나 매립하면서. 제대로 하는 데는 손가락에 꼽아. 분뇨시설 허가조차 안 받은 데도 허다해. 기둥 세우고 지붕 씌우면 건축물로 취급되니까 노지에 뻥개장만 설치해. 그러면 건축법 제재도 안 받아. 가축을 기르지 말아야 하는 장소에서 사육하는 경우도 많아. 가축사육제한구역이라든지 환경보호지역 같은 곳. 불법 아니냐고? 말해 뭐 해, 당연히 불법이지.

축산물로 법제화한 동물이 있잖아. 소, 돼지, 닭, 오리, 염소 등. 정부는 축산물로 지정하지 않은 동물을 도살, 유통, 판매하

지 못하도록 규제할 책임과 의무가 있어. 축산물이 아닌 동물은 경로 확인도 안 되고 검사도 안 받아. 도살된 동물에게 무슨 병이 있는지, 그 동물을 먹은 사람에게 어떤 피해가 생길지, 문제가 생기면 어디를 추적해야 할지 아무것도 모르는 거야. 축산물뿐 아니라 깨나 고춧가루 같은 조미료도 원산지 표시하잖아. 개고기는 원산지 표시도 필요 없어. 왜? 현행법상 식품이 아니니까.

개들에게 정상적인 걸 먹이지도 않잖아. 온갖 독성을 내뿜는 썩어빠진 음식물 쓰레기를, 그대로 먹이면 애들이 장염에 걸려서 살지를 못하니까 항생제를 잔뜩 타서 주잖아. 축산물이 아니니까 투약에 기준치도 없고 휴약 기간도 없어. 개들이라고 음식물 쓰레기를 먹고 싶어서 먹는 줄 알아? 그것밖에 안 주니까, 안 먹으면 굶어 죽으니까 어쩔 수 없이 먹는 거야. 이렇게 사육한 개를 몸보신한다고 먹는데 보신은 무슨, 병이나 안 걸리면 다행이지. 이런 걸 국민이 먹도록 내버려두는 건 국가로서의 책임과 의무를 내팽개치는 거야.

유통 경로를 확인할 수 없으니 거래 증명도 할 수 없어. 개농장이나 도살장에서 신용카드 받는지 알아? 현금 영수증 끊어 줄 것 같아? 무조건 현금 박치기야. 설령 카드를 긁어도 개고기로 품목을 표시하는 게 아니야. 영리를 취하면서 아무 자료도 남기지 않는 업계가 대한민국 천지에 어디 있어?

개 식용 찬반이 팽팽하다지만 나는 아니라고 봐. 이 논쟁에 적극적으로 뛰어드는 사람은 둘 중 하나야. 한쪽은 동물 단체와 동물 문제에 관심 있는 사람들, 반대쪽은 육견업자와 개고기 먹는 사람들. 나머지는 잘 알지도 못하고 깊이 생각하지도 않아.* 평소에는 관심도 없다가 개 식용 관련 기사가 나거나, 복날에 이슈가 되면 "나는 안 먹어도 남의 음식 취향은 존중한다" "개 식용은 한국의 문화다" "개고기 합법화하자" 이렇게 말하지. 자기들과 상관없는 문제라고 여기니까.

그런데 진짜 아무 상관도 없을까? 육견업자는 세금 한 푼 안 내는데 이 사람들이 흘려보내는 핏물 똥물은 하수처리장으로 들어가. 그거 국민들 세금으로 운영하는 거야. 왜 육견업자의 고질적인 불법 행위에 전 국민의 돈을 써? 왜 일부 사람들 보신탕 먹자고 토질, 수질 오염해 가면서 혈세까지 낭비해?

이쯤 이야기하면 꼭 나오는 소리가 개고기 합법화하자는 거지. 합법화해서 투명하게 운영하자고. 나는 하라고 해, 할 수 있으면 하라고. 개고기를 먹는 사람이 있는데 왜 정부는 수십 년

---

* 2022년 서울대학교 수의대 천명선 교수팀이 전국 성인 1,000명을 대상으로 개 식용에 대한 인식을 조사한 결과, 개는 축산법상 가축이기에 대량 사육이 가능하다는 사실을 알고 있는 사람은 26퍼센트, 대량 사육은 가능하지만 축산물위생관리법을 적용받지 않는다는 사실을 몰랐던 응답자는 58퍼센트로, 세부 내용에 대한 인식은 부족한 것으로 나타났다.[2]

동안 개를 축산물로 등록하지 않았을까? 간단해, 대중 식품도 아니고 수요도 줄어드는 개고기를 인정하자고 국가적 손실을 감수할 수 없으니까.

개 식용 합법화는 어쩔 수 없이 국제적으로 반감을 불러일으키는 일이야. 국가 사이의 교류와 무역이 중요한 시대에 엄청난 손해를 각오해야 추진할 수 있는 일인 거야. 한국 말고도 중국이나 베트남처럼 개를 먹는 나라가 있지만 개 식용을 합법화한 나라는 지구상에 단 하나도 없어. 오히려 개 식용을 하다가 법으로 금지한 나라는 있어도.* 세계 최초로 합법화해 보라지. 무역 손실에, 국제 행사 보이콧 선언에, 국가 이미지 추락에 경제적 손실이 엄청날걸. 게다가 합법화는 공짜로 하는 줄 알아? 어떤 나라도 추진한 적 없는 이 일을 최초로 진행하려면 어마어마한 돈이 들어. 그걸 육견업자가 내겠어, 개고기 먹는 사람이 내겠어? 세금으로 해야 하는 일이야. 몇몇 사람 개 먹자고 온 국민이 피해볼 일 있어?

* 2017년 4월, 대만은 아시아 최초로 개와 고양이의 식용을 금지하는 동물보호법 개정안을 승인했다. 이 법안은 개, 고양이를 식용 목적으로 판매·구매하면 최고 500만 원의 벌금을 부과하고 위법자의 이름과 얼굴을 공개하는 내용을 담고 있다. 비슷한 시기에 인도네시아와 베트남 정부가 같은 내용을 약속 또는 권고했고, 2020년 3월 중국의 선전시는 중국 지방자치정부 최초로 반려동물의 식용을 전면 금지했다. 5월에는 인근의 광둥성 주하이가 개와 고양이의 식용 금지 조례를 제정했다. 이런 흐름이 중국 내 다른 지역으로 확산할 것이라는 예측이 나오던 가운데 코로나19가 발병하자, 2020년 4월 중국 정부는 개 식용을 금지하는 조치에 착수했다.

육견업자가 돈을 잘 버냐고? 그 사람들도 잘 벌고 못 버는 건 하기 나름이지. 영세한 사람도 있고 대규모로 사육하는 사람은 엄청나게 벌고. 내가 아는 선에서 이야기할게. 1990년대니까 옛날 이야기인데, 그 당시 농장에서 넘기는 개 값이 산피로 한 근에 6,000원이었어.* '산피'는 살아 있는 상태를 말하는 거야. 중간업자는 40근이면 24만 원, 50근이면 30만 원, 60근이면 36만 원에 사가겠지, 한 마리를.

이날 50근짜리 100마리를 사왔다고 하자. 그럼 3,000만 원이잖아. 이 사람은 3,000만 원치 개를 싣고 도살장에 가서 근당 500원씩 더 붙여서 넘겨. 그럼 250만 원이 남겠지? 자, 이 업자는 농장에서 도살장으로 개를 싣고 갔을 뿐이야. 개 한 번 실어다 주고 하루에 250만 원을 버는 거야. 도살장에서는 근당 6,500원에 사온 개를 죽여서 근당 9,000원을 받고 납품해.

중간에서 개 실어가는 애들, 이놈들이 복날 끼어 있는 성수기에 이동만 시켜주고 3,000만 원, 4,000만 원씩 벌었어, 1990년대에. 이런 식으로 계산하면 도살장과 개시장도 1년 수익이

---

* 1990년대 후반 개농장에서 다음 단계로 넘기는 개 값은 한 근에 약 7,000원이었다. 한 농장주의 말에 의하면 당시 "인물 있는 종견은 300~400만 원까지 받았고 보통 종견도 80~90만 원씩 받았다." 2017년 언론과 인터뷰한 어느 개농장주는 이 일을 시작했을 때는 한 근이 7,000원으로 한 마리에 42만 원(60근) 정도를 받았지만, 지금은 한 근에 2,000~2,500원까지 떨어졌다고 말했다. 그는 "개 값이 똥값이 되어 1년에 5,000만 원도 못 번다"고 하소연했다.[3]

대충 나오는데 억 단위지. 이런 업을 쉽게 그만두겠어? 세금 한 푼 안 내는데? 어디 직장생활해서 1년에 억 단위 돈을 만져?

내가 이 짓을 했었다, 이 짓을. 사채업자일 때 개 실어다주는 놈들 따라다니면서 그 현장을 눈으로 보고 몸으로 겪었어. 다들 일 끝나면 노름을 엄청 해. 내가 돈 싸들고 다니면서 중간업자들에게 도박 뒷돈을 댔어. 이 사람들에게 돈 빌려주면 뜯길 염려가 없어. 자기들도 개를 수십 마리씩 데리고 있어, 쌀 때 사서 비쌀 때 팔려고. 내 돈 안 갚으면 이놈들 농장 가서 똑같이 하면 되는 거야. 개들 실어다 도살장에 데려다 놓으면 돈 받을 수 있는 거야. 여름마다 중간업자들 따라서 모란시장도 가고 칠성시장도 갔어. 전국의 개농장을 돌아다니면서 온갖 꼴을 봤어.

도살하는 건 모란시장에서 처음 봤어. 새벽 4시인가 그랬는데 업자가 트럭을 ○○축산 앞에 세우더니 개장을 쫙 내리더라고. 개장을 내리면 그 개수만큼 빈 개장을 트럭에 실어줘. 그날 내린 개장이 30개쯤 됐어. 개가 100마리가 넘어. 개들을 꺼내지도 않고 개장에 가둬놓은 채로 막 죽여. 전기봉을 입에 사정없이 처넣어. 개가 축 늘어지면 꺼내서 슥슥 작업하고 각 쳐서 냉동 창고에 쫙 집어넣어. 100마리 넘게 죽이고 작업하는 데 세 시간 정도밖에 안 걸린 것 같아. 몇 근이고 얼마네 해서 3,000만 원, 4,000만 원을 그 자리에서 현금으로 건네줘.

사양 산업이라고 하지만 오히려 대규모 개농장은 늘어나는 추세야. 농장 수는 줄고 사육 두수는 늘면서 공장식 축산으로 가는 거야. 작년에도 지자체들이 대형 개농장에 허가를 내줘서 동물 단체들이 소송하고 그랬잖아. 평택에는 7,000마리, 8,000마리 사육하는 개농장이 생긴다고. 허가 불가를 요청하는 재판에서 동물 단체가 다 졌어.

돈을 떠나서 나는 그 사람들, 번식업자나 육견업자를 좀 안됐다고 봐. 여기에서 손 떼면 앞으로 어떻게 살아야 하느냐? 그게 두려운 거야. 시쳇말로 금수저 물고 태어났으면 이런 업에 안 뛰어들었겠지. 돈 있고 빽 있으면 뭣 하러 이런 일을 해? 처음에는 그저 살려고 시작했을 거야. 이것저것 해보다가 개를 만졌는데 법은 없고 돈은 되니까 이 업에 자기 삶을 건 거야. 어떻게 보면 안 됐잖아. 인간이 불쌍한 거잖아.

번식업을 계속했으면 나도 여태 화물차에 개 싣고 다녔겠지. 사채업도 그래. 돈놀이로 하루에 몇백만 원씩 벌었어. 그런 내가 그 일을 다 버리고 동물 판에, 개판에 뛰어들었어. 사채업자였을 때보다, 번식업자였을 때보다 지금이 훨씬 행복해. 생명을 살리고 있으니까. 죽이는 일은 절대 행복할 수 없어. 사채업도 누군가를 간접적으로 죽이는 일이야.

시위 현장에서 육견업자들을 상대하는 나를 보면, 제3자에게는 이쪽이나 저쪽이나 악다구니 주고받고 싸우는 모습이 똑같아 보일 거야. 하지만 싸울 때조차 내 안에는 행복감이 있어. 그 사람들은 그런 것 없잖아. 죽이는 일을 그만두고 다른 일을 해도 살 수 있다는 걸, 아니 행복하게 살 수 있다는 걸 알려주고 싶어. 나도 했잖아, 나처럼 나쁜 놈도 했다고. 그들의 삶이 바뀌고 동물의 삶이 나아지는 것, 그 길을 안내하는 것도 우리가 해야 할 일인 거야.

열심히, 부지런히, 야무지게

: 전남 모처, 2017년 7월

예비 육견인들

복날을 며칠 앞둔 어느 아침, 전남 모처의 개농장 앞에 두 남자가 서 있었다. 윤은 1센티미터 가량의 짧은 머리카락과 구릿빛으로 그을린 얼굴을 가진 40대 남성이었다. 30대인 한은 어깨가 넓고 체구가 단단하며 한 팔에는 손목부터 팔꿈치까지 타투가 새겨져 있었다.

"계십니까?"

윤이 큰소리로 말했지만 100여 마리 개가 짖는 소리 말고는 아무 대답도 들리지 않았다. 두 사람은 입구에서 서성거리다가 안으로 들어갔다. 개농장은 철문을 사이에 두고 두 구역으로 나뉘어 있었다. 윤은 입구와 가까운 쪽으로, 한은 철문 안쪽으로 향했다.

"주인이 없나 본데?"

윤이 주위를 둘러보며 큰소리로 외쳤지만 개 짖는 소리에 묻혀 한에게는 들리지 않는 듯했다. 윤은 좌우로 늘어선 뜬장 사이의 통로를 천천히 걸으며 뺑개장 안을 둘러보았다. 흔히 '진도 믹스'라 불리는 백구나 황구, 아니면 발바리들이었다. 어떤 개는 겁을 먹었고 어떤 개는 철창에 얼굴을 붙이고 꼬리를 흔들었다. 통로 끝에 다다르자 마지막 사육장 속에 어린 강아지 대여섯 마리가 갇혀 있었다. 3개월쯤 되었을까? 보드라운 솜털을 가진 강아지들은 윤이 다가가자 해맑게 반가워했다. 강아지들은 그의 체취를 맡으려고 철창 앞에 몰려들어 검고 촉촉한 코를 킁킁거렸다.

한이 둘러보고 있는 철문 안쪽은 도사 혼종견이 대부분이었다. 일본의 도사(현 고오치현) 지방에서 투견으로 개량한 도사견은 탄생부터 서글픈 견종이었다. 19세기 일본인은 투견 판에서 토종견이 서양의 마스티프 종에게 번번이 패하자, 최강의 일본산 투견을 만들기로 했다. 그렇게 태어난 것이, 그레이트 데인, 불도그, 세인트버나드, 불테리어를 교배한 도사견이다. 일본인들의 바람대로 도사견은 뛰어난 투지와 근성, 거대한 골격과 압도적 힘으로 마스티프를 제압하며 투견판의 강자로 떠올랐다. 인간의 유희를 위해 동족을 죽이거나 동족에게 죽임당할 숙명을 타고난 도사견은 우리나라에 수입된 뒤 역시 투견에 이용되었다. 투견 판이 불법화되면서 쇠락하자 도사견은 진돗개와 함께 개농장에서 가장 자주 목격되는 견종이 되었다. 개농장에서는 근수가 개 값이기에 도사견을 세인트버나드나 그레이트 데인과 교배해 초대형견으로 만들어낸다. 적게는 50킬로그램에서 많게는 100킬로그램에 달한다.

도사 혼종견들은 한이 다가가자 꼬리를 말고 뻥개장 안쪽으로 몸을 피했다. 묵직한 외모를 가진, 60킬로그램은 족히 될 듯한 개들이 눈도 마주치지 못한 채 덜덜 떨고 있었다. 개들은 동족에게 일어나는 가혹한 일을 수없이 지켜봤을 것이다. 다음이 자기 차례일까 봐 공포에 떨며 마음 졸였을 것이다. 그곳에는 닭과 흑염소도 있었다. 종에 따라 공간을 구분하지 않아서 개장 옆이 닭장이고 닭장 옆이 염소장이었다.

한은 도사견 한 마리가 혼자 갇혀 있는 뻥개장 앞에서 걸음을 멈췄다. 바닥에는 형체가 뭉개진 뭔가가 내팽개쳐져 있었다. 가까이 가보니 닭의 사체였다. 죽은 지 한참 되었는지 썩어 문드러져 있었고 파리 떼가 새까맣게 꼬여 있었다. 형체로 보아 죽은 뒤 개장 안에 던져진 듯했다. 질병으로 죽은 닭을 개의 먹이로 준 것일까? 한은 찡그린 얼굴로 닭의 사체와 도사견을 번갈아 보았다. 개는 고개를 움츠린 채 그와 눈을 마주치지 않으려고 애썼다.

"뉘슈? 거기서 뭣 혀요?"

한이 입구로 나오자 웬 노인이 수상쩍다는 표정으로 서 있었다. 개농장 주인 김 씨였다. 한은 반대편에서 걸어오는 윤에게 눈짓한 뒤 붙임성 좋게 인사를 건넸다.

"안녕하세요, 어르신. 저희가 개농장을 하려고 알아보다가 여기를 알게 되었는데요."

"주인도 없는 집에 모르는 양반들이 어슬렁대니 껄쩍지근혀요, 안 혀요?"

"죄송합니다. 아무도 안 계셔서 기다리고 있었습니다. 저희가 얼마 전까지 경기도에 살았는데 연고지는 여기입니다. 육견 만지는 일이 솔찮게 돈이 된다 해서 저희도 좋은 자리가 있으면 하려고 하는데……."

한이 사투리 표현과 억양을 살짝 섞어 말을 붙이자 주인은 금세 경계를 풀었다. 그는 개농장 마당에 지어진 농가의 툇마루에 걸터앉더니 잠시 뭔가를 생각했다.

"빈 축사가 있는데 들어갈라요? 내가 600만 원이면 인수해

줄 수 있는디. 개만 사 넣으면 되어야.”

“개 빼고 축사만 600만 원이요? 평수는요?”

“1,000평이 넘제. 개만 델꼬 들어가면 바로 시작할 수 있어. 안 그래불고 아무것도 없는 데서 할라믄 1,000만 원 갖고도 안 되제. 어때, 해볼텨?”

“인수 비용이 600만 원이면 세는 얼마예요?”

“1년에 100만 원.”

“몇 마리나 키울 수 있을까요?”

“1,000마리.”

“1,000마리요?”

한이 놀라자 노인은 낄낄거리며 웃었다.

“지대로 할라믄 그라야제. 근디 나랑 먼저 얘기가 돼야 혀. 지금 여럿이 눈독 들이고 있어. 벌써 몇 사람이 보고 갔어. 오늘도 전화 와서 누가 보고 갔는디.”

그는 말을 멈추더니 다시 미심쩍은 표정을 지었다.

“그 짝들도 소개받고 온 거 맞제? 누가 소개해서 왔어?”

한은 잠시 머뭇거리다가 대답했다.

“보신탕집에서······.”

“워디 보신탕?”

한이 당황한 기색을 비치자 잠자코 있던 윤이 말했다.

"박가네 보신탕이요."

"아하, 박가네!"

개농장 주인은 고개를 끄덕이더니 말을 이었다.

"하실라믄 싸게싸게 하셔. 그 자리가 민원도 안 들어가고 아주 좋은 자리여."

30년 경력의 육견인

개농장 주인 김 씨

내 이름은 김 아무개고 개농장은 30년째여. 우리 농장은 개가 100마리쯤 되어야. 나이도 들었으니 욕심 안 부리고 쪼깨만하게 하고 있어. 육견이랑 새끼 빼는 놈이 따로 있제. 계속 키울 놈은—아, 새끼 빼는 놈, 모견을 말하는 거여—내가 얼마든지 소개해 줄 수 있어. 일단 모견으로 200두 정도 키워봐. 1년이면 금세 1,000마리 만들어부려. 새끼 빼면 식당에 납품하기까지 금방이여. 8개월에서 10개월만 되면 잡을 수 있어.

키우면서 동시에 납품해야 혀. 개를 사들이고 새끼 빼고 팔아치우고, 이 세 가지를 같이 해야 한다 이 말이여. 강아지는 절대 사오면 안 돼. 면역력이 약해서 까딱하믄 디져부려. 튼튼하고 종자 좋은 어미를 사갖고 여기서 새끼를 내야 혀. 그래야 마릿수가 빨리 늘제. 발바리들을 갖다 놓은 이유는 쪼깨만한 게 맛있다고 고것만 찾는 사람들이 있어. 큰 놈보다 쪼깬한 놈이 더 맛있다고 혀. 각자 입맛이 다르잖애. 다리 밑에 서너 명씩 둘러앉아 먹기에도 딱 좋잖여.

개 키우는 건 다른 짐승이랑 달리 돈이 안 들어가. 야들 먹는 짬밥이 말이여, 내가 되레 돈 받고 가져오는 거여. 구청에서 음식물 쓰레기를 수거할 때 100만 원, 200만 원씩 받아가. 근디 우리는 50만 원만 받고 수거한다고. 이게 킬로 수로 돈을 받는 건디 이 수거비로도 한 달에 200만 원은 벌어. 우리가 훨씬 싸니께 쓰레기 넘기는 사람도 이익이제. 학교는 방학을 해분께 짬밥이 꾸준히 안 나와. 여름방학, 겨울방학, 봄방학, 거기다 소풍 간다고 안 나오고, 무슨 행사 한다고 안 나오고, 거시기한다고 안 나온단 말이여. 학교 짬밥만으론 못 혀. 식당, 군부대, 이런 데 돌아다니면서 가져와야 혀. 돈 들어갈 일은 없지만서도 이게 다 노력이여, 노력!

요즘 같은 날씨엔 짬밥이 금방 상해불제. 더운 날에는 짬밥이 썩느라고 부글부글 거품이 나. 걱정허들 말어. 발효제가 있어. 짬밥에다 섞어불면 돼. 발효제 넣어서 훅훅 저어 먹이면 아무 하자 없어. 보름 지나도 괜찮고 한 달 지나도 괜찮아. 내가 다 해봤어. 발효제만 있으면 문제없어. 근디 되도록이면 그렇게 안 하고 좀 번거로워도 먹일 만큼 가져오고, 없으면 또 가져오고 그라제. 이 일 하려면 **열심히** 해야 혀. **부지런히** 하면 돈 많이 벌 수 있어. 소니 염소니 하는 것들은 돈을 들여야 키워, 사료를 사멕여야 하니께. 개들은 돈 받고 찌끄레기 가져와서 멕이니 을매나 이득이여.

다른 짐승은 허가를 내서 잡아야 하잖여. 개는 축산물에 안 들어가서 어떻게 잡든 법에 안 걸려. 걱정허들 말어. 잡는 것도 내가 여기서 잡아서 식당으로 바로 넘겨, 중간에 거치는 거 없이. 그래야 많이 남기제. 아따, 몽둥이로 때려잡는다는 말은 손톱만큼도 듣지 말어. 고것은 옛날 이야기여. 한때는 짐승을 목매달아서 많이 잡았재. 다리 위에서 똥개 목에다 줄 묶어서 밑으로 팡 걷어차면 디져불잖애.

요즘은 대부분 전기로 잡지. 전기봉, 길다랗게 생긴 걸로다가. 코드 꽂아서 써도 되고 밧데리 가져가서 해도 되고. 난 밧데리로 혀. 이동허기 편하게. 안 그라믄 코드가 붙박이니께 개를 코드가 있는 데까지 옮겨야 한단 말이여. 개를 꺼내고 망태기에 담아서 옮길라믄 이중 삼중으로 일을 해야 허잖여? 한두 마리 잡는 것도 아니고 근수 많은 놈들 일일이 옮기려면 을매나 힘든디. 밧데리 갖고 개장 가서 바로 잡아불면 편하제.

글치, 딴 개들이 옆에서 보고 있제. 달겨들지 않느냐고? 아니제, 무서우니께 구석에 딱 달라붙어 있제. 전기봉 딱 갖다 대면 개가 나가떨어져 부려. 아니, 기절하는 게 아니라 디져분다고. 사람도 전기 좀만 통해도 찌르르하잖애. 몸에 대면 안 돼. 입에 확 쑤셔 넣어야 돼. 전기봉이 코앞에 오면 개도 느낌으로 알아부려. 확 쑤셔 넣고 개가 입을 앙다무는 순간! 220볼트 전기가 통해불제. 개장 하나에 다섯 마리가 들어 있다, 다섯 놈을 다 잡을라믄 상관없는디 그 안에서 한두 마리만 잡을라면 요령이 필요혀, 까딱하면 딴 놈들헌테 전기가 같이 통해불거든. 그라믄 못 써. 자세한 건 시작하면 내가 다 갈쳐준다고.

정 드는 개가 있냐고? 사람도 죽고 살고 하는디 짐승 죽는 걸 맴 아파하면 돈을 워찌 벌어? 개한테 정 들어서 개장수를 워찌 한디야? 요즘은 애완용 죽으면 워쩌는지 알어? 사람마냥 관에 넣어서 화장시켜 주고 그런다고. 나쁘다는 게 아녀. 애완용으로 키우다 보면 한식구나 마찬가지겠지. 우리 단골 중에 이쁘게 키우다가 클 만큼 크면 팔아야겄다 하면서 나한테 델꼬 오는 사람도 있어. 승용차 타고 쪼깨만한 애완용을 안고 와, 잡아달라고. 정 들었다고 개를 주면서 막 울고 그래. 단골이라니께, 한두 번 온 게 아니라 자주 온다고. 방 안에서 껴안고 키우다가 온당께. 그러다 잡아달라고 하는디 나가 뭐라 허겄는가?

어떨 땐 사람들 하는 짓이 좀 웃겨.

근디 개 잡는 법은 왜 자꾸 물어싸? 거시기하는 건 차후 문제고 내가 얘기했던 그 자리가 딱 좋아. 개라는 게 시끄러운 짐승이라 민원이 안 들어가는 한갓진 데서 해야 혀. 그리고 작업하면 핏물 똥물 흘려보내야 되는데 주변 사는 인간들이 민원을 허벌나게 넣어싼단 말이여.

왜? 수입이 제대로 안 날까 봐 걱정이여? 얘기해 주께. 아는 사람이 시내에서 노가다를 뛰었는데 일이 없어서 만날 여기 와서 놀았어. 만 원짜리 한 장이 없어가지고 눈치 보면서 밥 얻어먹고 그랬다고. 불쌍해서 내가 이걸 가르쳤어. 시작하자마자 성수기에 70, 80만 원씩 벌었어. 응, 하루에. 한 달이믄 을매여? 2,000이 넘잖여. 1년이믄 을매여? 2, 3억은 앉아서 벌재. 개뿔도 없던 눔을 내가 완전히 부자 만들어부렸어. 한겨울에 장사 드럽게 안 될 때, 아무리 못 벌어도 한 달에 300만 원은 벌어.

나? 요즘 같은 땐 하루에 열 마리씩 꾸준히 잡제. 어제도 아홉 마리 잡았어. 한 마리에 10만 원짜리래두 한 달이면 을매여? 3,000만 원 아녀. 한 달에 1,000만 원만 벌어도 큰돈이여, 뭣을 해가지고 한 달에 3,000만 원을 버느냐 말이여. 나도 옛날에, 젊을 땐 더 많이 잡았제. 무지하게 잡았어. 하루에 서른 마리씩 잡았응께. 돈을 완전히 쓸어 담아부렸제. 지금은 그렇게까지

할 필요 없응께 쉬엄쉬엄 하고 있어.

"지금은 쉬엄쉬엄하면서 2, 3억씩 번단 말씀이에요?"

윤이 물었다.

"그렇당께."

"1년에 2, 3억을 버신다고요?"

"2, 3억도 못 벌면 어찌 사는가?"

그의 반문에 두 사람은 대답을 못 했다. 동물 단체 활동가인 윤과 한은 그만한 돈을 벌어본 적 없었다. 둘은 노인의 허름한 입성을 새삼스럽게 바라보았다.

"이건 최하 직업이여. 완전 핫바리 직업이란 말이여. 근디 돈도 못 만지면 쓰겠는가? 한 달에 2,000, 3,000 벌면 뭐가 걱정이여? 다들 힘들어 죽겠다 하는 세상에 뭔 일을 해서 그만큼 벌어? 넉넉잡고 딱 한 달만 배우면 평생 돈 걱정 안 하고 살 수 있어. 할라믄 **야무지게** 혀. 어설프게 해갖고 안 돼."

침묵이 흘렀다. 윤이 나를 돌아보더니 어색한 반말로 말했다.

"궁금한 것 있으면 여쭤봐."

윤과 한은 예비 육견인, 나는 서울에서 놀러온 윤의 사촌동생이라는 설정이었다. 질문이 금방 떠오르지 않았다. 김 씨가 이야기하는 동안 나는 그의 앞에 놓인 뜬장에 갇혀 있는, 미코를 꼭 닮은 작은 바둑이에게 정신을 빼앗겨 있었다. 미코는 내가 몇 년 전에 임시 보호했던 유기견이었다. 누가 키우다가 넘긴 걸까? 바둑이는 눈이 마주칠 때마다 꼬리를 살랑살랑 흔들었다. 나는 바둑이를 바로 보지 못하고 고개를 돌렸다.

"선생님도 개고기 드세요?"

한참 만에 내가 물었다. 김 씨는 내 얼굴을 힐끔 쳐다보더니 시선을 돌렸다.

"안 먹어."

"왜요?"

그는 대답하지 않았다. 개 짖는 소리에 묻혀 내 목소리가 들리지 않았는지도 모르지만.

세계에서 유일한[4]

개 식용을 하는 나라는 우리나라와 중국, 동남아시아의 일부 나라다. 개를 먹는 나라에서는 보통 유기견을 잡아서 또는 보호자가 있는 개를 훔쳐서 암암리에 거래한다. 이런 사정은 우리나라도 마찬가지다. 유기견에게 가장 큰 위협은 자신을 잡아먹으려는 사람이고, 일부의 시 위탁 보호소는 유기견을 개농장이나 도살장으로 넘기며, 실수로 잃어버린 개는 누군가의 한 끼 음식으로 전락한다. 익산의 하트, 인천의 순대, 창녕의 매실이, 부산의 오선이 등은 보호자를 잃어버린 뒤 개고기나 개소주로 도살된 반려견들이다.*

동시에 우리나라는 세계에서 유일하게 식용 개농장이 있는 나라다.** 수천 마리의 개를 사육하는 '공장식 축산 개농장'부터 수십여 개의 개농장이 집단으로 모여 있는 '개농장 밸리'까지, 하나뿐인 이 시스템을 통해 식용 개를 조직적으로 사육하고 유통한다. 다른 개 식용 나라의 개가 잡힌 순간부터 수난을 겪는다면 우리나라 개농장의 개는 태어나서 죽을 때까지 고통의 연속이다.[5] 내가 만난 김 씨처럼 거의 모든 개농장이 모견을 두고 교배를 시킨다. 모견은 출산 능력이 있는 동안 죽음을 면하지만 새끼가 도륙당하는 모습을 끊임없이 지켜보며 죽음보다 고통스러운

---

* 2016년 9월 전북 익산에서는 동네 주민들이 하트라는 길 잃은 올드 잉글리시 시프도그를 잡아먹었다. 2016년 12월 인천에서는 대문 앞에 나와 있던 반려견 순대를 이웃 주민이 도살장으로 끌고 갔다. 2017년 2월 창녕에서는 보호자가 잃어버린 생후 7개월의 진돗개 매실이를 어느 택시기사가 탕제원으로 데려가 개소주로 달였는데, 그는 사체 일부라도 찾고 싶어 하는 보호자에게 매실이로 달인 개소주를 보내왔다. 2017년 9월 부산에서는 길 잃은 래브라도 리트리버 오선이를 한 남성이 트럭에 태워 구포시장의 탕제원으로 데려가 개소주로 달였다. 여기에 언급한 사건은 초판이 나온 2018년 이전의 사례이며 현재도 이런 일은 반복되고 있다.

** 중국에도 개농장이 있다고 반박하는 사람들이 있다. 그러나 개고기 최대 소비국으로 알려진 중국도 소규모 사육장이 있을 뿐, 우리나라의 '공장식 개농장'과 같은 형태의 사육 장소는 없다. 동물권행동 카라의 전진경 대표는 "사료 값이 많이 들기 때문에, 기업형 농장 운영 자체가 불가능하다"라며, 우리나라에서 대형 개농장을 운영할 수 있는 이유는 "사료 대신 음식물 쓰레기를 유입하는 것을 정부가 묵과하기 때문"이라고 지적했다.

삶을 산다. 물론 모견도 출산 능력이 떨어지면 도살당한다.

동물권행동 카라가 보고한 개농장 실태(2017년)에 따르면 전국의 개농장은 최소 2,862개다. 이 조사는 환경부로부터 개농장의 가축분뇨처리시설 신고 자료를 받아 분석한 것으로, 신고하지 않은 사육장은 포함하지 않는다.[6] 개농장의 수를 처음으로 파악한 것은 2015년 정의당 심상정 의원이 환경부에 개농장 실태조사를 요구했을 때인데, 이 보고서에서는 개농장 수를 1만 7,059개, 사육두수를 200만 마리로 추정했다.[7]

개농장의 규모는 제각각이다. 수십 마리를 사육하는 곳도, 수천 마리를 사육하는 곳도 있다. 부업 삼아 소규모 사육장을 운영하는 곳은 통계에 잡히지도 않는다. 규모와 상관없이 모든 개농장은 '저비용 고효율'의 원칙을 따르면서 사료관리법, 가축분뇨의 관리 및 이용에 관한 법률(이하 가축분뇨법), 동물보호법, 축산물 위생관리법, 식품위생법 등 최소 다섯 개의 현행법을 위반하고 때때로 폐기물 관리법, 가축전염병 예방법 등 예닐곱 개 이상의 법률을 위반한다. 김 씨의 말을 다시 살펴보자.

▲ "더운 날에는 짬밥이 썩느라고 부글부글 거품이 나제."

- 사료관리법

개농장 관계자의 증언에 따르면 "사료를 먹이는 개농장은 없"다. "상해서 거품이 부글부글 나는" 음식물 쓰레기를 사료로 사용한다. 김 씨는 발효제를 넣는다고 했지만 보통은 "하얀색 봉지 항생제"를 섞는다. 항생제를 기준치 없이 상습적으로 투약하는 것은 "동물용 의약품이 허용 기준 이상으로 잔류된 것 (사료관리법 제14조 '제조·수입·판매 또는 사용 등의 금지')"으로 불법이다. "그나마 양심 있는 사람은 음식물 쓰레기를 끓여" 먹이지만 "그냥 항생제만 섞어 먹이는 경우도 있"다.[8]

'음식물 쓰레기'와 '남은 음식물(잔반)'은 전혀 다른 개념이다. 음식물 쓰레기는 '음식물'이 아니라 '쓰레기'다. 이것은 단순히 "사람이 남긴 음식 부산물이 아니다."[9] 담배꽁초, 이쑤시개, 물티슈, 플라스틱 조각, 머리카락, 식품 봉지 속의 방부제 같은 이물질이 걸러지지 않고 불특정 다수의 타액까지 섞인, 식별할 수 없이 부패한 곤죽이다. "인체 또는 동물 등에 해로운 유해물질이 허용 기준 이상으로 포함되거나 잔류된 것" "인체 또는 동물 등의 질병의 원인이 되는 병원체에 오염되었거나 현저히 부패 또는 변질되어 사료로 사용될 수 없는 것(사료관리법 제14조)"의 급여 또한 불법이다.

그러나 이와 별개로 정부는 '음식물 쓰레기의 자원화'를 실시한 1998년 이후 약 20년 동안 '재활용'을 허용했다. 2019년 아프리카 돼지 열병[ASF]의 확산 원인으로 음식물 쓰레기가 지목되자 2021년 뒤늦게 폐기물관리법 시행규칙을 개정했고(승인받은 시설은 폐기물관리법 제29조 '폐기물처리시설의 설치'에 따라 제외), 돼지를 비롯해 가축에게 음식 폐기물을 급여하는 행위를 적발하면 1,000만 원 이하의 벌금을 부과하기로 했다(제68조 '과태료'). 이 같은 상황은 음식물 쓰레기를 처리하는 방식에 대해 재논의할 시점이 되었다는 것을 의미한다.

자원순환사회경제연구소의 홍수열 소장은 이 체재를 시행한 나라는 한국이 유일하다고 말한다. "식당이나 식품공정 부산물을 사료로 쓰는 경우는 있을지 모르는데, 가정에서 나오는 쓰레기를 사료로 급여하는 나라는 내가 아는 한 없다" "재활용의 범주에 사료화를 포함시키면서 첫 단추를 잘못 끼운 것이다. (⋯) 음식물 쓰레기 양이 많아질수록 대란이 벌어질까 봐 손도 못 대게 되어버린 것이다."[10] (연간 발생하는 음식물 쓰레기는 500만 톤 이상이다.)

관련 기사에 따르면 해외에서는 음식물 쓰레기를 분리 배출하지 않는다. 미국은 '디스포저(잔반을 싱크대에서 갈아 하수구로 배출하는 장치)'의 사용이 보편적이고, 일본은 소각 여부에 따라 음식물 쓰레기와 다른 폐기물을 혼합하여 버린다. 게다가 우리나라의 음식물 쓰레기는 염분이 높아 가축의 사료로 적합하지 않다. 폐기물관리법 개정안을 시행하자 돼지 농가들은 사료 값이 세 배 이상 든다며 어려움을 호소하거나 폐업을 신고했다.[11] 그러나 개는 축산물위생관리법의 대상이 아니기에 개농장들은 여전히 음식물 쓰레기를 사료로 급여하며 운영을 계속하고 있다. 법의 바깥에서 폐기물의 불법 사용을 묵인받으며 방역의 사각지대에 놓여 있는 것이다. 시민단체들은 2019년 발생한 A형 구제역을 비롯한 다양한 가축 감염병의 확산 통로로 개농장을 지목한다.

▲ "핏물 똥물 흘려보내야 되는데 주변 사는 인간들이 민원을 허벌나게 넣어싼단 말이여."

− 가축분뇨법

동물을 사육할 때는 가축분뇨법에 따라 배설물을 처리해야 한다. "환경오염을 방지"하여 "지속 가능한 축산업"을 도모하고 "국민 건강"을 향상하기 위해서다(제1조 '목적'). 개는 가축분뇨법에 해당하는 동물(가축분뇨법 시행령 제2조 1호 대통령령으로 정하는 사육동물)이기에 개 사육장은 분뇨배출시설을 마련해 신고해야 한다. 신고 후에는 법률에 따라 운영해야 하는데 여기에 대한 의무는 시행규칙 제10조에서 상세히 기술하고 있다. 그러나 동물 단체의 조사와 언론매체의 취재에 따르면 개농장에서는 관련 시설을 설치하지 않거나, 설치했더라도 의무대로 처리하지 않는 경우가 많다.

어느 동물 단체가 구조 작업을 했던 개농장은 똥오줌이 쌓이고 다져져 구릉처럼 보일 정도였다. 며칠 전에 내린 폭우로 배설물더미는 질퍽질퍽했고 갓 태어난 새끼들은 어미를 옆에 두고 뜬장까지 차오른 진창에 빠져 죽어 있었다.[12] 또 다른 개농장은 "똥이 쌓이고 쌓이다 못해 산"을 이루고 있었고, 바닥은 "땅에서 석유를 배출하는 것처럼 똥독이 오르다 못해 새까맣게 오염"[13]되어 있었다. 내가 목격한 개농장들도 정도의 차이가 있을 뿐, 뜬장 아래 배설물을 방치한 상황은 비슷했다.

그러나 가축분뇨법으로 처벌받는 개농장은 거의 없다. 오히려 실효성 없는 분뇨배출시설 신고는 개농장을 허가하는 근거로 역이용된다. 개농장의 다른 위법 사항은 제쳐둔 채 가축분뇨배출시설로 신고했으니 합법이라고 주장하는 식이다.

▲ "밧데리 갖고 개장 가서 바로 잡아불면 편하제."
　– 동물보호법

개 도살에 흔히 쓰는 방법은 목매달아 죽이는 교살, 감전시켜 죽이는 전살이다. "목을 매다"는 것은 "잔인한 방법"으로 규정하여 금지하는 행위다(동물보호법 제10조 1항). 전살에 대한 내용은 법에 따로 명시하고 있지 않지만 해외에서는 모피용으로 사육하는 갯과 동물인 여우의 전기 도살을 "잔인한 도살"로 규정한다. 최근 개농장에서 많이 쓰는 전살은 사제 전기기구(전기봉)를 개의 입 안에 쑤셔 넣는 방식이다. 개는 죽음에 이르기 전 사력을 다해 전기봉을 문다. 망치로도 우그러뜨리기 힘든 전기봉에 이빨 자국이 선명하게 남는다.

다른 개가 보는 앞에서 도살하는 행위도 다반사로 일어난다. 앞서 김 씨가 "밧데리 갖고 개장에 가서 바로 잡아뿔면 편하제"라고 말한 것은 특이한 사례가 아니다. 내가 인터뷰한 어느 활동가는 개가 목매달린 채 죽어 있고, 뜬장에 있는 다른 개들이 그 모습을 쳐다보는 장면을 개농장에서 목격했다고 말한 적 있었다. 성남시의 개 도살장 근처에 살고 있는 주민은 개가 보고 있는 데에서 도살자가 개를 전살시키는 모습을 여러 번 봤다고 전했다.

"같은 종류의 다른 동물이 보는 앞에서 죽이는 행위"는 불법이다(동물보호법 제10조 2항). 당신이 어딘가에 갇혀 있고 동료들이 눈앞에서 차례대로 죽임당하는 상황을 상상해 보면, 이 개들이 느끼는 감정을 '아주 조금' 이해할 수 있을지 모른다. 사람처럼 동물도 동종의 죽음을 목격했을 때 극도의 공포에 휩싸인다. 동물보호법에서 이 행위를 금지하는 이유다.

법률과 관습 사이

이 같은 불법 행위를 단속하지 않는 상황은 '개 식용 문화'라는 관습이 법률보다 우위에 있음을 방증한다. 이 관습을 방패삼아 개 식육업자는 '법 없이 사는 사람들'이, 개 식육업은 (김 씨의 말을 빌리면) "열심히, 부지런히, 야무지게" 하면 법의 사각지대에서 "돈 벌 수 있는" 직업이 되었다.

개 식용을 찬성하는 사람은 복잡한 상황에 대해 간단한 해결책을 내놓는다. 개 식용을 합법화하자고. 그러나 나는 다른 위법 사항인 '축산물 위생관리법'과 '식품위생법'에 대해 말하지 않았다. 사료관리법, 가축분뇨법, 동물보호법이 개농장 운영의 실태를 보여준다면 앞으로 이야기할 축산물 위생관리법, 식품위생법은 개 식용 합법화의 (불)가능성과 개 식용이 **우리**에게 미치는 영향을 보여줄 것이다. '우리'란 개를 먹는 사람만 뜻하지 않는다. 말 그대로 '우리 모두'를 말한다. 어쩌면 개 식용 문제에서 누군가들이 중요하게 생각하는 것은 (동물학대나 환경오염이 아니라) 오직 이것, '우리에게 미치는 영향'인지 모른다. 어떤 사람들이 공장식 축산 농장에서 학대당하는 소, 돼지, 닭에 관심을 가지는 이유가 동물의 고통이 아니라 인간의 건강 때문인 것처럼.

개를 먹는다는 것에 대하여[14]

고전적인

경동시장의 어느 개고기 업소 앞에는 다음과 같은 홍보 글이 붙어 있었다.

《동의보감》과 《본초강목》은 개고기의 약효를 다음과 같다고 했다. 개고기의 성질은 따뜻하고 짠맛과 신맛을 낸다. 오장이 편안해지고 몸이 가벼워지고 장과 위가 튼튼해진다. 골수를 충족하여 허리와 무릎이 따뜻해지고 양기를 일으켜 음경이 선다. 상한 몸을 보하고 혈맥을 잘 통하게 한다. (…) 개고기는 훌륭한 고단백질 식품이다.

여름에 돼지고기는 잘 먹어야 본전인데 개고기는 탈 나는 일이 없고, 기름도 돼지고기나 소고기보다 수십 배 잘 소화된다. 지방질에는 불포화지방산이 많고 콜레스테롤이 매우 적어서 동맥경화증과 고혈압을 예방한다.

2012년 한 방송매체가 건국대학교 축산대학원에 의뢰한 개고기 성분 분석 결과에 따르면, 개고기는 다른 육류보다 단백질 함량은 낮고 지방 함량은 높다. 이 매체는 개고기가 남성의 정력에 미치는 영향도 실험했는데, 다섯 명의 남성이 사흘 동안 개고기를 먹은 결과 남성호르몬 수치는 변동이 없거나 오히려 떨어졌다. 반면 혈당이 조절되지 않을 때 증가하는 당화혈색소 수치는 급격하게 증가했다. 당화혈색소가 1퍼센트 상승하면 혈당치는 평균 30mg/dL 가량 올라간다.[15] 2013년에는 개소주를 제조하는 과정에 다량의 발기부전 치료제가 들어가는 장면이 보도되기도 했다. 물론 의사의 처방을 받지 않은 불법 약품이었다.[16]

개고기가 보양식이라는 믿음에는 《동의보감》과 《본초강목》의 내용이 근거로 작용했는지 모른다. 업소의 홍보 글에서는 인용하지 않았지만 《동의보감》과 《본초강목》은 "개고기를 먹은 임부의 아기는 소리를 내지 못한다" "열병에 개고기를 먹으면 죽는다" "9월에 개고기를 먹으면 정신이 상한다"와 같이 부작용도 경고하고 있다. 그러나 이 고전 의서와 약서에서 언급한 내용의 정확성을 따지는 것은 본질과 상관없다. 중요한 것은 현대의 개고기다.

회색지대

개 식용 문제의 쟁점은 '개를 축산법에는 포함하면서 축산물 위생관리법에는 포함하지 않는다'는 것이다. 즉, 현행법은 개를 사육하는 것만 허용할 뿐 식품으로서 도살·유통·판매하는 것은 허용하지 않는다. 육견업계는 개가 축산물 위생관리법의 규제 대상이 아니라는 것을 '아무 규제 없이 도살·유통·판매해도 된다'는 뜻이라고 주장한다. 개농장 주인 김 씨가 "개는 축산물에 안 들어가서 어떻게 잡든 법에 안 걸려"라고 말한 것도 그런 의미다.

정부가 축산물을 관리하는 이유는 "품질의 향상을 도모" "축산업의 건전한 발전" "공중위생의 향상"이다(축산물 위생관리법 제1조 '목적'). 육견업계의 주장처럼 법률의 대상이 아니라는 것이 마음대로 도살·유통·판매해도 상관없다는 의미라면, 축산물 위생관리법 자체가 불필요하다.

도살은 "허가를 받은 작업장에서 해야 한다(축산물 위생관리법 시행규칙 제2조 '가축의 도살·처리 및 집유의 기준')." 개는 축산물 위생관리법에 포함되지 않으므로 허가받은 작업장(도살장)이 없다.* 개를 잡아먹는 사람과 개를 식용으로 판매하는 사람은 개농장, 개시장, 무허가 도살장, 개인 주택, 야산 등에서 개를 도살한다.[17] "허가받은 작업장이 아닌 곳에서 가축을 도살·처리"하는 것은 "10년 이하의 징역 또는 1억 원 이하의 벌금(축산물 위생관리법 제45조 '벌칙')"에 처하는 중죄다. 여기에서 논쟁이 일어난다. 어떤 동물을 "허가받은 작업장"이 아닌 곳에서 도살하는 것은 불법이다. 그러나 개는 축산물 위생관리법의 대상이 아니기에 이 법을 적용하기가 모호하다. 개 식용 문제에 법률의 잣대를 들이대면 여러 측면에서 무법의 딜레마가 발견된다.

항생제, 세균, 바이러스

축산물 위생관리법에 들어가지 않는 동물을 먹는다는 것은

---

* 2023년 충남 아산의 한 개농장에서 개를 도살 중이던 50대 남성이 동물 학대와 밀도축 혐의로 경찰에 체포되었다. 그는 살아 있는 개들에게 죽은 개의 내장을 먹이로 주었고, 개털은 강에 무단 투기했다. 식용 목적으로 개를 도살하던 사람을 현행범으로 체포한 국내 첫 사례다.

어떤 의미일까? 국가의 관리와 통제를 벗어나 있는 것, 투여한 약물의 기준치와 휴약 기간이 없는 것, 유통 경로 확인이 불가능한 것, 안전과 위생을 담보할 수 없고 위해가 발생해도 추적할 수 없는 것을 먹는다는 뜻이다.

"질병에 걸렸거나 걸렸을 염려가 있는 동물" "그 질병에 걸려 죽은 동물의 고기, 뼈, 젖, 장기, 또는 혈액을 식품으로 판매하거나 (…) 운반하거나 진열"하는 것은 위법이다(식품위생법 제5조 '병든 동물 고기 등의 판매 등 금지'). 개고기와 개소주용으로 죽임당하는 개는 유기견, 번식장의 폐견, 극단적 방치 상태의 개, 비위생적 환경의 개농장에서 사육한 개이다. "질병에 걸렸거나 걸렸을 염려가 있는 동물"이지만 정부는 개고기 위생 검사를 실시하지 않는다. 식품의약품안전처가 밝혔듯이 "현행법상 식품이 아니기 때문"[18]이다.

민간에서 실시한 첫 개고기 위생 검사는 2017년 6월에서 8월 사이, 동물자유연대와 건국대학교 수의대가 전국 12개 지역의 전통시장에서 판매하는 93개의 개고기 표본을 대상으로 한 것이다. 결과를 보면 전체 93개 중 60개(65.6퍼센트)에서 8종의 항생제(엔로플록사신, 아목시실린, 타일로신, 린코마이신, 설파티아졸, 설파메타진, 설파디아진, 설파메톡사졸) 중 1종 이상의 항생제 성분이 검출되었다. 항생제 검출 빈도는 축산물 검사를 받는 소보다 147배, 닭보다 496배나 높았다. 세균 감염도 심각했다. 대장균을 비롯해 요로감염과 방광염 등의 원인균인 프로테우스 불가리스, 패혈증을 일으키는 열쇄상구균 등 다양한 세균이 발견되었다.[19]

현대적인

우려되는 것은 개고기에 있을지 모르는, 확신할 수 없지만 가능성은 있는 위험 요소다. 개를 먹는 나라는 아시아에서도 일부이고, 우리나라에서 최근 10년 동안 단 한 번이라도 개고기를 먹은 적 있는 사람은 22퍼센트 남짓이다(2022년 서울대 수의대 천명선 교수팀의 설문조사).[20] 세계적으로 개를 먹는 인구가 극소수이기에 광우병, 구제역, 조류 인플루엔자 등과 달리 개 식용과 관련한 인수공통감염병은 알려진 것이 없다. 또한 대규모 개농장은 우리나라가 가진 유일한 시스템, 연구한 적 없기에 피해를 관리할 데이터와 기술도 없는 축산 방식이다.[21]

누구도 개농장의 열악한 환경에서 발생할 수 있는 가축 전염병과 인수공통감염병을 알지 못한다. 동물 단체에서 구조하는 다수의 유기견이 심장사상충, 파보 장염, 코로나 장염, 홍역,

피부병, 선모충증 등을 가지고 있다. 웬만한 유기견도 먹지 않는 쓰레기를 먹고 웬만한 유기견보다 불결한 장소에서 지내는 개농장의 개에게 질병이, 그 가운데에서도 동물과 인간 사이에 상호 전파하는 질병이 없다고 단정할 수 없다.

또한 누구도 음식물 쓰레기를 급여하는 데 따른 질병의 가능성을 알지 못한다. 개농장에서 먹이로 쓰는 음식물 쓰레기에는 불특정다수의 타액이 섞여 있고, 타액에는 간염 바이러스 등의 경구 전염병, 브루셀라 등의 인수공통감염병의 병원균이 섞여 있을 수 있다.[22] 음식물 쓰레기에는 파리, 바퀴벌레, 쥐 등이 꼬여 병원균이 쉽게 침투한다. 이를 섭취한 개가 전염병의 중간매개체가 될 가능성, 그 병원균이 돌연변이를 일으킬 가능성에 대해서도 우리는 모른다. 어떤 나라도 여기에 대한 연구나 조사를 한 적 없다.[23]

일부 개농장과 도살장에서는 죽은 개의 내장과 부산물을 살아 있는 개에게 먹이로 준다. 특수한 상황이 아니라면 동족을 먹는 일은 자연스럽지 않다. 동족을 먹은 개를 사람이 먹었을 때 악영향이 있는지 없는지도 모른다. 개농장에서는 음식 폐기물뿐 아니라 축산 폐기물도 개의 먹이로 사용한다. 우리는 인간이 소의 골분을 소에게 먹인 결과 광우병이 발병했고, 광우병에 감염된 소를 먹은 사람이 변종 크로이츠펠트 야콥병[vCJD]

에 전염된다는 것을 알고 있다. 그러나 질병으로 죽은 소, 돼지, 닭의 사체가 섞인 축산 폐기물을 개가 먹고 그 개를 사람이 먹을 경우, 바이러스 변이의 위험성에 대해서는 예측하지 못한다.

육견업계는 여전히 조선 광해군 시대에 집필한《동의보감》과 중국 명나라 때 엮은《본초강목》의 일부 내용을 발췌해 개고기가 보신 음식이라고 홍보한다. 그러나 누가 아는가? 그때와 전혀 다른 환경에 놓인 현대의 개고기에 대해. 그렇다면 개 식용 합법화는 해결책이 될 수 있을까? 합법화를 하면 개농장의 동물학대는 사라지고 개고기는 위생적인 식품이 될까? 내가 온라인에서 봤던 개고기 합법화에 관한 논쟁에서 추천수가 가장 많았던 댓글의 내용은 이러했다.

합법화해라. 아무도 손해 보지 않는다. 개 식육업자는 당당하게 영업해서 좋고, 개고기 먹는 사람은 깨끗하고 안전하게 먹어서 좋다. 합법화한다고 먹지 않는 사람이 손해 보는 것도 아니다. 손해 보는 사람 있으면 말해봐라.

이제 말해보자.

헛된 기대

어느 주부에게 일어난 사소한 사고로부터

1923년 미국 델마바 반도에 살던 실리어 스틸$^{Celia Steele}$은 집에서 몇 마리의 닭을 키우고 있었다. 어느 날 그는 병아리 쉰 마리를 구매했다가 주문 오류로 500마리를 받았다. 실험 삼아 실내에서 키운 병아리들은 그즈음 발명된 사료 보충제(닭의 사료에 비타민 A와 D를 첨가했다) 덕분에 죽지 않고 무사히 겨울을 보냈다. 스틸이 실험을 반복하면서 1926년 닭은 1만 마리로 불었고 1935년엔 25만 마리로 늘었다.[24] 미국의 어느 주부에게 일어난 사소한 사고는 현대 가금류 산업과 공장식 축산업의 도래를

알리는 서막이었다. 또한 오늘날 사람들이 '공장식 농장^{factory}

farm'이라는 부자연스러운 말을 자연스럽게 받아들이는 발단이

되었다. 100년이 지나면서 가축밀집사육시설^{CAFO, Concen-trated}

^{Animal Feeding Operation}은 전 세계 축산업을 지배하는 시스템으로

자리 잡았다. 목가적 풍경, 초원과 마당을 거니는 동물은 사라

지고 사방이 막힌 창고, 창고 안에 갇힌 동물만 남았다.

스틸의 실험이 성공하자 산란계(달걀 생산용 닭)는 A4 용지만

한 배터리 케이지^{battery cage}에서 평생을 보내게 되었다. 이 닭장

은 보통 3단에서 9단까지 쌓는데 세계에서 가장 높은 것은 일

본에 있는 18층 높이의 닭장이다.[25] 암퇘지는 몸을 돌릴 수조차

없는 감금틀^{stall}에 갇혀 인공수정, 임신, 분만을 반복한다. 지능

이 높고 성향이 깔끔한 돼지는 잠자리와 배변 자리를 분리하려

는 의지가 강하지만 산업화한 농장의 돼지는 자는 곳에서 싸고

배설물 위에서 자야 한다.

농장동물은 삶뿐 아니라 죽음에서도 자비를 받지 못한다.

도살장에서 중요한 것은 동물의 공포와 고통을 줄여주는 연민

이 아니라 더 빨리, 더 많이 죽이는 속도다. 도살 라인에서 급소

를 빗맞은 소는 의식이 선명한 상태로 공중에 거꾸로 매달려

머리부터 가죽이 벗겨진다. 역시 도살 단계에서 숨이 끊어지지

않은 돼지는 산 채로 펄펄 끓는 물탱크 속에 들어간다.[26] 미국

에서 1년에 20만 마리가 발생하는 것으로 추정되는 '다우너 카우downer cow('주저앉는 소'라는 의미로 부상이나 광우병 등으로 기립이 불가능한 소)'는 안락사가 최선의 조치지만, 아무 쓸모가 없기에 아무 배려도 받지 못한다. 이들은 숨이 끊어질 때까지 며칠씩 방치되거나 살아 있는 상태로 대형 쓰레기통에 처넣어진다.[27]

다행인지 불행인지 식용으로 태어난 동물에게는 아주 짧은 삶만이 허락된다. 많은 사람이 동종의 아기에게 조건 없는 사랑을 베풀어야 한다고 여기면서 다른 종의 아기를 먹는 것은 개의치 않는다. 구이용 닭은 인공적으로 몸을 불려 7주 만에 도살한 영계다. 송아지는 몸을 움직일 수조차 없는 나무 우리에 4개월 동안 갇혀 있다가 첫 걸음을 떼어 도살장행 트럭을 탄다. 소젖을 먹여 키우는 아기 양은 생후 1주에서 9주 사이에 도살된다. '밥Bob' 또는 '바비Bobby'라 불리는 송아지는 인간이 먹는 음식 가운데 가장 어린 동물의 고기다. 이들은 태어난 지 하루에서 닷새 사이에, 때로는 태어난 직후에 죽임을 당한다.[28]

공장식 개농장이 온다

짧고 거칠게 줄여 썼지만 그리고 많은 사람이 이미 알고 있지만 현대 축산업은 대략 이런 모습이다. 고기를 싸게, 많이 먹겠다는 욕망은 결과적으로 동물과 인간 모두에게 재앙을 가져왔다. 공장식 축산업과 유행병의 연결고리는 이제 부정할 수 없다. 과학자들이 새, 돼지, 인간의 유전 물질이 결합된 바이러스를 처음 목격한 곳은 공장식 축산 농장이었다. 컬럼비아와 프린스턴 대학의 과학자들은 세계에서 가장 위협적인 바이러스의 여덟 가지 유전자 일부를 추적한 결과, 여섯 개를 자국의 공장식 축산업계에서 찾아냈다.[29] 우리나라에서 논란을 일으킨 광우병 사태와 살충제 계란 파동, 반복되는 구제역과 조류 인플루엔자의 본질적 원인도 공장식 축산이다. 밀집 사육 방식이 장악한 현대 축산업은 실패작이다.

개 식용 합법화를 주장하려면 현대 축산업의 맨얼굴을 들여다보는 것이 먼저다. 그 주장은 이 시스템에 또 하나의 종을 추가하자는 의미이기 때문이다. 이미 개 식육업계는 공장식 축산으로 빠르게 전환하고 있다. 소규모 개농장은 전업을 선택하는 곳이 늘어나는 추세지만, 자본력을 가진 대규모 개농장은 폐업하는 개농장을 흡수하여 몸집을 불리고 있다.* 개 식용을 합법

---

* 대한육견협회 소속의 개농장 주인 김 씨는 개농장이 대형화하는 추세에 대해 "위생적이고 약품을 쓰지 않는 질 좋은 개고기 생산자로서 경쟁력을 갖출 좋은 기회"라며, "상당히 많은 (소규모) 농가가 문을 닫을 수밖에 없을 것"으로 판단했다. 대농이라 불리는 기업형 농장주들은 그의 관측에 동의하는 입장이다. 그의 생각대로라면 개 식용과 같은 식문화는 한 산업의 붕

화하면 이런 추세는 가속화할 것이다. 즉, 공장화한 개농장은 살아남고 소규모 개농장은 도태된다.

그래서 농장주들은 서로 다른 입장에 선다. 규모를 확장하는 등 투자 가치가 있다고 판단한 쪽은 '개 식용 합법화'를 주장하고, 생계의 어려움을 호소하는 쪽은 '전업·폐업과 관련한 특별법 제정'을 요구한다.* 정부의 지원이 있으면 사육을 중단하겠다는 다른 단체와 달리 '전업 반대' '개 식용 합법화'를 주장하며 강경한 입장을 고수하는 대한육견협회는 평균 700~800마리(협회 추산)를 사육하는 농장주들의 조직이다. 사육두수가 많은 농장은 2,000~3,000마리, 더 많게는 4,000~5,000마리 정도다.[31]

개 식육업계가 공장식 축산으로 전환하는 상황에서도, 개 식용 합법화를 주장하는 사람들은 두 가지 낙관적인 기대를 가지고 있는 듯하다. 하나는 개들이 조금이나마 인도적으로 대우받기 바라는 마음이고, 또 다른 하나는 (동물의 고통과는 상관없이) 개고기를 안심하고 먹기 바라는 마음이다. 전자는 순진하고 후자는 어리석다. 우리는 낙관주의에 기대는 대신 축산 농

괴나 대체와 무관한 패러다임을 지니고 있기에 투자가치가 충분하다. 김 씨는 경기도에서 4,000마리의 개를 사육하며, 수천 평의 대지에 23개 동의 축사를 건설 중이었다. "위화감을 조성하기 싫다"면서 그가 대략적으로 밝힌 자산은 "부채가 있지만 30억 원 규모"였다.[30]
* 2017년 8월 '전국육견인연합회' 임원진은 국회 농림축산식품해양수산위원회 소속의 김현권 의원실을 찾았다. 그들은 개농장 전업과 관련한 특별법 제정을 건의했으며, 정부가 예산을 지원해 개 사육 중단 정책을 추진하면 협의하겠다고 말한 것으로 알려졌다.[32]

장의 '닫힌 문 뒤'를 보고 '세계 최초의 공장식 개 축산업'이 가져올 결과를 예측해야 한다.

닫힌 문 뒤

인도적 측면에 대해 말하자면 농장동물은 생명으로서 최소한의 배려도 받지 못한다. 좁은 곳에 갇혀 꼼짝달싹 못 하는 것만이 문제가 아니다. 밀집 사육 방식은 관례적으로 닭의 부리를 자르고 돼지의 이빨을 뽑는 등 동물의 신체를 훼손한다. 좁은 우리에 갇힌 동물이 스트레스로 서로를 해치면 농장주에게 손실이 생기기 때문이다. 수퇘지나 수소는 공격성을 줄이고 체중을 불리기 위해 거세하는데 동물을 움직이지 못하게 고정시킨 뒤 펜치와 같은 도구로 고환을 으깬다. 마취를 하는 사례는 극히 드물다. 지금도 어떤 개농장에서는 개들이 서로에게 상처 입히는 상황을 막으려고 생니를 뽑는다. 짖지 못하게 하려고 (성대 제거 수술은 수의사와 전문장비 없이 어려우므로) 불에 달군 쇠꼬챙이를 귀에 쑤셔 넣어 고막을 뚫어버린다. 이 같은 신체 훼손은 법제화 이후에 더 체계화할 것이다.

미국의 인도주의적 축산협회HFA, Humane Farming Association 수석

조사관인 게일 A. 아이스니츠^{Gail A Eisnitz}가 쓴 《도살장^{Slaughter-house}》은 닫힌 문 뒤에서 농장동물이 당하는 일을 생생하게 기술하고 있다. "동물을 상대로 한 범죄 행위를 폭로하는 일에 남은 내 인생을 걸기로 결심"[33]하고 도살장에 잠입한 그는, 도살업계의 카르텔로 인해 위험에 처하고 암으로 투병하면서도 싸움을 멈추지 않는다. 아이스니츠가 인터뷰한 노동자들은 다음과 같은 경험담을 들려준다.

가끔은 수송아지 머리가 제어기에 낄 때가 있어요. 그렇게 되면 기절시킬 수 없으니까 아직 그 송아지가 살아 있는데 머리를 잘라버리는 거죠. 때로는 송아지가 제어기 사이로 떨어져서 아주 격렬하게 몸부림치는 바람에 제어기가 움직이지 않는 경우도 많아요. 그럴 때는 (기절도 하지 않은) 송아지의 다리를 (톱으로) 잘라버리죠.

돼지를 추트^{chute}(자동 활송 운반 장치)에 넣었는데 똥을 싸면서 심장마비를 일으키거나 움직이길 거부하면 그 돼지의 항문에 고기 갈고리를 꽂는 거야. (…) 그리고는 돼지를 거꾸로 질질 끌고 가지. (살아 있는) 돼지들을 끌고 가는 동안 대개 그 갈고리에 의해 항문이 찢어져 버리게 돼. 종종 돼지의 허벅다리가 완전히 찢어진 것도 봤고 창자가 빠져나온 것도 봤지. 만약 돼지가 추트를 다 나와서 쓰러지면 그 갈고리를 돼지 뺨에 찍어서 앞으로 끌고 오는 거야.

가끔은 돼지 귀를 잡아서 눈을 그대로 찔러버릴 때도 있어요. 그냥 눈알을 뽑는 게 아니라 그대로 칼자루까지 깊숙이 박아서 뇌까지 자른 후에 나이프를 휘저어버리죠. 그러면 돼지는 곧바로 헝겊 인형같이 돼버립니다.

또 다른 일은 사람들의 고통에 대해 더 이상 신경 쓰지 않게 된다는 거죠. (…) 나를 화나게 만드는 동물도 마찬가지예요. (…) 그냥 죽이는 게 아니라 깊고 강하게 찔러서 숨통을 찍은 후에 자기 피에 빠져 죽게 하는 겁니다. (…) 한번은 날카로운 칼을 꺼내 돼지 코의 끝을 잘라냈어요. 마치 볼로냐소시지를 자르는 것처럼 말이에요. 돼지는 몇 초 동안 아파서 돌아버리려고 하더군요. 그러다 그 자리에 그냥 멍청한 표정으로 앉아 있는 겁니다. 그래서 내가 소금물을 한 움큼 떠서는 그 돼지의 코에 문질러줬죠. 이제 그 돼지는 정말로 꼭지가 돌아서 사방에 코를 문대더군요. 아직도 고무장갑을 낀 내 손에는 소금이 많이 남아 있었고 난 그 소금을 돼지의 항문에 처박아 넣었죠. (…) 나도 나름대로 좌절감을 그런 식으로 푸는 겁니다.[34]

300페이지가 넘는 책은 많은 부분이 이런 내용으로 채워져 있다. 이 책이 도살장을 다룬다고 해서 가학 행위가 도살 과정에만 국한된 것은 아니다. 활동가들이 축산 농장에 잠입해 촬영한 영상과, 작가들이 기록한 르포르타주는 농장동물이 당하는 학대가 얼마나 일상적인지 보여준다.

노동자들은 새끼를 밴 암퇘지를 렌치로 때리고 어미 돼지의 직장과 질에 쇠막대기를 쑤셔 넣는다. 가만히 있는 돼지를 때리고 발로 찬다. 어느 농장에서는 동물의 몸에 담배를 비벼 끄고 삽으로 구타하고 목을 조르고 분뇨 구덩이에 처넣어 익사시킨다.[35] 이런 영상과 책의 배경이 대부분 외국이라고 해서 우리나라의 현실이 다른 것은 아니다. 우리나라는 축산업의 90퍼센트 이상을 공장식 축산으로 운영한다. 동물을 착취하는 방식은 세계적으로 표준화되어 있다. 또한 자유무역협정 이후 더 많은 해외의 축산물을 소비함으로써, 우리는 거주 지역과 상관없이 지구상에서 일어나는 온갖 동물 착취에 연루되어 있다.

2018년 동물자유연대와 동물권행동 카라가 입수한 영상에는 경남 사천의 한 양돈 농가에서 어린 돼지 수십 마리를 '도태' 시키는 과정이 담겨 있다. 축산업에서 '도태'란, '상품성'이 떨어지는 동물을 '처리'하는 작업을 의미한다. 작업자는 이유시기 전후로 보이는 약 마흔 마리의 돼지를 좁은 통로에 몰아넣고 둔기로 내려친다. 이른바 '강 도태'이다. 쓰러진 돼지와 도망치는 돼지 사이에서 남자는 동물의 머리를 내리치고 또 내리친다. 동물 단체들은 숨이 붙어 있는 돼지를 어딘가로 옮기는 모습과 돼지 사체가 무더기로 쌓여 있는 장면을 공개하며, 살아 있는 동물을 생매장했거나 사체를 불법 매립했을 의혹을 제기했다.

우리나라의 축산농장에서 태어나 공개 구조된 돼지 '새벽이'의 이야기를 담은 《훔친 돼지만이 살아남았다》의 저자들은 책에서 다음과 같은 이야기를 전한다.

도살장의 계류장에서 일하는 노동자가 내게 토로하듯 말했다. 육질을 위해 빠르게 처리해야 하는 도살 공정의 속도를 맞추기 위해서는 돼지들을 끊임없이 퍽퍽 때려야 한다, 차라리 동물학대라고 하여 쓰지 말라고 하는 전기봉이 빠르다, 지금은 내 팔이 떨어질 정도로 돼지를 패야 한다, 그래도 도살장에 들어가지 않으려고 할 때는 갈고리를 입천장에 걸어 돼지를 있는 힘껏 끌어당겨야 하는데, 갈고리가 살을 뚫고 나올 때도 있다. 그럴 때마다 생명의 존엄, 그런 게 내 안에서 사라지는 게 느껴진다. 이제는 운전을 하다가도 화나게 하는 운전자가 있으면 저 새끼, 돼지 패듯이 패버려? 하는 충동이 자꾸 든다.[36]

나는 축산업에 종사하는 모든 노동자가 화풀이로 가학행위를 한다고 생각하지 않는다. 고기를 싸게 많이 먹고 싶어 하는 소비자가 노동자의 가학 행위를 비난할 수 있는지도 의문이다. 고기는 먹고 싶지만 감당하고 싶지는 않은 소비자의 정신적 부담을 그들은 대신 지고, 무신경하게 동물을 죽이는 태도를 습관화하며, 무조건 도축 라인이 돌아가게 하라는 관리자의 요구에 굴복한다. 잔인한 것은 개인이 아니라 동물과 인간 모두를 무생물의 기계로 다루는 현대 축산업의 시스템이다.[37] 개든 고양이든 곰이든 뱀이든, 또 다른 동물을 저 잔혹한 축산 시스템에 밀어 넣는 일을 반대하는 것은 최소한의 도덕성이다.

농장동물의 일상은 축산 체계에 들어간 동물이 생명으로 대접받지 못한다는 것을, 살아 있을 때도 고깃덩어리와 똑같이 취급된다는 것을 보여준다. 다른 동물에게 행했다면 동물학대로 지탄받을 행위를 오로지 농장동물에게만 제도적으로 허용하는 이유는 단 하나, 그들이 농장동물이기 때문이다. 우리나라의 돼지 농장에 화재가 나서 수천 마리의 돼지가 감금틀에 갇혀 산 채로 불타 죽은 날도 기사 아래에는 이런 댓글이 수없이 달려 있었다.

"통돼지구이 맛있겠다."

'친환경' 사육?

개고기를 합법화하면 깨끗하고 안전하게 먹을 수 있으리라는 기대도 허황되기는 마찬가지다. 어떤 종을 농장동물로 법제화하는 것과 동물을 건강하게 사육하는 일 사이에는 긴밀한 연관성이 없다. 동물이 건강하려면 습성대로 살아야 하지만 그리고 그것이 동물복지의 기본이지만 고유한 본성을 억압하는 것은 현대 축산업의 규칙이다.

공장식 축산의 핵심은 위생과 안전이 아니라 **저비용**과 **고효율**이다. 우리는 공장식 축산을 육성하려고 어마어마한 정부 예산을 쏟아붓고, 그래서 발생한 가축 감염병을 해결하려고 또다시 막대한 세금을 쏟아붓는 나라에 살고 있다. 2008~2015년, 정부가 '축사 시설 현대화 사업', 즉 공장식 축산 육성에 투입한 세금은 총 7조 5,000억 원이다.[38] 살처분 보상금처럼 구제역의 직접적 피해 수습에 쓴 금액은 3조 3,192억 원(2000~2016년)[39], AI의 직접적 피해 수습에 쓴 금액은 최소 9,000억 원(2003~2017년 1월) 이상이다.[40] 사체 매몰로 인한 상수도 정비 등 간접 비용을 더하면 액수는 훨씬 늘어난다. 이 수치는 종의 본능과 습성을 허락하지 않는 인간중심주의가 인간과 비인간동물 양자를 악순환에 빠뜨렸다는 사실을 단적으로 보여준다.

개를 보호하는 시설조차 파보와 코로나장염, 켄넬코프와 디스템퍼(홍역) 등의 바이러스를 체계적으로 예방하지 못한다. 개의 공장식 밀집 사육은 여러 전염병을 불러올 것이고, 우리는 가축 전염병으로 인한 대량 살처분처럼 수없이 목도해 온 비극을 반복할 것이다. 합법화 이후 음식물 쓰레기만 안 먹여도 낫지 않느냐고 생각할지 모른다. 하지만 그 사육법은 계속될 것이다. 합법화 여부와 상관없이 이것은 개 식육업을 유지하는 필수 요소다.

지금도 개 식육업자들은 이 사실을 쉬쉬하거나 감추지 않는다. 오히려 '친환경 사육', 즉 가축 사육과 폐기물 처리를 동시에 할 수 있는 일석이조의 산업이라고 추켜세운다. 전국육견상인회 회장은 "수천억 원의 비용이 발생하는 음식물 쓰레기를 처리하고 국민에게 보양식을 제공하는 이런 효자산업이 어디 있느냐?"[41]라고 되묻는다. 내가 만난 개고깃집 주인은 유기동물에게도 음식물 쓰레기를 급여하고, 버려진 동물을 안락사하는 대신 식용화하는 것이 사람과 환경에 더 이롭다고 주장했다. 그러나 폐기물처리법 개정이 동물 전염병의 확산을 차단하는 방편이었다는 점을 상기하면 이 주장은 타당성이 없다.

한 언론사는 서울시에서 유통되는 개고기 14점을 검사한 결과 세균과 항생제뿐 아니라 납, 비소, 카드뮴 등의 중금속이 나왔던 사례를 소개하며, 개 식육업자들이 '친환경 사육'이라고 홍보하는 바로 그 방식이 중금속의 축적으로 이어졌을 거라고 지적한다. 납, 비소, 카드뮴은 생물체의 구성 성분이 아니라 외부에서 침투하는 환경오염성 중금속이다. 이 독성 물질은 인체에 침투하면 생체 조직과 강하게 결합하고, 독성이 강해 미량이라도 인체에 악영향을 준다.[42]

육견업계는 사육 단가 때문에 음식물 쓰레기를 포기할 수 없다는 입장을 밝힌 바 있다.[43] 게다가 음식 폐기물 처리로 부수적 이익까지 취하는 상황에서 '음식물 쓰레기의 사료화'는 이들이 결코 놓을 수 없는 운영 방식이다. 아프리카 돼지 열병을 계기로 폐기물 관리법을 개정했지만, 개농장은 이 법과 무관하게 존재한다. 설령 음식물 쓰레기를 질 좋은 사료로 바꾼다고 해도 합법화의 당위성은 설명할 수 없다. 좋은 사료를 급여하면 유통가와 판매가는 훨씬 비싸진다. 개 식용 인구가 줄어드는 상황에서 개고기 값이 급등하면 소비가 급감하리라는 것은 쉽게 예측할 수 있다. 결국 막대한 비용을 들여서 합법화할 이유가 없어진다.

축산업에 대한 과학적 연구는 1887년부터, 농장동물의 밀집 사육 축산은 1926년부터 시작했다.[44] 긴 시간이 지났지만 공장식 축산의 해악은 개선되기는커녕 인간, 동물, 환경을 파괴하는 방향으로 치닫고 있다. 축산 패러다임의 전환이 요구되지만 우리는 전국의 축산 농가를 공장화한 대가를 치르는 것으로도 모자라, 또 다른 종을 추가하자는 주장이 제기되는 사회에 살고 있다. 이것은 '개를 좋아하느냐, 좋아하지 않느냐'와 같은 취향의 문제가 아니다. 육견업자나 개고기를 먹는 사람만의 문제도 아니다.

어느 나라도 축산물로 지정한 적 없는 종을 우리나라 축산업에 추가하고, 나아가 동물복지까지 개선하려면 막대한 비용이 든다. 1900년대 이후 세계적으로 새로운 동물을 주된 축산종에 포함한 사례가 없기에 이 비용은 산출이 불가능하다.[45] 그럼에도 불구하고 끝내 합법화를 해서 기준에 맞는 축종과 사육과 도살 방식을 연구하고, 이에 상응하는 시설을 마련한다면 대략적으로 추산해도 수천억 원이 든다.[46] 누가 이 비용을 부담할 것인가? 개농장 주인들이 할 리는 없다. 개고기를 먹든 안먹든 모두가 내는 세금으로 충당해야 한다. 국제 사회에서 '세계 최초의 개 식용 합법화 국가'라는 타이틀이 가져올 유무형의 손실과, 전염병이 발생할 경우 수습 비용까지 계산하면 천문학적 액수를 지불해야 한다.

2023년 4월 27일, 동물보호법 개정안을 시행하면서 "정당한 사유" 없이 동물을 죽이는 행위는 전면 금지되었다('정당한 사유'

란 동물보호법 제10조 1항 4호에 따라 '사람의 생명·신체에 대한 직접적인 위협이나 재산상의 피해 방지'의 경우를 말한다). 이는 동물보호법을 제정한 1991년 이후 처음 마련한 '동물 임의 도살 금지'로서, 기존 동물보호법이 "잔인한 방법"과 "같은 종류의 다른 동물이 보는 앞에서 죽음에 이르게 하는 행위"만 처벌했다면, 개정 법률은 농림축산식품부가 정한 사유 외에는 모두 불법이기에 식용 목적의 개 도살을 금지할 수 있는 근거이다. 다만 법률을 개정했다고 해서 개 식용이라는 검질긴 관습이 사라질지는 의문이다.

다시, 누가 손해를 보는가?

　개 식용과 관련한 논란을 볼 때마다 나는 많은 사람이 개고기 합법화를 합리적 해결책으로 여긴다는 인상을 받는다. 신뢰할 수도 없고 수요마저 줄고 있는 개고기를 합법화하느라 엄청난 손실을 감당하는 것이 '합리적'인 일일까? 무엇보다 이것이 '가치 있는' 일일까?

　일각에서 전통 문화라고 주장하는 개 식용은 오늘날 쓸모없는 개들을 처리하는 폐기 방식이다. 번식을 못하는 번식견, 짧은 줄에 묶여 잔반을 처리하던 마당 개, 밭 지킴이로 이용되던 방치견, 사람들의 돈놀이에 싸우던 투견, 사냥을 못하는 사냥개, 한때 반려견이던 유기견……. 늙고 아프고 다치고 버림받고 쓸모없어진 이 모든 개가 폐기처리장으로, 도살장으로 흘러간다. 개 식용을 문화적 화두로 다루기 전에 도덕적 화두로 다뤄야 하는 이유다. 이 폐기처리장이 있는 한 불법 번식장도, 숱하게 방치된 혼종견도, 위탁 보호소와 개농장의 은밀한 거래도, 불법 투견도, 그 무엇도 해결되지 않는다. 나아가 비축산 동물을 먹는 관례는 농장동물의 동물복지 개선에도 악영향을 미친다.

개뿐 아니라 고양이도 먹는 우리나라에서 개 식용을 합법화했을 경우, 고양이 식용 합법화를 추진하자는 주장이 나오지 않을까? '소, 돼지, 닭은 먹는데 왜 개는 안 되느냐'고 묻던 사람이 '개는 되는데 왜 고양이는 안 되느냐'고 묻지 않을까? 종국에는 '모든 비인간동물은 인간의 음식'이라는 주장이 제기되지 않으리라고 단정할 수 있을까? 지금도 쥐 잡이용으로 사용되던 고양이가 탕제원으로 팔려가는 경우가 적지 않다. 2015년 경남의 50대 남성이 길고양이 600마리를 산 채로 펄펄 끓는 물에 삶아 죽인 뒤 건강원에 납품한 일명 '나비탕 사건' 또한 우리 사회의 절망적 단면을 보여준다. 몸보신에 대한 비정상적 집착을, 검증되지 않은 속설에 휘둘리는 무지를, 무엇보다 인간을 제외한 모든 동물을 먹을거리로 취급하는 인식을 보여준다.

합법화해라. 아무도 손해 보지 않는다. 개 식육업자들은 당당하게 영업해서 좋고, 개고기 먹는 사람들은 깨끗하고 안전하게 먹어서 좋다. 합법화한다고 먹지 않는 사람이 손해 보는 것도 아니다. 손해 보는 사람 있으면 말해봐라.

누가 손해를 보는가? 우리 모두다. 다 같이 손해 보는 일이 누구도 손해 보지 않는 일처럼 여겨지는 이유는 얻는 것이 더 많아서가 아니다. 얻는 것은 항상 명확한 반면 잃는 것은 대개 모호해서다. 그러나 저 단순한 주장의 진짜 문제점은 여전히 손익의 대상을 인간으로 국한한다는 것이다. 직접적으로 희생을 치러야 하는 동물을 배제했던 비인간성이 현대 축산업을 참극으로 몰아넣었다는 사실을 아예 모르거나 완전히 잊고 있는 것이다. 개 식용 합법화 주장을 합리적 해결책으로 오인하는 상황은 우리가 현대 축산업의 비극으로부터 아무 교훈도 배우지 못했음을, 우리의 기억상실을, 어리석음을 증명할 뿐이다.

지는 싸움

패배의 역사

팅커벨 프로젝트의 황동열 대표

경동시장 활동? 음… 실패라고 말하고 싶진 않은데 마무리
가 잘 안 됐어요. 지난번에 개고기 업소들의 탈세 정황을 신고
할 거라고 했잖아요. 그렇게 했어요. 국세청에 조사도 요청했
고요. 이게 시범 사례가 되어 전국 개 식육업계에 경고가 되길
바랐지. 그런데 충분한 혐의가 있는데도 국세청이 조사하지 않
는 거예요. 왜 조사하지 않느냐고 몇 번이나 항의했더니 이런
답변이 왔어요. "입증 자료가 부족하므로 추후에 자료가 보강

4장_ 폐기되는 존재 259.

되면 조사하겠습니다." 무슨 말이냐 하면 회계장부나 현금 출납부처럼 완벽한 입증 서류를 가져다주면 조사하겠다는 거야. 말이 안 되잖아, 우리가 무슨 수로 남의 업소에서 그걸 가져와요? 훔쳐서 갖다 줘? 업소 직원을 매수해? 자기들이 조사 나와서 확보해야지, 경찰도 공무원도 아닌 우리는 도저히 할 수 없는 일이잖아요. 한마디로 조사하지 않는다는 거예요. 서울지방국세청 탈세조사과에 근무했던 친구에게 사정을 이야기하고 "네가 담당자라면 어떻게 하겠냐?" 물었어요. 친구가 그래요.

"야, 절대 안 나가. 일반 서민한테나 1년에 6억, 10억 매출 올리면서 탈세하는 게 대단해 보이지, 국세청이 보기엔 아무것도 아니야. 거기는 수십 억, 수백 억짜리 탈세를 잡는 조직이야. 이런 자영업자는 피라미로 봐. 도덕적 정의감으로 조사해 달라? 씨알도 안 먹히는 소리야."

그런 이야기를 나눈 게 캠핑카에서 먹고 자면서 감시 활동을 한 지 한 달쯤 되었을 때였어요. 오뉴월이니 아직 봄인데 덥긴 또 왜 그렇게 더운 거야. 주차장에, 그늘 한 점 없는 땡볕에 차를 세워뒀잖아요. 차체가 뜨거워지면서 실내온도가 엄청나게 오르는 거예요. 그 안에서 지내는 게 보통 고역이 아니었어요. 에어컨은 당연히 못 켜지. 정차한 상태에서 시동을 켜놓으면 소음이랑 배기가스 때문에 주변 상인에게 민폐가 되니까.

국세청에서 아무 의지도 없다는 게 확실해지면서 한 달 만에 렌트카를 반납했어요. 철수하던 날 정말 씁쓸했어. 죽기 살기로 덤볐는데 끝장을 못 봤으니까.

성과가 아예 없었던 건 아니에요. 여섯 개 업소 중에서 한 군데는 폐업했고 세 군데는 개장을 치웠어요. 현장에서 안 죽이는 대신 다른 데에서 도살한 개를 사와서 판매만 하는 거야. 도살 모습이 감춰지면서 통제권 밖으로 더 나가버릴 수도 있지만 지금으로선 방법이 없어요. 나머지 두 군데는 지금도 업소 안에서 도살해요.

활동이 막바지였을 때, 폐업한 업소의 주인과 시장 골목에서 마주쳤어요. 내가 "그동안 수고 많으셨습니다" 그랬더니 이 사람이 그래. "졸업시켜 줘서 고맙지, 뭐." 말투는 심드렁했는데 빈정거리는 것 같진 않더라고. 육견업자들도 알아요, 개 식용이라는 관습이 법 위에 있다는 걸. 무법지대에 있는 자기들을 아무도 건드릴 수 없다는 걸. 내가 보기엔 그러면서도 두려워하는 것 같아. 세상이 바뀌고 있는 걸 감지하고 있으니까. 그래서 언제 '오늘 같은 판결'*이 뒤집어질지 모르니까.

---

* 이 인터뷰를 진행했던 2017년 9월 28일, 개 서른 마리를 전기 쇠꼬챙이로 죽인 개농장 주인이 기소된 '인천 개 전기 도살 사건'의 항소심 판결이 있었다. 인천지방법원은 6월 23일 열린 1심에서 무죄를 선고했고, 항소심을 맡은 서울고등법원도 이날 무죄를 선고했다. 재판부는

경동시장에서 철수하고 얼마 후, 양주에 있는 우리 단체 위탁처에 다녀오던 길이었어요. 내 차 앞으로 트럭이 지나가는데 2, 3단으로 개장이 실려 있고 그 안에 도사 믹스견들이 갇혀서 헐떡거리고 있는 거예요. 저 녀석들, 도살장으로 끌려가는구나 싶어서 무작정 트럭을 쫓아갔어요, 어떻게 하겠다는 계획도 없이. 도착한 곳은 개농장이었어요. 그 애들이 다 암컷인데 모견으로 쓰려고 사왔던 거지.

　　내가 차에서 내리자마자 다짜고짜 소리를 지르니까 개농장 주인이 당황한 거야. 대충 훑어봤더니 개가 150~200마리 정도 있어요. 이 사람이 개농장을 시작한 게 작년 10월, 몇 달 안 되었더라고요. 경험이 많은 농장주였으면 나랑 바로 대거리하면서 싸웠겠지. 내일 다시 올 테니 한 마리도 죽이지 말라고 신신당부한 뒤에 그날은 돌아왔어요, 나도 어떻게 해야 할지 몰라서. 밤새 머리를 쥐어짜서 제안한 게 이거였어요.

　　"여기를 인도적인 사육장으로, 보호소로 만듭시다. 당신이

선고의 이유를 다음과 같이 밝혔다. "(…) 한국의 동물보호법은 소유자가 동물을 죽이는 것을 금지하고 있지 않다." 물론 동물보호법은 소유자가 동물을 죽이는 것을 허용하지 않는다. 그런 일을 허용한다면 동물보호법이 아니다. 이 판결은 한국의 동물보호법이 개 식용이라는 관습 앞에서 무용지물이라는 것을 또 한 번 증명하는 사례로 남는 듯했다. 하지만 대법원은 전기기구를 사용한 도살이 동물학대라는 취지로 파기 환송했고, 피고인의 재상고에도 불구하고 2020년 4월 유죄를 확정했다. 2023년 4월, 동물의 임의 도살을 금지하는 개정안을 실행하기 전까지, 개 도살에 대해 '잔인한 방법으로 죽이는 것을 금지한다'라는 항목은 재판부에 따라 판단이 엇갈리곤 했다.

관리소장을 맡으세요. 생계에 지장이 없을 만큼 월급을 드리겠습니다. 당신 입장에서는 돈 주고 사온 개를 무상 양도하기 힘들 테니 개들이 입양 갈 때마다 마리당 30만 원씩 추가로 드릴게요. 당신이 살 수 있는 길을 열어줄 테니, 우리 같이 죽이는 일 말고 살리는 일을 합시다."

내 생각엔 충분히 받아들일 수 있는 조건이었어요. 개들을 넘겨주지만 월급이 나오고, 양도한 개에 대해 금전적 권리도 보장되니까. 이 사람이 수락하면 펀딩도 받고 후원금도 모아서 어떻게든 감당하려고 했어요. 나라고 왜 걱정이 없겠어, 월급만 드는 게 아니잖아요. 개농장을 그대로 쓸 수 없으니 보호시설도 새로 지어야지, 200마리 남짓한 대형견들에게 제대로 된 사료를 먹이려면 밥값도 만만치 않지, 검진하면 심장사상충이니 뭐니 병든 개가 수두룩할 텐데. 이 사람이 생각해 보겠다고 하더니 다른 개농장 주인들과 의논했는지 어쨌는지, 며칠 뒤에 싫다고 하더라고. 이 개농장의 위법 사항에 대해 민원은 넣었지만 그 이상은 어떻게 할 방법이 없는 거야. 경동시장 활동도, 양주 개농장 전업도 그렇게 끝났어요.

개 식용과 관련한 동물 단체의 역사는 패배의 역사예요. 이제는 입법을 통해서 해결하는 수밖에 없어요. 오늘 재판 결과도 그렇지만 기존 동물보호법으로는 승산이 없어. 문제는 여론

이 형성되어야 입법으로 가는데, 자기는 개를 안 먹지만 남이 먹는 건 존중한다는, 그게 톨레랑스고 다양성이고 멋진 줄 아는 사람이 태반이잖아. 키우던 개를 유기하는 사람은 비난하면서 키우던 개를 개장수나 도살자에게 팔아넘기는 사람은 비난하지 않잖아.*

어떤 사람들은 반려견, 유기견, 식용견이 따로 있다고 생각하죠. 내가 나중에 입양한 순돌이는 유기되자마자 식용 개가 될 뻔했어요. 구리시의 한 동네가 재개발지역으로 지정되면서 가족들이 순돌이만 버리고 이사를 갔는데, 동네 남자들이 혼자 남은 애를 잡아먹으려고 올무를 설치한 거야. 올무에 허리가 걸렸는데 그 안에서 살아보려고 얼마나 몸부림을 쳤는지, 허리는 잘릴 지경이 되고 생식기는 표피가 벗겨져서 시뻘건 살덩이만 남아 있었어요. 그 상태로 헤매다가 이번엔 차에 치여서 뒷다리 뼈가 완전히 부서졌어. 구조 후엔 다리를 절단할 수밖에

* 개 식용 논쟁에서는 '유기가 더 나쁘다'는 의견을 흔하게 볼 수 있다. 그러나 '복순이 학대 사건'은 '개 식용'과 '동물 유기'의 연관성을 생각하게 한다. 전주의 어느 건물 앞에서 8년 동안 묶여 지내던 복순이는 남성 보호자가 뇌졸중으로 쓰러졌을 때 큰소리로 짖어 위급한 상황을 알렸고, 지역에서 '주인을 살린 충견'으로 불렸다. 그러나 2022년 이웃 주민이 복순이에게 식칼을 휘둘러 상해를 입히자, 여성 보호자는 남편을 살린 복순이를 치료하는 대신 보신탕집에 넘기는 것으로 '처리'했고 식당 주인은 개를 목매달아 죽였다. 2023년 전주지검 정읍지청은 칼을 휘두른 사람만 기소하고, 보호자와 식당 주인은 기소 유예 처분했다. 현행 동물보호법은 동물을 목매달아 죽이는 행위를 금지하고(제10조 1항 1호), 반려동물을 유기한 사람 또한 처벌한다(제10조 4항 1호). 그럼에도 불구하고 이 사건은 개 식육업자에 대한 법의 선택적 관대함뿐 아니라, 개를 길거리에 버리는 대신 식용으로 넘기는 사람은 처벌하지 않는 동물보호법의 불일치를 보여준다.

없었어요. 허리가 끊어지는 걸 무릅쓰고라도 탈출하지 못했으면 어디 야산에서 목매달린 채 맞아 죽었겠지.

순돌이만이 아니에요. 우리 집에 있는 다른 애들도 비슷해요. 시추 순심이는 뻥튀기 장수에게 붙잡혀서 개소줏집으로 넘겨지기 직전에 구조됐고, 믹스견 럭키는 동작대교 밑에 버려진 뒤 자기를 잡아먹으려는 사람들로부터 숱하게 도망 다녀야 했어요. 백구인 흰돌이 흰순이는 처음부터 식용으로 태어났고요. 이런 이야기하면 꼭 그러지. "소는? 돼지는? 닭은?"

개를 둘러싼 해묵은 논쟁 ─┐

나는 개고기를 먹지 않지만

어떤 사람들은 "나는 개고기를 먹지 않지만"이라고 전제한 뒤 개 식용 찬성 입장을 밝힌다. 그들이 개 식용을 찬성하는 이유는 개고기를 먹기 위해서가 아니라 그것이 평등, 권리, 문화를 존중하는 태도라고 믿기 때문인지 모른다. 물론 개 식용 논쟁은 이런 화두를 포함하고 있다. 문제는 관점이다.

그들이 생각하는 '평등'은 이 동물을 먹으면 저 동물도 먹을 수 있다는 것, '권리'는 내가 개고기를 먹지 않더라도 다른 사람의 먹을 권리를 침해하면 안 된다는 것, '문화'는 문화의 다양성을(또는 다양한 문화를) 무조건적으로 포용해야 한다는 것이다. 이 관점으로 보면 개 식용을 반대하는 사람은 평등과 권리와 문화를 무시한 채, 오로지 특정 동물에 대한 애호심만으로 입장을 결정한 셈이다.

소, 돼지, 닭은?
: 평등

모든 동물이 평등하다는 명제는 문제가 없다. 문제는 이 명제가 소, 돼지, 닭을 먹는데 개, 고양이(또는 모든 비인간동물)를 먹지 못할 이유가 없다는 주장의 근거로 쓰일 때다. 동물권을 지지하는 사람들은 얼핏 비슷해 보이는 의문을 제기한다. "왜 개는 사랑하고 돼지는 먹고 소는 신을까?"[47] 하고. "왜 반려동물에게 가지는 애정과 관용을 농장동물이나 실험동물에게는 베풀지 않을까?" 하고. 이 성찰적 질문은 "소, 돼지, 닭은?"이라는 물음과 전혀 다른 의미다. 개 식용 찬성의 편에서 "소, 돼지, 닭은?"이라고 묻는 사람이 모든 동물의 하향 평준화한 평등을 전제한다면, 이들은 모든 동물의 상향 평준화한 평등을 제시하기 때문이다.

무엇을 위해 평등을 말할 것인가? 살아 있을 때도 고깃덩어리로 취급받는 농장동물의 삶과 죽음은 참혹하다. 그런데도 왜 어떤 사람들은 농장동물의 고통을 기준으로 평등을 말할까? 모든 동물을 똑같이 최악의 상태로 만들고 똑같은 잔인함으로 대하는 것이 평등의 가치에 부합할까? 우리는 인간의 평등에 대해 그렇게 말하지 않는다. 최악의 처지에 놓인 누군가를 기준으로 삼아 다른 사람의 권리와 복지를 빼앗는 것이 평등이라고 주장하지 않는다. 평등은 우월주의와 중심주의에 저항할 때 가치를 지닌다.

누군가가 모든 동물은 평등하다고 전제한 뒤 세상에는 '더 고통받는 동물'과 '덜 고통받는 동물'이 있다고, 그러니 똑같이 '더 고통받는 동물'로 만들자고 주장한다면 그 평등은 무가치하다. 모든 동물을 고통의 수레바퀴에 밀어 넣으려는 궤변일 뿐이다. 진심으로 농장동물의 고통을 우려한다면 평등을 위해 새로운 동물을 축산 체계에 포함하자고 말할 수 없다. 그 대신 (절대다수의 사람들이 육식을 포기하지 않는다는 전제에서) 이미 축산 체계에 들어와 있는 동물의 복지를 실현함으로써 농장동물의 고통을 최소화할 방법을 찾자고 말할 것이다.

누군가의 먹을 권리는?

: 권리

개고기는 번식장의 폐견, 유기견, 개농장에서 사육한 개의 고기다. 질병에 걸렸거나 걸렸을 가능성이 있는 동물의 고기고, 부패한 음식 폐기물과 축산 폐기물을 먹은 동물의 고기며, 때로는 동족의 장기까지 먹은 동물의 고기다. 국가가 통제하지 않고 피해를 관리할 데이터도 없어서 안전과 위생을 담보할 수 없는 음식이다. 합법화를 통해 관리하자는 의견도 있지만 개고기 합법화의 불가능성과 불합리성은 이미 살펴보았다.

혹자는 이런 음식을 먹는 것도 국민의 권리라고 주장할지 모른다. 그러나 그런 권리는 필요 없다. 이런 음식을 먹는 것은 권리가 아니다. 이런 음식이 유통되는 일을 방관하는 정부에게 분노하는 것이 권리다. 자신이 먹는 음식의 생산 과정을 모르는 것이 먹는 사람의 잘못은 아니다. 전적으로 국가의 잘못이다. 식품의약품안전처가 "현행법상 식품이 아니"라고 규정한 음식을 규제하지 않는 정부, 표를 잃을 것이 두려워 '국민적 합의'라는 두루뭉술한 표현으로 명백한 문제를 외면하는 정치인의 책임이다. 우리의 권리는 신뢰할 수 없는 음식을 먹는 것이 아니라 책임을 다하지 않는 자들에게 책임을 요구하는 것이다.

개를 축산물로 법제화함으로써 발생하는 경제적 손실, 합법화에 드는 막대한 세금, 국제 사회에서의 지위 상실, 동물권에 대한 시민의식 향상 등 개고기 합법화는 여러 이유로 이미 불가능하다. 정부는 합법화의 불가능성을 인지하면서도 개 식육업계의 반발과 일부 찬성 여론에 이 업종이 자연 도태하기만을 기다리는 것 같다. 내가 만났던 개농장 주인 김 씨는 이 사업에 뛰어들면 엄청난 수입을 올릴 것처럼 말했지만, 근근이 수지를 맞추며 생업을 놓지 못하는 농장주들이 많다. 어느 개농장 주인이 기자에게 말한 바에 따르면 "300마리 이하 규모로 운영하면 수익이 나지 않"[48]는다.

정부가 하지 않는 일은 민간이 떠맡았다. 국내 동물 단체와 휴메인 소사이어티 인터내셔널HSI, Humane Society International 등의 국제 동물 단체는 후원금으로 농장주들의 전업을 지원하고, 인수받은 개는 해외로 입양 보내는 일을 계속해 오고 있다. 내가 김 씨의 개농장을 방문했을 때 동행한 동물 단체는 농장주와의 평화적 협상을 위해 지자체에 도움을 요청했지만 거절당했다. 그들은 시에서 아무 도움도 받지 못한 채 몇 개월 동안 농장주의 전업을 위해 고군분투했다. 규모가 작고 재정이 불안정한 단체지만 그들은 개들을 양도받는 대신 농장주가 요구한 5년치 생활비를 지급하기로 했다.

우리의 전통문화는?[49]

: 문화

더욱 논쟁적이고 감정적인 것은 문화적 영역이다. '개는 바깥에서 키워야 한다'거나 '개 식용은 전통문화다'와 같은 주장은 반려동물 문화나 동물권 운동을 서구의 가치관으로, 개를 잔반 처리용이나 식용 가축으로 이용하는 일을 우리나라의 가치관으로 단순화한다. 같은 맥락에서 개 식용 반대를 사대주의로 비화하기도 하는데, 이런 이분법은 프랑스 배우인 브리지트 바르도[Brigitte Bardot]가 개를 먹는 한국인에게 '야만인' 등의 원색적 비난을 퍼부은 일도 영향을 미쳤을 것이다. 개 식용에 대한 비판을 서구의 문화 간섭으로 받아들인 사람은 (설령 개고기를 먹지 않더라도) 불쾌감 때문에 개 식용 찬성의 입장에 선다.

앞의 주장들은 사실에 뿌리를 두고 있다. 동물보호에서 동물권으로 넘어오기까지 이 운동의 계보는 서구의 산물이다. 영국에서는 1822년 '가축학대방지법'이 통과되었고 1824년 '동물학대방지협회'를 창설했다.[50] 미국은 1830년대에 '동물학대방지법'을 가결했고 1866년에 '동물학대방지협회'를 설립했다.[51] 독일은 영국과 함께 유구한 동물권 운동의 역사를 가진 나라로 동물권을 헌법에 명시하고 동물보호를 의무로 규정한 최초의

국가다.[52]

우리나라의 첫 동물 단체인 한국동물보호협회가 출범한 것은 1991년이다. 현재 우리나라에서 가장 큰 동물 단체인 동물자유연대, 동물권행동 카라 등은 2000년대 초반에 설립되었다. 우리나라와 서구는 동물권의 역사에서 200년에 가까운 시차를 가지고 있다. 개를 바깥에서 키우다가 잡아먹는 가축으로 대해온 세월도 길다. 여기까지는 논쟁이 필요 없는 사실이다. 논쟁은 이 사실에 '문화 상대주의', 즉 '문화는 각 사회의 특수한 역사적 환경에서 발전한 것이기에 우열을 가릴 수 없다'는 관점을 적용하면서 촉발한다. 문화 상대주의에는 '윤리적 상대주의'가 개입한다. 윤리적 상대주의는 '세계에는 다양한 문화가 있고 도덕은 문화의 산물이기에, 보편적 도덕 기준은 존재하지 않는다'는 주장이다. 윤리적 상대주의의 관점으로 보면 해외의 단체와 개인이 개 식용을 비판하는 것은 옳지 않다.

오랫동안 개 식용 논쟁은 문화 상대주의와 윤리적 상대주의의 테두리를 벗어나지 못했다. 그러나 다양한 문화 가운데에는 전통의 이름으로 자행되는 폭력도 있다. 도덕을 문화의 산물로만 여기고 이곳의 잣대로 저곳의 행위를 재단하지 않는 윤리적 상대주의를 고수하려면 우리는 명예살인, 강제 할례, 여아 유기 같은 인권 유린에 개입은커녕 평가조차 삼가야 한다.

문화는 초월적이고 절대적인 성역일까? 문화를 존중하려면 어떤 행위에도 침묵해야 할까? 나는 그렇게 생각하지 않는다. 문화적 통합과 재통합이 도래하며 문화의 개념 정의가 모호해지기도 했거니와 앞서 말한 사례들, 특히 약자와 관련한 주제 앞에서는 윤리적 상대주의가 아니라 '윤리적 보편주의'를 지지하는 것이 마땅하다. 윤리적 보편주의에 따르면 '전 세계적으로 다양한 문화가 존재하지만, 모든 문화를 관통하는 도덕 원리가 하나 이상 존재한다.'[53]

누군가에게는 전통이고 문화지만 보편적 규범에서 학대이고 폭력일 때 사람들이 반대의 목소리를 내는 이유는, 다양한 문화가 있다는 '사실'을 도덕규범의 '근거'로 삼는 윤리적 상대주의의 불완전성 때문이다. 명예살인, 강제 할례, 여아 유기 등은 인권 문제로 개 식용과 다른 층위에 있다. 그렇더라도 개 식용을 생명 존중이라는 관점에서 바라보면 문화 상대주의를 존중하면서 윤리적 보편주의를 견지할 수 있다. 문화 상대주의를 인정하는 것은 반쪽 진리인 윤리적 상대주의에 매몰되는 일이 아니라 문화 이면의 역사, 그 역사 안의 인간을 이해하는 일이기 때문이다.

인류학자인 마빈 해리스Marvin Harris는 생태학적이고 경제학적인 관점에서 식문화를 조명했다. 이를테면 인도의 암소 숭배

이면에는 카스트제도 안에서 대가족을 부양했던 하층민의 고단함이 담겨 있다. 그들에게 소는 연료(분뇨)를 제공하고 노동과 운송을 도와주는 동물이었다. 암소는 소를 재생산한다는 점에서 고마운 존재였다. 소를 신성시하지 않아 상류층이 소를 잡아먹었다면 하층민의 삶은 걷잡을 수 없이 피폐해졌을 것이다. 암소를 처분하는 것은 최하층민의 특권이었다.[54]

중동 지역의 돼지고기 금기도 마찬가지다. 그들은 척박한 사막에서 문명을 일궜고, 돼지를 사육하는 데 적합하지 않은 기후와 지형에 살았다. 잡식동물인 돼지를 키우면 인간과 식용 동물이 먹이를 놓고 경쟁하는 비효율적 상황도 발생했다. 산업화 시대 이전에 식용 동물은 일종의 사치품이었기에 얻는 것보다 잃는 것이 많은 동물을 먹으려는 유혹은 종교를 통해 차단해야 했다.[55] 이처럼 한 문화가 정착하는 데에는 각자의 환경에서 불가피하게 선택했던 "효용성 원칙"과 힘없는 사람을 배려했던 "정의의 원칙"[56]이 있다.

개 식용도 다르지 않다. 조선시대에 소는 농사에 이용하는 노동 동물이었고 돼지고기는 잔칫집에서나 보는 귀한 음식이었다. 특히 소의 경우 식육에 의해 농우가 감소하자 '우금령于禁令'이 선포되었는데(《숙종실록 9년, 1월 28일》), 큰 제사나 궁중을 제외하면 늙거나 다친 소만 도살할 수 있었다. 정조가 보신탕을

즐겼고(《동국세시기》) 중종의 사돈인 김안로가 개고기를 좋아했다는 기록(《중종실록》)이 있지만, 일반적으로 개고기는 평민이 먹을 수 있는 만만한 단백질 공급원이었다.

조선 왕조의 몰락, 일제 치하의 식민 생활, 광복과 전쟁으로 이어지는 혼돈의 근현대사에서 서민의 고달픈 삶은 계속되었다. 쌀은커녕 보리조차 없는 보릿고개를 넘어야 했고, 아무리 배가 고파도 힘든 논밭 일을 견뎌야 했다. 문화 이면의 역사와 인간을 이해하는 일은 중요하다. 저 눈물겨운 굶주림의 세월 속에서 자신을 반겨주는 누렁이를, 흰둥이를, 검둥이를 잡아먹은 일은 야만적이지 않다. 이것이 문화 상대주의를 말해야 하는 이유다. 동시에 문화상대주의는 어떤 문화를 지속하는 근거일 수 없다. 시대와 사회에 따라 문화와 도덕, 사고방식과 생활양식은 달라진다.

우리는 단백질 과다섭취의 부작용을 염려하고, 건강과 환경을 위해 육식을 절제하는 시대에 살고 있다. 약 300만 가구에서 1,000만 명의 국민이 반려동물과 살고(2021년), 밀집 사육 축산이 생태계를 위협하는 사회에 살고 있기도 하다. 피터 싱어의 동물해방론, 톰 리건Tom Regan의 동물권리론이 등장한 이래 동물 생명 존중은 보편적 윤리로서 세계적 흐름이 되었다. 이 같은 상황은 자본과 산업의 이름으로 망가뜨린 환경에 대해 고민해야 한다는 것을, 인간중심주의가 가져온 비인간성을 성찰해야 한다는 것을, 동물과 인간이 공존할 수 있는 지속 가능한 문화를 지향해야 한다는 것을 말해준다. 이것이 새로운 윤리적 보편주의다.

'사실'이 항상 '진리'는 아니다. 지금까지 그래왔다는 '사실'은 앞으로도 그래야 한다는 '당위'가 될 수 없다. 과거에 남존여비나 남아선호가 있었다는 사실이 오늘날의 여권 운동을 부정하는 당위가 될 수 없는 것처럼, 사실과 당위를 동일시하는 오류를 경계해야 한다. 사실 자체는 도덕적 영역에 있지 않고, 관습의 존속과 폐지를 결정하는 일과도 무관하다. 관습적 사고방식으로만 바라보면 세상의 어떤 것도 변화시킬 수 없을 것이다. 문화 상대주의가 윤리적 상대주의로 치환하는 것을 거부할 때, 또한 개 식용 논쟁과 동물권 운동에 덧씌워진 '한국과 서구의 문화 대립'이라는 프레임을 우리 스스로 깨뜨릴 때, 그때 우리는 인간, 동물, 환경의 공존을 모색하는 윤리적 보편주의로 나아갈 것이다.

아무도 미워하지 않는 개의 죽음

옐로우 독

책의 배경이 되는 장소들을 직접 가려고 했지만 어떤 곳은 일이 잘 풀리지 않았다. 그 가운데 하나가 도살 현장이었다. 경기도 모처에 있는 도살장을 수소문해서 찾아가기도 하고, 개농장 근처에서 무작정 기다린 날도 있었지만 소용없었다. 활동가들의 목격담도 기대했던 것만큼 구체적이지 않았다. 그들도 현장과 떨어진 곳에서 몰래 지켜볼 수밖에 없었던 탓이다.

나는 인터넷에 올라와 있는 게시물을 뒤지기 시작했다. SNS, 온라인 커뮤니티, 블로그, 유튜브. 그러다 2005년 동물권행동 카라의 지원으로 '옐로우 독'이라는 프로젝트 팀을 만들어, 개 도살에 관한 사진과 영상을 촬영했던 사진작가의 블로그를 발견했다. 내 소개를 하고 연락처를 남기면서도 그가 연락을 줄 거라고 기대하지 않았다. 블로그를 운영하지 않는다는 공지를 올린 것이 벌써 몇 년 전이었다. 다만 사진 자료가 필요한 사람을 위해 폐쇄하지는 않겠다고 했다. 방문자도 별로 없어서 그가 내 메시지를 확인할 가능성은 낮아 보였다.

그가 블로그에 공개한 서른한 장의 도살 사진은 식용으로 죽임당하는 황구와 풍산개의 모습을 담고 있다. 그중 스물여섯 장을 차지하는 황구의 사진은 개가 도살장에 들어선 순간부터 죽음에 이르는 과정을 적나라하게 보여준다. 목줄을 잡고 있는 남자에게 이끌려 누렁이는 겁먹은 표정으로 도살장에 들어선다. 들어오자마자 동족의 피와 내장 냄새를 맡았을 것이다. 이곳에서 죽을 것이라는 사실을 알아차리고 저항한다. 끌려가지 않으려고 뒷다리로 버티다가 구석으로 숨으려고 애쓴다.

잠시 후 올가미를 든 또 한 명의 남자가 작업장에 나타난다. 누렁이는 목줄이 팽팽하게 당겨진 상태에서도 살아나갈 기회를 포기하지 않는다. 눈을 부릅뜨고 이리저리 고개를 돌린다. 필사적으로 도망칠 길을 찾는다. 실랑이를 벌이다가 몸이 뒤집힌 누렁이는 무참하게 나동그라진다. 두 사람이 한꺼번에 달려

들어 개의 목에 올가미를 건다. 더럽고 축축한 바닥 위로 질질 끌려가는 누렁이의 눈동자에 공포가 가득하다. 남자가 올가미와 연결한 줄을 당기자 누렁이는 직립하는 것처럼 똑바로 선다. 다음 순간 뒷다리가 바닥에서 뜬다. 몸이 허공에 매달린다.

남자들은 누렁이를 매단 뒤 곧바로 작업장을 떠난다. (줌인한 사진에서) 혼자 남은 누렁이의 눈에 눈물이 고인다. 입가에 혀가 삐져나온다. (줌아웃한 사진에서) 누렁이의 몸이 앞뒤좌우로 흔들린다. 몸부림치고 있는 것이다. 얼마 후 누렁이는 미동조차 없이 허공에 곧추선다. 모든 것이 끝났다. 그러나 누군가에게는 지금부터가 시작이다. 숨이 끊어진 채 허공에 매달려 있는 누렁이의 뒷모습을 찍은 24번 사진에는 지금까지 앵글에 잡히지 않았던 또 다른 누렁이, 도살장 구석의 케이지에 갇혀 있는 누렁이가 나온다. 모든 과정을 지켜본 개는 넋 나간 표정으로 허공에 매달린 친구를 응시하고 있다.

사진작가

전 아트디렉터 및 사진작가, 윤택상

여보세요? 제 블로그에 글을 남기셨던데. 네네, 도살 사진

촬영했던 사람입니다. 제가 블로그에서 손을 뗀 지 꽤 되었습니다. 댓글을 남기신 게 다섯 달 전이던데 오늘에야 봤어요. 인터뷰는 할 수 있습니다만 제가 지방에 내려와 있어서… 괜찮으시면 전화로 대신하죠. 그런데 어떤 책을 쓰시는 겁니까? 제가 무슨 이야기를 하면 될까요? (…) 솔직히 그 촬영에 대해선 이야기하고 싶지 않습니다. 제게는 큰 트라우마예요. 10여 년이 지났지만 그때를 생각하면 너무 괴롭습니다. 하지만 이야기하겠습니다. 그 프로젝트를 했던 이유는 사람들에게 현실을 알리고 싶어서였으니까요. 작가님이 글을 쓰시는 것도 마찬가지겠죠.

저는 광고계에서 아트디렉터로 일했습니다. 은퇴 후에는 서울 변두리에서 농장을 운영했고요. 그 동네에 방치된 개들이 아주 많았습니다. 네네, 주로 믹스견. 밥도 안 주고 물도 안 줘요. 새끼들은 계속 태어나고, 그러면 이 사람 저 사람에게 공짜로 줘버리고, 아니면 누가 막 집어 가버리고. 지금도 도심만 벗어나면 그렇게 개 키우는 곳이 많지 않습니까?

저는 개고기를 먹던 사람입니다. 젊어서 먹기 시작해 나이가 꽤 들어서도 먹었죠. 개고기를 먹든 안 먹든 제 눈에 띈 그 개들이 너무 불쌍한 겁니다. 땡볕에 묶인 채 물 한 모금이 없어서 헉헉거리는 개, 밥그릇도 물그릇도 없이 외딴 곳에 방치된 개, 아픈 몸을 이끌고 혼자 떠돌아다니는 개. 그 개들을 모른 체할 수 없었습니다. 밥을 줘야 했고 물을 줘야 했습니다. 로드킬을 당하지 않게 보호해야 했습니다. 개 식용 문화가 어쨌니, 개는 이렇게 키우는 거니, 문화니 관습이니 다 떠나서 괴로워하는 생명을 보니 뭔가를 해야 했던 겁니다.

한 마리, 두 마리 밥과 물을 챙겨줬더니 어느새 그 녀석들이 모두 내 개가 되어 있었습니다. 개가 귀찮았던 주인들은 나보고 가지시오, 가지시오, 그러기도 했고요. 또 인연이 닿은 동물단체에서 나더러 유기견을 좀 돌봐달라고……. 허허, 한때는 마흔 마리까지 데리고 있었어요. 그게 아마 2002년쯤. 그 전까지는 키우는 개와 먹는 개가 다르다고 생각했습니다. 나도 개고기를 먹던 사람이었으니까. 그런데 불쌍한 개들을 거둬서 함께 살게 되니 도저히 그렇게 생각할 수 없는 겁니다.

개라는 동물이 참 희한합니다. 부모나 형제보다 사람인 나를 더 좋아하고 의지해요. 동종보다 인간을 사랑하는 동물은 개밖에 없을 거예요. 사랑하는 사람을 위해서 동종과 싸우다 죽을 수 있는 동물이 개입니다. 이건 견종과 상관이 없어요. 반려견이라고 하는 품종견이나 똥개라고 하는 믹스견이나, 개는 다 그렇습니다. 도덕이라는 것도 나를 중심으로 형성되는 건지 모르겠습니다. 나와 가깝냐 안 가깝냐, 나와 함께할 수 있느냐 없느냐, 도덕이 뭐 대단한 양심에서 비롯하는 게 아니라 이토록 이기적인 '나'에서 출발하는 거라는 생각이 들어요.

저는 개가 동물의 전도사 같습니다. 이 녀석들이 우리 곁에서 사람과 동물 사이의 다리 역할을 하는 게 아닌가. 예전엔 동물 문제에 아무 개념이 없었습니다. 개고기를 먹던 사람이었으니 말 다했죠. 개들 덕분에 동물 문제에 차츰 눈을 떴어요. 그즈음 동물 단체들과 이 일 저 일 하다 보니 고발성 사진이나 영상이 너무 없더라고요. 2000년대 초반이었고 동물 단체들이 출범한 지 얼마 되지 않았을 때니 자료가 부족했죠. 그때는 동물 단체가 국회에 가서 개 도살의 잔인성과 불법성을 설명하려면 "이런다고 하더라"라는 말밖에 못했어요. 직접 목격한 활동가도 거의 없고, 실태를 증명할 수 있는 사진과 영상도 없으니까요. 하지만 '카더라'는 소용없습니다. 누구도 설득을 못 해요. 이런 상황에서 카라가 제안했습니다, 고발성 자료가 필요하니 누군가는 현장을 잡아야 한다고. "내가 하겠소." 이렇게 옐로우 독 프로젝트를 시작한 겁니다.

작전

한 사람이 더 자원했습니다. 박 아무개라는 남자 후배였어요. 처음엔 둘이 어찌해야 할지 몰랐습니다. 개농장과 개시장을 무작정 돌아다니면서 협조를 구했습니다. 말도 안 되죠. "개 도살을 찍고 싶으시다? 맘대로 찍으쇼"라고 할 리가 없지 않습니까? 수없이 욕을 먹고 내쫓겼습니다. 아주 양호한 경우에 그랬다는 겁니다. 어떤 곳에선 개고기 각을 치던 시퍼런 칼을 제 턱 밑에 들이댔어요. 어떤 집은 말 꺼내기 무섭게 개 풀 뜯어먹는 소리 하지 말라고 얼굴에 소금을 뿌리고, 어떤 데는 카메라를 빼앗아 내동댕이쳤어요.

정공법으로는 안 되겠다 싶어서 새로운 작전을 짰습니다. 일단 성남 모란시장을 포함한 수도권은 포기하고 지방의 한적한 곳으로 내려갔어요. 시골은 경계심이 덜하더라고요. 개고기를 사러 온 사람인 척하면서 사육, 운송, 도살 과정을 몰래 찍었습니다. 2000년대 초반이었으니 지금보다 초소형 카메라의 성능이 훨씬 떨어질 때였습니다. 작은 단추처럼 생긴 핀 렌즈로 촬영했는데 해상도가 너무 낮아서 누구를 설득하거나, 공감과 연민을 불러일으킬 만한 사진과 영상이 나오질 않는 거예요. 제가 박에게 그랬습니다.

"이 방법은 안 되겠다. 아무리 생각해도 DSLR 카메라를 가져가서 정면으로 들이댈 수밖에 없어. 그런데 커다란 카메라로 철커덕 철커덕 찍고 있으면 우리를 가만히 놔두겠냐?"

박과 머리를 맞대고 두 번째 작전을 짰습니다. 아주 상세하게 시나리오를 만들었어요.

"우리는 독립영화를 만드는 촬영 팀입니다. 노숙자들의 애환을 담은 영상을 제작해서 세계 독립영화제에 출품할 계획입니다. 지난겨울 내내 노숙자들의 현실을 카메라에 담았는데 너무 직접적이기도 하고 흥미를 끌 만한 요소가 없더라고요. 그러다가 우연히 개농장을 목격했는데, 이 개들의 삶과 죽음이 노숙자의 심경을 은유적으로 표현할 수 있는 소재라는 생각이 들었습니다. 밸런스가 딱 맞습니다. 노숙자와 식용견이라는 두 소재를 오버랩할 생각인데 좀 도와주십시오. 영화를 위해서 개를 죽여 달라는 게 절대 아닙니다. 평소대로 하시면 됩니다. 조용히 기다리다가 방해되지 않게 촬영하겠습니다. 협조를 부탁드립니다."

물론 이 긴 이야기를 끝내기도 전에 쫓겨나는 경우가 부지기수였습니다. 들은 척도 안 하거나 육두문자가 날아왔죠. 하지만 몇몇 사람이 "독립영화가 뭐요?" "오버랩이 뭐요?" 하면서 호기심을 가졌어요. 제가 꼭 찍고 싶었던 강화도 개농장에는 있는 돈 없는 돈 긁어모아서 몇십만 원을 사례금으로 쥐여 줬습니다. 장소가 너무 좋으니 꼭 찍게 해달라고.

이 대목에서 이야기하고 싶은 게 있습니다. 이들은 나쁜 사람들이 아닙니다. 우리는 누군가를 악으로 규정해서도, 함부로 단죄해서도 안 됩니다. 개를 죽여서 먹고 산다는 이유로 악한 인 양 매도하는 건 옳지 않습니다. 촬영을 허락한 사람들은 노숙자를 위해 좋은 일을 한다는 생각으로 협조했을 겁니다.

현장

그해 여름, 수많은 개농장을 돌아다녔습니다. 그 전까지 개 도살에 관한 이야기는 풍문처럼 떠도는 내용이 전부였습니다. 누구도 정확한 실태를 파악하지 못했던 것 같아요. 개 식육업 자들은 식용으로 개량한 품종만—아마 도사 믹스나 진도 믹스를 말하는 것이겠죠—사육한다고 주장했습니다. 막상 개농장에 가니 푸들, 요크셔테리어, 시추 같은 소형 품종견도 꽤 있었어요. 설마 이런 애들까지 먹을까 싶어 물었습니다.

"이 애들은 잡을 겁니까, 아니면 누가 키울 겁니까?"

"이것들은 개소주로 딱이요."

"이 조그만 애들까지 잡는다고요? 왜 그렇게까지 하십니까?"

"모르는 소리 마쇼. 이게 얼마나 좋은 건데."

자세한 이야기는 듣기 어려웠습니다만 소문이 사실이구나

싶었습니다. 작가님이 보셨다는 제 사진, 황구의 죽음을 담은 사진은 강화도의 개농장에서 찍은 겁니다. 그 농장에서만 네댓 건의 도살을 목격했습니다. 황구가 죽기 전에 백구가 죽었고, 황구가 죽은 다음에 흑구가 죽었습니다. 나중에 등장하는 또 다른 황구, 도살을 지켜보고 있던 누렁이는 그 개농장의 개였습니다. 먼저 죽은 황구, 백구, 흑구는 다른 데서 데려와 곧바로 작업해 달라고 했던 개였고요. 지켜보고 있는 황구도 죽일 거냐 했더니 주문이 들어오면 잡는다더군요. 도살장 구석에 갇혀 몇 번이고 동족의 죽음을 지켜봐야 했던 황구가 얼마나 공포스러워했는지 모릅니다.

촬영은 못 하고 목격만 한 적도 꽤 있습니다. 하아, 정말 끔찍한 일을 많이 봤어요. 안성이었나. 촬영은 못 했는데 진짜 잔인한 장면을 봤습니다. 하아, 그건 너무……. (그는 한참 말이 없었다.) 아주 작은 시추였어요. 그 개농장의 개는 아니고 누가 잡아 달라고 데려온 개였어요. 시추를 가마니 같은 데 집어넣더니 끝부분을 꽁꽁 묶어버리더군요, 개가 못 나오도록. 그런 다음에 창처럼 생긴 길고 날카로운 쇠꼬챙이로 가마니를 푹푹 쑤셨어요. 그럼 개는 어떻게 되겠습니까? 온몸이 창에 막 찔리는데 가마니 안에서 꼼짝도 못 하는 겁니다. 급소를 찔러서 바로 죽이는 것도 아니에요. 몇 번 찌르고 나면 그 사람도 더 찌를 필요가 없다는 걸 알아요. 찔려서 죽는 게 아니라 출혈로 죽는 겁니다. 시추는 가마니 안에서 발광을 하고 피를 쏟았습니다. 힘이 빠지고 피가 빠져서 서서히 죽어갔어요.

또 다른 개농장은 삼각뿔처럼 생긴 틀을 세워놨습니다. 큰 피라미드처럼 생겼는데 틀 안은 비어 있고, 삼각형의 꼭짓점에 쇠사슬이 달려 있어요. 이 쇠사슬이 삼각형 안의 허공으로 내려오는 형태입니다. 도살할 때는 개를 그 쇠사슬에 매답니다. 개는 삼각뿔 안의 허공에 대롱대롱 매달려 있어요. 그다음엔 엄청나게 센 가스토치로 태워요. 산 채로 불타 죽는 겁니다. 도대체 개들이 왜 그렇게까지 끔찍한 죽임을 당해야 합니까? 제가 이유를 물었더니 개농장 주인이 그러더군요.

"이러면 고기에 상처도 안 나고 좋잖아. 나 같은 노인네가 무슨 힘이 있어. 개를 끄집어내고, 목 매달고, 또다시 끌어내리고, 털을 태우느라 이리저리 뒤집으면 얼마나 힘들어? 이러면 한번에 끝나지."

앞서 말한 시추도 편하게 작업하려고 그랬지 싶어요. 가마니든 마대자루든 집어놓고 묶어버리면 애가 도망치거나 반항할 수 없지 않습니까? 사람은 가만히 서서 창으로 푹푹 쑤시면 되는 겁니다. 피도 안 튀고, 사람 입장에서는 편한……. (그는 또 한동안 말이 없었다.)

트라우마

이 장면들에 10년이 넘게 시달렸습니다. 개들이 죽어가던 모습을 머릿속에서 몰아내려고 부단히 애썼어요. 기억이 희미해졌다고 생각했는데 지금 다시 그 개들의 표정이, 발악이, 절규가 생생합니다. 나중에 또 다른 단체에서 요청이 왔습니다, 제가 목격했던 장면을 촬영해 달라고. 하아, 진짜……. 그걸 다시 찍는다는 것도 웃기는 짓 아닙니까? 억만금을 줘도 안 한다고 했습니다. 아니, 못 한다고. 카라에도 그랬어요. 적당한 선까지만 공개하라고, 그렇지 않으면 날 욕하는 거라고.

왜냐하면 저는… 개들을 구하지 않았잖아요. 방관자로, 기록자로 거기 서 있기만 했잖아요. 분명히 제가 살릴 수 있는 애들도 있었을지 모릅니다. 매입하면 몇 마리 정도는 구할 수 있었을지도……. (그는 다시 말을 멈추었다.) 그래요, 사람들은 그럽니다. 어차피 반복되는 일 아니냐, 당장 구하지 못해도 기록물로 현실을 알리는 게 더 가치 있는 일 아니냐. 모르겠습니다. 방관자들은 그렇게 자기위로를 하는 거겠죠. 설령 그 말이 저에게 위로가 된다고 해서 죽은 개들에게도 위로가 될까요? 개들에게는 하나밖에 없는 목숨인데요.

감정이 흐트러져서 촬영을 망친 적도 많습니다. <마지막

산책>이라는 제목을 붙인 영상인데 하얀 풍산개가 죽임당하는 순간을 찍었습니다. 제가 스틸카메라를 잡고 박이 무비카메라를 잡았습니다. 목이 매달린 풍산개가 몸부림을 치면서 공중에서 똥오줌을 싸고 있었어요. 그 순간 박의 카메라 앵글이 엉뚱한 데를 향하는 겁니다. 깜짝 놀라서 "야, 너 뭐 하냐?" 그랬어요. 박이 울고 있더라고요. 어깨가 들썩거릴 정도로 꺽꺽 울고 있더라고요. 제가 귓속말로 야단을 쳤습니다.

"저 개는 그냥 죽은 거야. 네 할 일을 제대로 안 해서 죽음을 헛되이 만든 거라고. 슬퍼하는 건 이따 소줏집 가서 해라."

옐로우 독 프로젝트가 끝난 뒤 저와 박은 만나지 않았습니다. 만날 수가 없었어요. 서로를 보면 그 끔찍한 기억 속으로 끌려 들어가니까. 박이 "선생님, 선생님" 하면서 저를 잘 따랐는데 마지막 촬영 날 그러더라고요.

"앞으로 선생님 못 뵐 것 같습니다."

더 듣지 않아도 알았어요. 저도 같은 마음이었으니까. "알았다" 하고 말았습니다. 그게 끝이었어요. 그래도 작가님에게 이야기를 털어놓고 있는 걸 보면 시간이 흐르기는 했나 봅니다.

사람들은 인육이 아닌 이상, 먹는 것으로 뭐라 하면 불쾌해합니다. 저도 압니다. 음식은 복잡한 문제입니다. 문화, 습관, 어린 시절의 추억, 사랑했던 사람, 그 밖에도 많은 것이 들러붙어 있죠. 하지만 그게 다는 아닙니다. 사람은 무엇이든 먹을 수 있다, 모든 동물은 먹어도 된다, 사람만 안 먹으면 된다, 이런 생각도 있는 거예요. 인간 말고는 다 잡아 죽이자는 말과 뭐가 다릅니까? 그게 다른 종을 대하는 우리의 도덕입니까? 인간은, 우리는 그래도 되는 걸까요?

제가 10여 년을 꼬박 시달렸던 그 장면을, 이만큼 시간이 지난 뒤에도 때때로 목구멍이 울컥해지는 그 모습을, 저는 사람들에게 알리기 위해 찍었습니다. 캠페인을 기획할 때 그런 이야기를 많이들 합니다. 포지티브가 마음을 움직인다, 네거티브는 성공하지 못한다. 네, 제가 찍은 사진은 네거티브입니다. 저는 네거티브가 있어야 포지티브도 있다고 생각해요. 뭔가를 바꾸려면 양쪽이 다 필요합니다. 하지만 그래요, 사람들은 역시 불편해하더라고요. 사진을 보여주려고 하면 손사래를 치거나 눈을 피합니다. 불편함조차 성과라면 성과일까요?

카메라 앞에서 개들이 죽어갈 때마다 생각했습니다. 이 사진들로 작은 날갯짓이라도 시도해야 한다고. 내 날갯짓이 파장을 일으키고, 내 사진을 본 사람이 또다시 파장을 일으키면 큰 변화가 생길 거라고. 하지만 그렇게 되었는지… 모르겠습니다.

누가 불편한 진실을 알고 싶어 할까?

그는 도움이 되기를 바란다며 그 당시 촬영한 사진을 이메일로 보내주었다. 책에 수록하지는 않았지만 나는 글을 쓰는 동안 때때로 사진을 꺼내보았다. 사진이 증언하는 것은 단지 '이런 일이 일어났다'가 아니었다. '(여전히, 도처에서) 이와 같은 일이 일어나고 있다'였다. 사진으로, 정지한 순간으로, 영원히 고통받고 있는 저 개들은 지금도 우리 곁에 존재한다. 사진에는 보이지 않는 이들의 고통도 숨겨져 있다. 앵글의 바깥에 있었던 사람들, 기억 속에서 끊임없이 재현되는 장면으로 괴로워하는 사람들.

동물에 관한 잔혹한 이미지, '클릭 주의'라든지 '불쾌감을 유발하는 장면을 포함하고 있습니다' 같은 경고문이 붙은 사진과 영상을 정면으로 응시할 수 있는 사람은 많지 않을 것이다. 이런 이미지는 잔인할 뿐 아니라 **불편하다.** 누가 불편한 진실을 알고 싶어 할까? 책을 구상할 때부터 내 머릿속에서 사라지지 않는 질문은 이것이었다. 활동가들에 비할 바는 아니지만, 나도 취재 과정에서 보고 들은 것이 버거웠다. 과연 누가 이 불편한 이야기를 듣고 싶어 할까?

우리는 동물의 고통 앞에서 연민과 공감능력의 정도에 따라 두 부류 가운데 하나가 된다. 불쾌감 정도의 반응을 내비친 뒤 방관하는 사람이 되거나, 차마 눈뜨고 볼 수 없어서 고개를 돌리는 사람이 되거나. 이것은 다른 성향의 사람들이 보이는, 도덕적으로는 다르지 않은 반응이다. 이 방관과 외면 앞에서 누군가의 죽음, 공포, 고통, 트라우마, 작은 날갯짓은 헛된 일이 될 것이다. '이런 일이 일어났다'는 말로는 충분하지 않다. 사실은 '이와 같은 일이 일어나고 있다'는 말로도 충분하지 않다. 그러나 적어도 후자의 문장은 또 다른 질문을 불러온다. 그래서, 우리는 무엇을 하고 있는가?

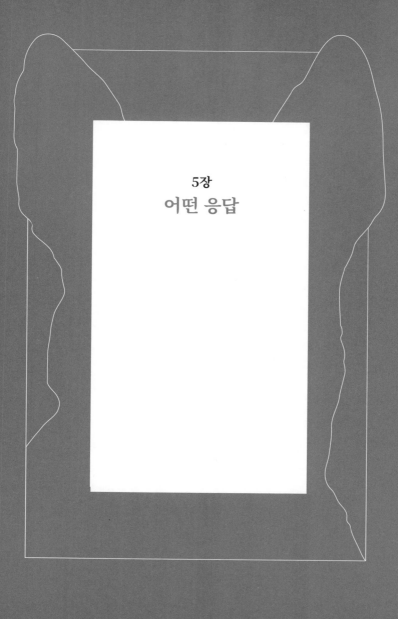

5장

어떤 응답

미코

또 하나의 개인적 체험으로부터

바둑이

몇 년 전 나는 동물 단체의 워크숍에 참석하러 1박 2일로 포천의 한 펜션에 갔다. 차에서 내리자 바둑이가 주차장 끝에서부터 신나게 뛰어나왔다. 바둑이는 처음 만난 우리 앞에 드러누워 배를 보이면서 경계심이 없다는 것을 표현했다. 일행 가운데 한 사람이 쓰다듬자 그에게 덥석 안겼고, 조그만 혀로 그의 얼굴을 핥았다. 실내에서 생활하는 개들처럼 샴푸 냄새가 나지는 않아도 털이 깨끗하고 예쁘게 생긴 바둑이었기에 우리는 펜션에서 키우는 강아지라고 생각했다.

먹을 것을 주기 위해 실내에 들이려 하자 바둑이는 겁먹은 표정으로 완강히 버텼다. 반려견을 데려온 사람은 없었지만 애견 동반이 가능한 펜션이었다. 바둑이는 실내에 들어온 적이 없거나, 들어왔다가 혼쭐난 적이 있는 것 같았다. 막상 방 안에 들어오자 어리둥절하면서도 꼬리를 흔들며 사람들을 따라다녔다. 우리가 저녁식사를 할 때는 식탁 아래에서 자기 몫을 기다렸고, 토의를 시작하자 눈을 반짝이며 얌전히 앉아 있었다. 눈치가 빠르고 교감을 잘하는 영리한 바둑이었다. 두어 시간 후 불편한 점은 없느냐며 방을 들여다본 펜션 주인은 바둑이를 발견하자 고함을 질렀다.

"아니, 더러운 개를 안에 들이면 어떡합니까?"

"펜션에서 키우는 애 아닌가요?"

"우리 개 아니오. 주인 없는 개요."

주인은 바둑이를 향해 눈을 부라리며 "나가, 나가!"라고 소리쳤다. 그가 발을 쿵쿵 굴리며 손가락으로 현관문을 가리키자 바둑이는 우리를 바라보았다. 우리가 자신을 여기에 머물게 해줄 것이라고 생각하는 듯했다. 하지만 곧 아무도 도와줄 수 없다는 것을 알아차리고 목을 움츠린 채 현관문을 향해 걸어갔다. 쉬지 않고 흔들어대던 꼬리는 뒷다리 사이로 깊이 들어가 있었다. 문 앞에서 바둑이는 우리를 다시 돌아보았다. 주인은 바둑이를 내쫓은 뒤 문을 쾅 닫았다. 나는 창가에서 바둑이가 떠나는 뒷모습을 바라보았다. 혹한이 오기 전의 초겨울이었지만 한밤의 산속은 몹시 추웠고 보슬비마저 내리고 있었다. 바둑이는 겨울비를 고스란히 맞으며 어두운 길을 터덜터덜 걸어갔다.

"강아지 이빨을 살펴봤는데 5, 6개월쯤 된 것 같더라고요. 아직 어린애예요."

일행 중 한 사람이 내 옆으로 다가와서 말했다. 그도 나처럼 바둑이의 뒷모습에서 시선을 떼지 못했다.

"생식기에 피가 묻어 있던데 첫 생리일 거예요."

우리는 바둑이에게 생길 일을 짐작할 수 있었다. 생리가 끝나고 발정기가 오면 임신할 것이다. 유기견 어미는 유기견 새끼를 낳을 것이고, 유기견 새끼는 성견이 되어 또 다른 유기견을 낳을 것이다. 그렇게 이 산골마을에는 유기견이 유기견을 낳는 악순환이 반복될 것이다. 어쩌면 바둑이는 새끼를 낳지 않을지 모른다. 바둑이 생애 첫 겨울이 오고 있었다. 한겨울 산속에서 바둑이는 혼자 살아남을 수 있을까?

잠자리에 들기 전 나는 펜션 마당으로 나갔다. 바둑이는 보이지 않았다. 담배를 피우러 나왔던 주인이 말을 걸었다.

"아까 그 개 때문에 나오신 거요?"

나는 바둑이가 언제 버려졌고 어디에 사는지 물었다.

"새끼일 때 누가 버리고 갔소. 잠은 산속에 있는 빈 집에서 자는 것 같고 밥은 우리 펜션에 손님이 오면 얻어먹으러 오더라고요."

그는 담배를 끄고 나를 힐끗 보더니 말을 이었다.

"동물 애호가인가 봐요? 나도 동물 애호가요. 우리도 개 키우고 좋아하거든."

그날 밤 나와 몇몇 사람은 구조를 계획했다. 유기견 한 마리를 구하는 일에는 많은 부담과 책임이 따른다. 건강검진을 해야 하고 질병을 발견하면 치료해야 한다. 치료가 어려운 질병이면 장기 치료에 따른 비용도 마련해야 한다. 건강한 상태여도 구조와 입양 사이에는 시차가 발생한다. 믿을 만한 입양자를 찾는 데 한 달이 걸릴지 1년이 걸릴지 장담할 수 없다. 개를 보호할 장소와 돌볼 사람이 필요하다. 우리는 비용을 갹출했고 나는 바둑이의 임시 보호를 자청했다. 남은 일은 다시 바둑이를 만나는 것뿐이었다.

밤새 내리던 비는 다음 날 아침까지 이어졌다. 우리가 찾으러 가기도 전에 바둑이는 펜션 마당에서 기다리고 있었다. 비에 흠뻑 젖어 있었고 꼬리를 살랑살랑 흔들고 있었다. 젖은 몸을 닦아주고 차에 태웠다. 서울로 올라오는 차 안에서 이름을 지었다. 미코였다.

미코는 밝고 붙임성이 좋았다. 사람과 개를 모두 좋아했다. 미코보다 훨씬 체구가 작은 피피와도 잘 지냈다. 미코가 피피와 노는 것을 너무 좋아해 피피가 귀찮아할 때도 있었다. 피피가 성가셔하면 미코는 장난감을 가지고 구석으로 가서 시간 가는 줄 모르고 놀았다. 내가 글을 쓰고 있으면 어디선가 탁, 탁, 탁 소리가 들렸다. 미코의 꼬리가 바닥이나 벽에 부딪치는 소리였다. 미코는 쉴 새 없이, 하루 종일 꼬리를 흔들고 있었다. 사람 가족, 동종의 친구, 따뜻한 잠자리, 놀이와 산책, 그 모든 것이 즐겁고 행복하다는 듯이. 글을 쓰거나 책을 읽을 때 탁, 탁, 탁 소리가 들리면 집 안 어딘가에서 혼자 신바람이 난 채 꼬리를 흔들고 있을 미코 때문에 웃음이 났다.

사람들은 미코에게 금방 반하곤 했다. 진료를 봤던 수의사, 산책길에 만난 동네 주민, 우리 집에 놀러온 친구, 반려동물 용품점의 주인…… 다들 미코가 유기견이라는 사실을 알면 입양자가 정해졌는지 물었고, 아직 없다고 하면 자신이 입양하고 싶다고 했다. 그것은 흔한 일이 아니었다. 믹스견이라 불리는 비품종견, 더 낮잡아서 잡종견이나 똥개라고 칭해지는 미코 같은 바둑이는 반려견으로 보통 환영받지 못한다.

미코를 입양하고 싶어 하는 사람은 많았지만 공동 구조자

가운데 한 분이 입양을 결정했다. 어린 미코는 무수한 날을 행복하게 지낼 것이다. 나는 그 사실을 조금도 의심하지 않았다.

여전히 모르겠는 것

입양을 일주일 앞둔 날, 미코는 동물병원의 진료대 위에 누워 있었다. 나는 전날 밤 미코를 입원시킨 뒤 이른 아침에 간호사의 전화를 받고 달려온 참이었다. 천천히 미코에게 다가가는데, 커다란 창으로 들어온 아침햇살에 미코의 갈색 얼룩무늬가 금빛으로 빛나 보였다. 하마터면 그 장면이 평화로워 보인다고 생각할 뻔했다. 입에 물려 있는 호스와 반쯤 감긴 채 흐릿한 눈이 아니었다면 정말 그렇게 생각했을 것이다. 내가 집에 들어오면 미코는 열렬히 기뻐했다. 나는 매일 돌아오는데 어쩌면 저렇게 반가워할 수 있을까 싶을 만큼. 하지만 그때만큼은 내가 다가가도 몸을 일으키지 않았다. 꼬리를 흔들지도 않았다. 몸을 만져본 뒤에야 나는 미코가 의식이 없다는 것을 알았다.

"심장은 뛰고 있지만 의식과 호흡이 없어진 지는 한참 됐어요. 지금은 기계에 의존해서 호흡하는 거고요."

의사는 미코의 상태에 대해 길게 이야기했다. 그중 어떤 말도 이해할 수 없었다. 내가 궁금한 것은 하나뿐이었다.

"미코는 어떻게 되나요?"

"단정할 수 없습니다."

그 대답이 희망을 뜻하는지 절망을 뜻하는지조차 이해할 수 없어서 나는 울기만 했다. 희망도 절망도 아니고, 가능성도 불가능성도 아니고, 삶도 죽음도 아닌 모호한 상태로 몇 시간이 흘렀다.

오후 1시 3분 의사는 미코의 사망을 선고했다. 1년이 채 못되는 짧은 생이었다.

간호사는 보풀이 일어난 빨간 담요에 미코를 싸서 건네주었다. 고개를 늘어뜨리고 네 다리가 축 처진, 그저 털과 살일 뿐인 미코를 품에 안은 채 나는 병원을 나섰다. 애견택시를 타고 반려동물 화장장으로 가는 길에 반려견과 산책하는 사람을 여러 번 보았다. 겨울이 다 떠나지 않은 2월이었고 오랜만에 따뜻한 햇살이 내리쬐는 날이었다. 춥고 바쁘다는 핑계로 한동안 미코를 데리고 나가지 않았다. 산책하는 것을 제일 행복해했던 미코에게 마지막 며칠을 집에서만 지내게 했다.

나는 미코의 몸을 하염없이 쓰다듬었다. 부드럽고 숱 많은 털과 젤리처럼 말랑말랑한 배와 물기를 머금은 스펀지처럼 촉촉한 코를, 이 순간이 지나면 다시는 볼 수도 만질 수도 없는 것들을. 내가 안고 있는 미코가 전날의 미코가 아니라는 것을 어떻게 받아들여야 할까? 죽음이 관념이나 표상이 아닌, 지금 여기에 실재한다는 것을 어떻게 이해해야 할까? 잊고 살던 누군가의 부고를 전해 들었을 때, 얼굴만 알고 지낸 지인이 세상을 떠났을 때, 거의 왕래가 없던 친척 어른의 장례식에 갔을 때, 나는 안타까워했지만 죽음에 대해 생각하지 않았다. 내가 사랑하는 사람들은 아직 살아 있었기에.

모호하고 관념적인 죽음이 실재가 되는 것은 사랑하는 누군가가 죽었을 때뿐인지 모른다. 미코를 안고 화장장으로 가는 길은 나에게 그 첫 순간이었다. "개 한 마리 죽었다고"라고 말하는 사람이 있다면 그는 사랑에 대해서도 상실에 대해서도 모르는 것이다. 상실에서 중요한 것은 '동물이냐 사람이냐'가 아니라 '사랑하는가 아닌가' 하는 것이다.

전날은 미코가 입양을 정확히 일주일 앞둔 날이었고 평소와 다르지 않은 날이었다. 자정 무렵 미코가 구토를 하기 전에는, 그러다 앞발이 풀썩 꺾이며 쓰러지기 전에는 아무 일도 없던 날이었다. 눈물을 흘리며 괴로워하는 미코를 안고 택시를 기다릴 때도, 택시를 잡지 못해 울면서 밤길을 달릴 때도, 미코가 내 품에서 똥오줌을 싸고 정신을 잃어갈 때도 이런 일은 예상하지 못했다. 예상했다면 미코가 의식을 되찾는 것을 본 뒤 집으로 돌아가지 않았을 것이다. 마지막 모습인 줄 알았다면 결코 그곳에 미코를 혼자 남겨두지 않았을 것이다. 응급센터의 수의사는 미코의 소화기관이 손댈 수 없이 망가져 있다고 했다. 가까운 시일에 무언가를 잘못 먹은 것이 아니라 오래전부터 그런 상태였던 것 같다고. 혼자 산속에 살았던 미코는 항상 배가 고팠을 것이다. 먹어도 되는 것과 안 되는 것을 가릴 처지가 아니었을 것이다.

전날 밤 내 품에 안겨 집을 나섰던 미코는 다음 날 오후 5시경 한 줌의 재가 되어 집으로 돌아왔다. 식탁 위에 유골함을 올려놓자 다리에 힘이 풀렸다. 나는 손바닥과 무릎으로 바닥을 짚고 엎드렸다. 그리고 큰소리로 울었다. 병원에서, 차 안에서, 화장장에서 그랬듯이 조용히 눈물을 흘리거나 소리죽여 흐느끼지 않았다. 고함을 질렀고 발버둥을 쳤고 가슴을 쾅쾅 때렸다. 사랑하는 이가 죽으면 그런 몸짓을 할 수밖에 없는 것이었다. 누군가를 사랑하면 언젠가는 아프다. 동물을 사랑하는 일은 특히 그렇다. 대개 그들은 우리보다 먼저 떠나고 우리는 그들보다 세상에 오래 머문다. 그런 줄 알았지만 여전히 모르겠는 것은,

미코야, 왜 나에게 너였을까, 너에게 나였을까?

기억의 방식

　사람이 정한 개의 계급 체계에서 미코는 가장 아래쪽에 위치할 것이다. 산골마을에 버려진 유기견, 흔해빠진 얼룩무늬 혼종견, 판매와 구매의 대상으로서 가치 없는 똥개, 개농장에서 진돗개와 도사견만큼 흔한 발바리. 동시에 미코는 왜 나에게 너였는지, 너에게 나였는지 질문하게 만드는 소중하고 특별한 개다.

　피피와의 삶이 동물과 함께하는 일상을 생각하게 했다면 미코의 죽음은 내가 동물에게 빚지고 있는 것을 생각하게 했다. 미코는 도살장에서 죽지 않았고, 고기가 되지 않았고, 가죽이나 모피로 소비되지 않았고, 실험실에서 폐기되지 않았다. 그러나 지금 이 순간도 누군가는 그런 일을 겪고 있으니, 그들은 미코와 달리 개별적 생명체로 대우받지 못한 동물, 데리다의 말처럼 "단수 형태"의 "동물"이라는 단어에 갇혀 있는 동물, "원시림과 동물원, 사냥터와 낚시터, 방목지와 도살장과 축사" 안에 살고 있는 동물, 인간이 "이웃, 동료, 형제로 여기지 않는 모든 살아 있는 존재"[1]이다. 나의 삶은 그들의 죽음에 빚지고 있다. 미코의 죽음은 나의 내면에 깊은 파장을 일으켰지만 그들의 죽음에 나는 미안해한 적조차 없었다, 단지 그들의 이름을 불러본 적 없다는 이유로.

매일 생각하던 미코를 언제부터인가 하루걸러, 이틀 걸러 생각한다. 모든 일을 생생히 기억하면서 살 수는 없을 테지만 내 삶이 망각으로 유지된다고 믿고 싶지도 않다. 세상에 없는 누군가를 기억하는 일이 언제까지나 상실의 순간에 머무는 것만을 의미하지는 않을 것이다. 미코의 얼굴, 감촉, 목소리가 잊힌 뒤에도 내가 끝내 기억해야 할 것은 나를 만나기 전의 미코와 같은 존재들, 이름으로 불려본 적 없는 동물들이다. 동물을 망각하는 것은 내 삶을 구성하는 타자의 희생을 지워버리는 일이다. 나는 그들이 여기에 있다는 것을, 그들을 여기에 데려다 놓은 이들이 다름 아닌 우리라는 것을 기억하며 살 것이다. 그것은 나에게 상실의 순간에 머물지 않으면서 나의 유기견, 나의 똥개, 나의 미코를 기억하는 일이다.

낙관도 비관도 없이

7년 차 활동가

전 동물자유연대 활동가 조영연

저는 온갖 사람을 다 봤어요. 자기 개를 땅바닥에 수십 번 내동댕이쳐서 온몸의 뼈를 부러뜨린 사람도 봤어요. 어린 강아지를 창밖으로 내던진 사람도 봤고, 살아 있는 개에게 기름을 부어 불태워 죽인 사람도 봤어요. 개를 먹으려고 목 매단 사람, 개에게 쥐약을 먹인 사람, 빈 집에 개를 가둬서 아사시킨 사람, 오토바이에 개를 묶어서 끌고 다닌 사람, 개의 주둥이에 철사를 꽁꽁 감아놓은 사람, 집주인과 싸운 뒤 화풀이로 자기 개들의 경동맥을 자른 사람……. 더 듣고 싶으세요? 이런 이야기는 밤새도록 늘어놓을 수 있어요.

이 일에 보람을 느끼지 않느냐는 질문을 종종 받는데 활동가로 일했던 7년 동안 한 번도 없었어요. 처음 몇 달은 불면증이 심했어요. 내가 돕지 못한 그 동물은 어떻게 되었을까, 구해주지 못해서 죽은 건 아닐까, 그런 생각을 하면 잠이 안 오더라고요. 제가 가는 장소, 제가 보는 장면이 다 최악이에요. 가끔은 최악 중에서도 더 최악일 때도 있어요.

동물을 사랑하는 일이 사람을 증오하는 일이 되지 않아야 한다고 생각해요. 그러지 않으려고 마음을 다잡아요. 사랑해서 시작한 일인데 때때로 제 안에 증오가 더 많다고 느껴요. 동물을 좋아하는 마음보다 사람을 미워하는 마음이 커질까 봐 겁이 나요. 그런데 작가님, 이런 이야기를 정말 쓰실 거예요? 저도 현장에서 경험한 걸 이야기하면서 사람들을 설득하려고 노력했는데 잘 안 듣더라고요. 사람도 힘든데 동물까지 신경 써야 하느냐고 반문하는 사람이 많았어요. 제 친구들조차요.

그래도 누군가는 해야겠죠. 하다 보면 나아지겠죠. 처음 시작했을 때와 비교하면 많이 나아졌다는 걸 몸으로 느껴요. 예전에는 소유자에게 학대받는 동물을 격리할 방법조차 없어서 학대자에게 애원하는 수밖에 없었어요. 제발 우리가 이 애를 살리게 해달라고 빌어야 하는 거예요. 지금은 격리 조치에 대한 법적 근거가 생겼잖아요. 과거에는 동물 단체가 유기동물을 보호하는 데라고만 생각하는 사람들이 많았어요. 농장동물이나 실험동물에 대해서도 이야기할 수 있는 분위기가 만들어진 게 어디예요. 동물 단체에 맡겨놓는 게 아니라 같이 참여해야 한다고 생각하는 시민도 늘어났어요. 시민단체에 힘이 되는 건 시민이잖아요. 그래요, 나아질 거예요. 그냥 가다 보면 나아지는 거예요.

그리스도인
동물보호단체 행강 및 사설 보호소 행강집의 박운선 대표

유기견을 돌보기 시작하면서 오랜만에 교회에 나갔어. 그날따라 '천지창조'가 마음에 와 닿더라고. 하나님이 동물을 창조한 다음에 이런 말씀이 나오잖아. "하나님이 보시기에 좋았더라(창세기1:25)." 사람을 창조한 다음에는 이런 말씀이 나와. "하나님이 보시기에 심히 좋았더라(창세기1:31)." 뭐가 달라? '심히'라는 말이 들어간 것밖에.

어느 날 목사님에게 전화가 왔어.

"학생들이 혼자 떠돌아다니는 까만 강아지를 데려왔습니다. 이 강아지를 집사님에게 데려다줘도 되겠습니까?"

내 입에서 뜻하지 않은 말이, 한 번도 생각한 적 없는 대답이 흘러나왔어.

"데려오십시오. 하나님이 저를 지키시고 돌보시는 것 같이 제가 하나님의 피조물을 지키고 돌보겠습니다."

나도 깜짝 놀랐는데 고백 같고 증언 같고 사명 같은 거야. 신이 내 입을 사용해서 이렇게 말하게 만드신 건가 싶고. 그러고 나서 성경을 봤더니 하나님이 사람을 만드신 뒤 하신 말씀이, 그 전까지는 별 생각 없이 넘겼던 문장이 전혀 다르게 느껴졌어. "바다의 고기와 공중의 새와 땅에 움직이는 모든 생물을 다스리라 하시니라(창세기1:28)." 동물을 다스리라고 한 건 마음대로 착취해서 너희의 배를 채우라는 게 아니야. 하나님이 우리를 다스리는 것 같이, 바로 그 마음으로 다스리라는 뜻인 거야. 유기견을 돌보기 전까지 나는 어땠어? 누군가의 생사여탈권을 쥐고 내 마음대로 살리고 죽일 수 있다고 생각하지 않았느냐 말이야.

사채업이든 번식업이든 내 배를 불리는 일에 급급할 때는 결식아동이고 독거노인이고 안 보였어. 아프고 힘든 사람이 넘쳐나는데 내 눈엔 아무것도 안 보였다고. 자기만 생각하고 사는 건 눈을 감고 사는 것과 똑같은 거야. 어쩌면 하나님은 가장 나쁜 인간이었던 나에게 저 개들을 통해, 몰랐던 것을 알게 하시고 못 보던 것을 보게 하셨는지 몰라. 호소할 수도 없고 선택할 수도 없는, 인간이 학대하고 착취하면 고스란히 당할 수밖에 없는 바로 그 최약자들을 통해. 내가 개들을 구한 게 아니라 개들이 나를 구했어.

개 식용을 종식하고 번식견과 유기견 문제를 해결하는 날, 내가 세상에 있을지 모르겠어. 하지만 끝을 못 보더라도 가야 해. 우리가 시작해야 다음 세대가 완성할 수 있어. 내가 안 하면 하나님도 못 하셔. 하나님이 못 하실 때는 내가 하지 않을 때밖에 없어. "구하라 그러면 너희에게 주실 것이요, 찾으라 그러면 찾을 것이요, 문을 두드리라 그러면 너희에게 열릴 것이니……(마태복음7:7)." 나는 그 말을 믿어. 포기하지 않을 거야. 구하고, 찾고, 문을 두드릴 거야.

86세대
팅커벨 프로젝트의 황동열 대표

내가 군사정권 아래에서 20대를 보냈잖아요. 그때는 독재

체제를 벗어나서 민주주의 국가를 만들겠다는 열망이 있었어요. 내가 생각하는 민주주의는 약자와 함께 사는 세상이었어요. 운동하는 사람에게 가장 필요한 것은 평등과 존중이라고, 이게 우리의 목적이어야 한다고 생각했어요. 이 생각은 지금도 변함없어. 성별, 연령, 성적 지향, 장애 여부와 상관없이 다양한 정체성을 가진 사람들과 더불어 살아야 한다고 믿었지만, 인간이라는 테두리를 벗어나지 못했어요. 평등과 존중을 최우선으로 여기면서도 동물까지는 생각이 못 미쳤던 거야. 40대에 유기동물에게 관심을 가지면서 비로소 생각이 넓어졌어요.

동물이 말을 못 한다고 하는데 동물도 말해요, 우리가 못 알아들을 뿐이지. 사람이 말한다고 해서 진짜 말할 수 있는 것도 아니야. 간절히 하고 싶은 말을 못 하고 사는 사람이 얼마나 많은데. 우리는 동물 앞에서 강자지만 다른 인간 앞에서 약자일 수 있는 거예요. 그래도 사람 약자는 권리를 주장할 수 있어요. 인권이라는 가치로 연대해 주는 사람도 많아. 우리 단체도 설립 직후부터 지금까지 유엔아동기구를 매달 후원하고 있어요. 이 동북아시아에서 저 아프리카까지 어떻게든 사람을 살리려고 노력하는 거예요.

우리 사회에서 동물은, 개로 한정해서 보더라도 어때요? 동물 단체가 힘겹게 싸우고 있을 뿐이지 제도적으로 보호를 못

받고 있다고. 동물 단체도 재정과 인력 때문에 모든 동물을 구하지 못해요. 이 애를 구하면 저 애는 포기해야 하는 거야. 이 애를 살리는 건 저 애가 죽도록 내버려둔다는 뜻이야.

동물은 아무리 비참한 사람도 절대 당하지 않을 일을 당해요. 부모 잃은 어린아이가 길거리를 돌아다닌다고 그 아이를 잡아서 어디 가둬놓았다가 며칠 후에 죽이진 않잖아요. 생각만 해도 너무너무 끔찍하잖아. 하지만 버려진 동물은 그게 일상이야. 어쩔 수 없지 않느냐며 당연해하는 사람도 많아. 왜? 동물이니까. 동물에 대한 안전망도, 인식도 없는 거예요.

한 해 10만 마리 이상이 버려지는데 무슨 수로 다 살리겠어요. 시스템을 바꿔야 해요. 우리가 싸우는 건 번식업자, 육견업자, 동물학대자 같은 개인이 아니라 시스템, 생명을 싸구려 물건 취급하는 이 사회의 시스템이에요. 민주주의를 위해 싸웠던 20대에도, 유기동물 구조 활동을 시작한 40대에도 그리고 50대인 지금도 내 목표는 똑같아요. 약자와 더불어 살아야 한다는 것. 나는 이 '더불어'라는 말이, '함께한다'는 뜻이 참 좋아.

팅커벨의 후원금 92만 원을 소진한 뒤에 내가 팅커벨 프로젝트를 계속했던 건 자의가 아니었어요. 사람들의 요청에 떠밀려서 했던 거지. 활동한 지 1년쯤 지나자 내 미래를, 내 의지로 선택해야 할 시점이 왔어요. 다이어트 컨설턴트이자 퍼스널 트레이너로서의 안정적인 길과, 유기동물 구호단체 대표이자 동물 활동가로서의 험난한 길이 있었어요. 엄청나게 고민했지만 결단을 내렸어요. 버려진 동물을 구하는 일에 내 여생을, 전부를 걸겠다고.

왜 그런 결정을 했느냐고? 글쎄, 어머니의 유언 때문이 아니었을까? 어머니가 나에게 마지막으로 남긴 말씀은 "아버지 잘 돌봐드려야 한다"였어요. 하지만 진짜 유언은 훨씬 오래전 내 나이 열아홉 살 때, 그 말씀이 아닌가 싶어. 대학 입시가 며칠 남지 않은 날이었는데 식사를 하다가 그러시더라고요.

"배고픈 사람이 우리 집을 찾아왔는데 갓 지은 밥이 있고 먹다 남은 밥이 있으면, 식은 밥은 네가 먹고 따뜻한 밥은 그 사람에게 줘야 한다."

30년도 더 지난 일인데 그 당부가 자주 떠올라요. 남에게 좋은 것을 주라는 말, 약자를 대접하라는 말, 그게 어머니의 유언이 아니었을까 하고.

동물이 대접받는 나라는
사람을 함부로 대하지 않는다

보호/권리

이 장에서 나는 동물권과 관련한 몇 가지 언어를 대조하는 한편, 책을 출간한 뒤 사람들에게 받은 질문에 답하고자 한다.

초판이 나왔던 2018년에는 '동물권animal right'이라는 말보다 '동물보호animal protection'라는 말을 익숙하게 여겼다. 동물권이라는 표현을 사용하면 의미를 모르거나 동물에게도 권리가 있느냐고 묻는 일이 많았다. 그 사이 민간단체들은 동물보호를 넘어 동물권리로 이행했고, 시민들도 이 운동을 인지하게 되었다. 주체(인간)가 객체(동물)를 보살핀다는 시혜적 언어로서 '보호'가 아닌, 인간의 승인과 무관하게 존재하는 자연권적 언어로서 '권리'를 인식하는 흐름이 생겼다.

동물권은 동물보호보다 급진적 개념으로 '동물의 습성을 존중하는 것'과 '고통을 최소화하는 것'을 기본 원칙으로 삼는다. 이 원칙에 따라 동물 억압, 동물 착취와의 타협을 거부한다. 예컨대 동물원은 인간의 오락을 위한 공간인 동시에 야생동물의 본능을 억압하는 장소다. 동물보호는 동물원 동물이 더 나은 삶을 살 수 있도록 '개선'을 말하지만, 동물권은 동물원에 가지 말자는 인식을 공유함으로써 '폐지'를 말한다.

동물권에 대해 이야기할 때 일부 사람들이 지적하는 문제는, 반려동물을 키우는 것도 본성을 억압하는 행위가 아니냐는 것이다. 엄밀히 말하면 반려동물에게 돌봄을 제공하는 것도 본성을 존중하는 일은 아니다. 그러나 우리는 최선이 아닌 줄 알면서도 입장을 선택해야 할 때가 있다. 인간이 긴 세월 동안 애완-반려의 목적으로 길들이고 개량한 종, 그리하여 자생능력을 잃은 동물을 야생으로 보내는 것은 '방사'가 아니라 '유기'일 수밖에 없다.

인간이 가축화한 다른 동물도 마찬가지다. 이스라엘 와이즈만 과학 연구소Weizmann Institute of Science의 론 마일로Ron Milo 교수 연구팀에 의하면, 인간이 사육하는 포유류 가축의 총량은 6억

3,000만 톤이다. 야생 포유류는 해상 포유류를 합쳐도 6,000만 톤으로 10분의 1에 불과하다. 그렇다면 가축을 야생에 풀어놓는 것처럼 불가능한 주제로 논쟁하기보다, 인간이 지구의 압도적인 면적을 잠식한 데 따른 부작용을 성찰해야 하지 않을까? 현대인은 다양한 생물종의 서식지 파괴로 훼손된 생태계와, 이미 멸종했거나 이내 멸종할 동물을 목도하고 있다. 필요한 논의는 제쳐둔 채 "동물권을 존중하려면 반려동물과 가축도 야생으로 보내라"라고 주장하는 것은 담론 자체를 무용한 일로 만든다.

고백하자면 '동물권'을 주제로 한 권의 책을 쓴 지금도, 나는 여전히 보수적인 입장(그리고 모순적인 입장), 즉 인간이 동물을 이용하는 것을 전부 없애지 못하더라도 그들의 삶과 죽음에서 고통은 언제나 최소화되어야 한다는 생각에 머물러 있다. 이것은 동물권과 짝을 이루는 '동물 해방animal liberation'보다는 '동물 복지animal welfare'의 개념에 가깝다. '고통의 최소화'를 말하면 어떤 사람들은 "죽는 것은 같지 않느냐?"라고 반문한다. 하지만 자신들이 온갖 고문을 당하며 서서히 죽는 것과 고통이 덜한 방식으로 단번에 죽는 것 가운데 선택할 수 있다면 '어차피 죽는 것은 같으니 상관없다'고 말하지 못할 것이다. 마찬가지로 행복한 삶과 고통스러운 삶을 선택할 수 있다면 '언젠가는 죽을 테니 어떻게 살든 상관없다'고 말하지도 못할 것이다.

자폐인이자 동물학자인 템플 그랜딘^{Temple Grandin}은 자신을 괴롭게 하는 자폐증 때문에 동물을 이해할 수 있었다고 말한다. "자폐증은 동물과 사람이 통하는 중간 지점의 환승역"으로, "자폐인은 동물이 생각하는 방식, 사람이 생각하는 방식 모두를 취할 수 있다."[2] (그랜딘은 다음 문장에서, 자폐인이 비자폐인과 다른 부류의 사람이 아니라는 점도 분명히 밝힌다.) 동물을 사랑하고 교감할 뿐 아니라 그들의 방식으로 생각할 수 있는 그랜딘은 아이러니하게도 도살 분야의 권위자다. 동물을 사랑하기에 그들의 고통과 공포를 덜어주는 데 사명감을 느끼고 동물이 도살장에서 무엇을 보는지, 무엇을 두려워하는지, 무엇에 영향을 받는지 연구한다. 미국, 캐나다, 오스트레일리아, 뉴질랜드의 수많은 도살장이 그가 개발한 인도적 도살 시설인 '중앙 궤도형 도축 장치^{centertrack restraining system}'를 사용한다. 그랜딘은 말한다, 소는 자신이 가장 사랑하는 동물이라고.[3]

사람/동물

동물에 대해 자주 접할 수 있는 반응은 "그래도 사람이 먼저 아니냐?"라는 것이다. 물론 '사람이 먼저'가 아닌 일은 참혹하고 비참하고 부끄럽다. 이를테면 전 세계 아동 노동자는 1억 6,000만 명이고, 그중 절반이 5~11세 사이라는 통계 같은 것들 (국제노동기구^{ILO, International Labour Organization}, 2021년 6월), 내가 소비하는 식품과 커피와 옷 등이 이런 노동의 결과물일 수 있다는 사실 같은 것들.

혹자는 이 장의 제목 '동물이 대접받는 나라는 사람을 함부로 대하지 않는다'에 동의할 수 없다고 말하며, 나에게 '히틀러를 어떻게 생각하느냐?'고 묻기도 했다. 아돌프 히틀러^{Adolf Hitler}는 동물 애호가이자 채식주의자인 동시에 독재자이자 학살자로서, 동물과 사람을 대하는 태도가 일치하지 않았던 사례로 자주 거론된다. 그의 행위는 동물을 사랑하는 것과 사람을 대하는 태도는 별개라는 사실을 증명한다. 그러나 반대로 동물을, 또는 자신보다 약한 자를 가혹하게 대하는 사람이 '인간답다'고 말할 수 있을까? 동물을 사랑하는 사람이 반드시 '인간다운' 것은 아니나, 동물이나 약자에게 잔인한 사람을 '인간답다'고 말할 수도 없지 않을까?

'동물이 대접받는 나라는 사람을 함부로 대하지 않는다'는 말은 한 개인이—설령 그가 공인이더라도—동물을 애호하거나 애호하지 않는 것과 무관한 명제이다. 이 명제에는 '사회의 시스템이 약자와 공존하는 방식으로 작동하고 있느냐?'는 물음이 깔려 있다. '동물이 대접받는 나라'에서 '동물'의 자리는 배제당한 모든 이의 자리일 수 있다. 비정규직 노동자, 미등록 이주민, 저소득층, 성소수자, 장애인, 독거노인……. 사회에서 환대받지 못하는 어떤 사람을 넣어도 이 문장은 성립한다. 이런 나의 생각과, "동물이라는 최약자를 통해 몰랐던 것을 알게 되었고 못 보던 것을 보게 되었다"라는 행강대부의 고백과, "민주주의를 위해 싸웠던 20대나 동물을 위해 싸우는 지금이나 내 목표는 같다"라는 뚱아저씨의 말은 같은 맥락일 것이다.

헨리 스피라Henry Spira는 동물과 인간 모두를 위해 싸웠던 사람 가운데 하나다. 유대인으로 2차 세계대전을 피해 미국으로 이주한 그는 불의에 맞서려면 '개인'이 아닌 '구조'에 대항해야 한다는 사실을 깨닫고 사회 운동가가 되었다. 부패한 권력자들에게 민주주의를 요구했고, 흑인 해방운동에 동참했으며, 쿠바를 침략한 미국 정부를 비판했다. 스피라는 쉰다섯 살이 될 때까지 동물에 관심이 없었지만 두 가지 계기(첫 번째는 고양이를 입양한 일이고 두 번째는 피터 싱어의 《동물 해방》을 읽은 일이다)로 동물권 운동에 뛰어들었다. 평생 억압받는 자의 편에 섰던 스피라는 동물이 사회의 가장 밑바닥에서 극단적 고통을 당하고 있을 뿐 아니라 우리가 동물에 대한 가학 행위를 제도적으로 허용하고 있다는 사실을 인식하자마자, 동물의 편에 서서 대기업

과 정부기관을 상대로 힘겹고 지난한 싸움을 시작했다.[4]

초기 동물 운동의 지도자들은 인종차별과 성차별에도 강력히 저항했다. 피터 싱어는 《모든 동물은 평등하다*Ethics Into Action*》에서 동물과 인간 양자가 겪는 차별에 대항한 사람들의 이름을 한 페이지 넘게 열거한 뒤 말한다. "(이 인도주의자들은) 동물에게 관심을 갖는 사람들이 인간에게 관심을 갖지 않는다는 생각, 한 가지 목적을 위해 헌신할 경우 다른 것을 위해 노력할 수 없다는 생각이 잘못되었음을 보여준다."[5] 동물을 위해 싸우는 사람들 가운데에는 인간 중심주의에 염증을 느낀 나머지 인간을 향한 반감에 매몰된 이들도 있다. 그러나 내가 만난 사람들은 한 가지 목적에 헌신하는 것이 다른 일에 무심한 것은 아니라는 사실을 증명하는 이들이었다. 오히려 나는 "소는?" "돼지는?" "닭은?" "사람은?" "식물은?"이라고 끝없이 질문만 던지는 사람들이야말로 질문 속에 있는 대상을 위해 무엇을 하고 있는지 의아할 때가 많았다.

수단/목적

"사람도 힘든데 동물까지 신경 써야 하느냐?"라는 반문에서 나는 임마누엘 칸트Immanuel Kant가 정의한 '인간'을 떠올린다. 칸트에 따르면 인간은 목적을 위해 사용하는 '수단'이 아니다. 존재 자체가 '목적'이다. 이 세상에 수단으로 이용당해도 괜찮은 인간은 없다. 그러나 인간이 수단으로 취급되는 사례는 너무나도 많다. 물건을 생산하는 과정에서 유해물질에 노출된 하청 노동자는 불치병에 걸린다. 안전장치도 없이 불안한 난간에 매달려 일하던 수리 기사는 추락사한다. 컵라면 먹을 시간도 없이 홀로 스크린 도어를 수리하던 청년은 전동차에 치어 세상을 떠난다. 이 모든 사건 뒤에도 세상은 달라지지 않았다. 그들이 떠난 자리는 목숨을 저당 잡혀 밥벌이를 해야 하는 또 다른 누군가가 대신했다. 아무도 책임지지 않는 죽음을 맞는 사람은 여전히 헤아릴 수 없다. 인간을 수단으로 여기는 사회에 살고 있는 우리의 우울한 자화상이다.

모든 인간을 목적으로 대하라는 칸트의 정언명령은 우리가 추구할 가치와 진보할 방향을 보여준다. 힘 있는 자의 목적에 힘없는 자가 수단으로 이용되는 사회, 수단으로서의 쓸모마저 없어지면 버림받는 사회는 희망이 없다. 그리고 "약자의 최전선에 동물이 있다".[6] 이 사회가 동물을 대하는 태도는 실제나 인식이나 완전한 도구, 수단, 물건이다. '양평 개 집단 아사 사건'이나 '복순이 학대 사건' 등에서 보듯이 수단으로서의 쓸모마

저 사라지면 죽임의 대상이 되는 일도 흔하다. 끝없이 반복되는 이 같은 일들이 보여주는 것은, 수단의 사회에 사는 인간이 또 다른 존재-약자를 대하는 태도다.

칸트는 이성을 가진 존재, 인간만이 목적이 될 수 있다고 선을 그었다. 동물은 도덕의 고려 대상으로 삼지 않았지만 동물을 잔혹하게 대하는 데 반대했으며, 동물에게 잔인한 사람은 타인에게도 잔인할 수 있다고 생각했다. 칸트의 저 유명한 명제를 빌려 동물을 수단으로만 여겨선 안 된다고 말하는 것이 부적절한 일은 아닐 것이다. 오랫동안 수많은 철학자가 권리와 평등 같은 원칙을 인간의 특권이라고 생각했다. 오직 인간만이 가치 있다고 여겨온 역사는 동물권의 출현과 비교할 수 없을 만큼 뿌리 깊다. 그러나 인류의 역사는 특정 집단이 독점하던 권리를 확장하는 과정이었다. 오랫동안 당연시해 왔던 이데올로기를 비판적으로 검토하는 일은 언제나 중요하다.

인권 수준이 높고 복지를 보장하는 나라들이 동물권과 동물 복지를 실현하고 있는 상황은 우연이 아니다. 동물권과 인권은 양자택일의 문제나 대립하는 가치가 아니라 상관관계에 가깝다. 모든 존재가 목적이라는 사상과 모든 생명이 존중받아야 한다는 인식이 사회의 주류가 될 때, 그리하여 특권과 특혜의 구조가 평등과 공존의 구조로 변화할 때, 우리는 비로소 목적의 인간으로 대우받을 것이다. 마하트마 간디^{Mahatma Gandhi}가 "한 나라의 위대함과 도덕성은 그 나라에서 동물이 받는 대우로 가늠할 수 있다"라고 말한 것은 그런 의미다.

우리와 닮았고 우리보다 뛰어난

그렇다면 우리는 동물에 대한 연민을 넘어서 그들의 생명권을 존중하는 데까지 나아갈 수 있을까? 어떤 사람은 동물이 존중받아야 하는 이유로 인간과의 공통점을, 혹은 뛰어남을 말한다. 실제로 동물은 우리와 많이 닮았고 어떤 면에서는 훨씬 뛰어나다. 2013년 10월 필리핀 세부에서 촬영한 영상은 지진이 발생한 직후 건물 밖으로 뛰어나오는 사람들의 모습을 담고 있다. 작은 개 한 마리도 인파에 섞여 거리로 나온다. 개는 곧 무언가가 잘못되었음을 깨닫는다. 그것이 무엇인지 알아차리자마자 망설이지 않고 붕괴할지 모르는 건물 안으로 달려간다. 잠시 후 개는 자신의 친구, 또 다른 개와 함께 밖으로 나온다. 사람이 동물을 인간적이라고 표현하거나 인간과 '닮았다'고 느끼는 순간은 이런 장면을 볼 때가 아닐까?

한편 동물의 뛰어남에 감탄하는 것은 지각과 인지 능력을 발견할 때다. 시각장애인 안내견은 여러 단계의 과제를 학습하는데 그중에는 '지능적 불복종'이 있다. 차도를 건널 때 사람이 인지하지 못하는 위험을 발견했다면 개는 길 건너는 것을 거부해야 한다. 안내견은 특정한 일을 '실행하도록' 훈련받지만 동시에 훈련받은 일을 '실행하지 않도록' 훈련받는다. 이 모순을 이해하려면 개는 '판단'해야 한다.[7]

'발작 반응견'은 발작 증세를 가진 사람을 돕기 위해 훈련받은 개다. 쓰러지는 사람의 머리 아래 자신의 몸을 두어 환자가 다치지 않게 하거나, 쓰러진 사람에게 약이나 전화기를 가져다준다. 여기까지는 훈련의 결과다. 그러나 일부 '발작 반응견'은 자발적으로 '발작 경보견'이 된다. 발작 뒤에 대응하는 것이 아니라 발작 전에 징후를 알아채고 문제를 해결한다. 환자의 옷을 잡아 끌어 쓰러지더라도 다치지 않을 곳으로 안내하고, 큰 소리로 짖어서 주변에 도움을 요청한다.

한 연구에 따르면 발작 반응견의 10퍼센트가 자의에 따라 발작 경보견이 된다. 발작이 임박한 것을 이들이 어떻게 알아채는지 사람은 모른다. 놀라운 점은 이 개들이 행동할 필요가 없는데 행동한다는 것이다. 독보적인 감각으로 발작의 징후를 감지했더라도 이들은 굳이 나서서 해결할 필요가 없다. 그런 훈련도 받지 않았다. 하지만 발작 경보견은 예측한 문제를 해

결하려고 행동을 결정한다. 이것은 지각과 인지의 영역이다.[8]

또한 동물학자들은 새*나 다람쥐**처럼 지능이 낮다고 여겼던 동물에게서 초인적이거나 천재적인 능력을 발견했다. 인지과학에서 동물의 지능을 평가하는 방식은 인간의 지능을 평가하는 방식—IQ 테스트나 대학수학능력시험처럼—과 다르다. 여기에서 중요한 기준은 자기 종의 생존과 번식에 대해 얼마나 유용한 지능을 가지고 있느냐이다.[9] 인지과학의 관점으로 보면 개는 후각의 천재, 독수리는 시각의 천재, 철새는 좌표의 천재, 회색 다람쥐는 측량의 천재다.

오랫동안 사람들은 이런 점을 진지하게 생각하지 않았다. 인간의 부족함을 보완하려고 동물의 능력을 이용할 때조차 그랬다. 인간의 열등한 측면을 인정하는 대신 그들의 능력을 본능으로 치부했고, 인간우월주의를 부각하려고 동물과 인간을 비교했다. 따라서 동물이 인간과 얼마나 비슷한지, 인간보다 얼마나 뛰어난지 이야기하는 것은 그 자체로 의미 있다. 그러

---

* 새의 비상함은 이동의 영역에서 특히 빛을 발한다. 철새는 수천 또는 수만 킬로미터의 경로를 기억한다. 이 비범한 능력은 본능이 아니라 학습의 결과다. 사람이 아는 한 가장 먼 거리를 비행하는 북극제비갈매기는 해마다 북극과 남극을 왕복한다. 이들이 5년 동안 여행하는 거리는 달까지 가는 거리와 맞먹는다.[10]

** 회색 다람쥐는 매년 겨울이 되면 수백 개의 밤을 땅에 묻는데, 한 군데에 한 개의 밤만 묻는다. 다음 해가 되었을 때 위치는 물론 밤의 종류와 묻은 시기까지 정확하게 기억한다. 이들은 냄새를 맡거나 표식을 남기는 것이 아니라 나무 등의 주변 환경을 활용해 각도와 거리를 삼각 측량하여 기억한다.[11]

나 공통점과 우월함은 그들이 존중받아야 하는 이유가 아니다. 나와 당신이 다르더라도 당신은 존중받아야 한다. 당신이 나보다 어떤 면에서 뛰어나지 못하더라도 당신은 존중받아야 한다. 동물 또한 고통을 느끼는 생명체라는 사실만으로 고통을 피하고 학대당하지 않을 권리를 존중받아야 한다.

우리는 모든 동물 앞에서 강자다. 코끼리나 호랑이 같은 맹수도 인간이 지배자를 자처하는 세상에서 약자일 수밖에 없다. 동시에 우리 모두는 동종의 인간 앞에서 언제든 약자가 될 수 있다. 동물을 생각하는 일은 약자를, 궁극적으로는 우리 자신을 생각하는 일이다. 그러나 이런 생각이 동물에게 고통을 주지 않겠다는 결심으로 이어질 때, 우리는 스스로의 모순과 맞닥뜨린다. 동물의 고통을 알게 되었다고 해서, 또는 동물의 고통에 반대한다고 해서 실천주의자가 되는 것은 아니다. 그것이 어려운 이유는 동물이 인간에게 중요하지 않아서가 아니다. 너무나도 중요해서다. 절대다수의 사람이 매일 반복하는 행위가, 일어나서 잠들 때까지 사용하는 제품이 동물의 고통과 연결되어 있다. 그렇다면 **우리는 무엇을 해야 하는가?**

자격 없는 자의 응답

우리의 인간다움

어느 아기 고양이의 사진을 본 적 있다. 몸이 야위고 털이 빠지고 흙투성이가 된 채, 애절하고 절박한 몸짓으로 누군가의 발을 움켜잡고 있다. 며칠이나 굶었을지 모를 고양이는 죽을힘을 다해 사람에게 다가와서 살려달라고, 도와달라고 애원하고 있는 것이다. 해외 사이트에 올라온 이 사진의 제목은 'What are we doing?(우리는 지금 무엇을 하고 있는가?).' 번식장과 보호소와 개농장을 찾아다니는 동안, 사람들을 인터뷰하는 동안, 동물에 관한 책을 읽는 동안, 글을 쓰는 동안 내 머릿속을 떠나지 않았던 질문도 그것이었다. 우리는 지금 무엇을 하고 있는가? 덧붙여, 무엇을 해야 하는가?

동물의 고통을 기준으로 소비 패턴을 고려하면 익숙한 일상은 딜레마로 바뀐다. 고기와 계란을 먹고 우유를 마신다. 모피 장식이 달린 옷을 입고 거위 털이 들어간 이불을 덮는다. 동물 실험을 거친 생필품과 의약품을 사용하고 가죽 구두와 가죽 가방을 착용한다. 주말에는 아이와 함께 동물원이나 동물체험시설에 간다. 모든 사람이 도덕적 의무감에 따라 동물을 이용하는 일을 포기하리라 기대할 수는 없다. 다만 높은 수준의 동물 복지를 통해 스트레스가 최소화된 삶, 고통이 최소화된 죽음을 보장하는 것이 하나의 방식이라면, 필수적이지 않은 만족을 위해 동물의 희생을 요구하지 않는 것도 또 다른 방식일 것이다.

예컨대 동물 털은 필수품이 아니다. 의류 산업의 기술적 진보로 동물 털을 빼앗을 명분이 사라졌다. 모피는 부를 과시하고 장식적 효과를 내는 수단일 뿐이지만 이를 위해 동물이 치러야 하는 대가는 너무나도 크다. 2017년 핀란드의 동물 단체 동물을 위한 정의Oikeutta Eläimille가 공개한 영상에는 모피 농장의 철창에 갇힌 정체 모를 생명체가 등장한다. 겹겹이 주름진 피부 때문에 앞도 보지 못하고 숨도 쉬기 버거운 이 동물의 정체는 북극여우다. 정상 체중이 3.5킬로그램인 북극여우를 더 많은 모피를 얻으려고 다섯 배인 19킬로그램으로 살찌운 것이다. 모피코트 한 벌은 북극여우 스무 마리의 희생으로 만들어진다.

2005년 스위스동물보호기구Swiss Animal Protection/EAST International 가 촬영한 중국 허베이의 모피 농장에는 의식이 남아 있는 동물의 털가죽을 벗기는 장면이 나온다. 어떤 동물은 가죽이 벗겨진 뒤에도 10분 동안 심장이 뛰고 있다. 2011년 우리나라의 매체가 중국의 모피 농장을 촬영한 영상에서도 비슷한 장면이 등장한다. 기절한 상태로 거꾸로 매달려 있던 라쿤 너구리는 중간에 깨어나 살가죽이 반쯤 벗겨진 자기 몸을 멍하니 쳐다본다. 중국의 모피 농장은 라쿤, 여우, 밍크뿐 아니라 개, 고양이, 토끼도 모피용으로 사육한다.[12]

세계적으로 모피 농장을 금지하는 추세지만* 모피 농장에 대한 규제가 전혀 없는 중국은 세계 최대의 모피 생산국 가운

---

* 영국, 오스트리아, 스위스, 크로아티아는 모피 농장을 불법화했다. 독일과 스위스는 운영이 불가능할 정도로 높은 동물복지 규정을 가지고 있다. 유럽연합 중 두 번째로 많은 밍크를 생산하던 네덜란드도 단계적 금지를 선언했다. 뉴질랜드는 모피 생산 뿐 아니라 수입도 금지했고, 인도와 미국의 일부 도시 또한 수입과 판매를 금지하고 있다.[13] 2021년 6월 이스라엘은 모피 판매를 금지한 세계 최초의 국가가 되었다. 패션 브랜드들도 이 같은 흐름에 동참하고 있다. 아르마니, 구찌, 프라다, 생로랑, 캘빈 클라인, 랄프 로렌, 베르사체 등 많은 브랜드가 모피 반대 선언을 했고 세계 4대 패션쇼 중 하나인 런던 패션위크는 모피 제품을 퇴출했다.[14] 한편 덴마크는 최대의 밍크 모피 생산국으로 1,100여개 농장에서 1,500~1,700만 마리의 밍크를 사육한다. 코로나19가 확산한 2020년, 당국은 200여 개의 밍크 농장에서 신종 코로나 바이러스를 확인했고, 덴마크 북부의 감염자 가운데 절반가량이 모피 농장을 통해 확진되었다는 사실을 밝혀냈다. 덴마크 정부는 1,700만 마리에 이르는 자국 내 밍크를 대거 살처분했다.[15]

데 하나이고, 우리나라는 러시아와 함께 모피를 가장 많이 수
입하는 나라 가운데 하나다.* 겨울철 의류매장에서는 모피코
트뿐 아니라 모자에 털이 달려 있지 않은 점퍼를 찾기 힘들다.
옷깃, 머플러, 신발, 가방, 귀마개, 브로치, 머리핀까지 모피는
온갖 상품에 장식으로 이용된다. 모피 동물의 85퍼센트에 달하
는 밍크, 여우, 라쿤이 공장식 축산농장과 유사한 모피 농장의
뜬장에서 평생을 보낸다. 15퍼센트는 모피용으로 사냥한 야생
동물(코요테, 비버, 물범, 물개, 족제비)이다. 이들은 덫에서 벗어나
려고 몸부림치다 부상과 출혈로 죽는 경우가 많다.[16] 포획되는
하프물범의 주된 희생양은 모피 상태가 최상급인 어린 물범,
98퍼센트 이상이 3개월도 되지 않은 새끼다. 이들 또한 목숨이
끊어지지 않은 상태로 껍질이 벗겨진다.[17]

　식육용과 산란용으로 사육하는 오리와 거위는 의류와 침구
의 충전재를 위해 생후 10주경부터 온몸의 털이 뽑힌다. 이 과

---

*　국제모피연합IFF, International Fur Federation에 따르면 유럽 국가를 중심으로 모피 생산을 금지하
는 움직임이 확산하고 있지만, 모피 공급은 감소하지 않았다. 주요 원인은 생산지가 중국으
로 이동한 것이다. 중국은 '야생동물보호법'이 있을 뿐 반려동물이나 사육 동물에 대한 학대
를 규제할 동물보호법이 없기에, 모피 농장의 비인도적 생산도 제재받지 않는다. 일부 의류
브랜드가 중국산 모피를 사용하지 않겠다고 선언했지만, 모피는 대규모 국제 경매에서 원자
재로 거래되기에 원산지 추적은 물론 어떤 동물의 털과 가죽인지조차 확인할 수 없는 경우가
많다. 모피 유통을 금지하는 세계적 흐름에도 불구하고, 국제모피협회 등이 새로운 시장으
로 주목할 만큼 우리나라는 모피 소비가 많은 나라다. 관세청에 따르면 국내 모피 수입량은
2001년 148억 달러에서 2011년 423억 달러로 세 배 가까이 급증했고, 2016년 254억 달러까
지 떨어졌지만 2017년부터 다시 279억 달러로 오르며 증가했다.[18]

정에서 생살이 뜯겨나가는 고통 때문에 쇼크로 사망한다. 도살당할 때까지 살아남는다면 한 마리의 오리·거위는 이런 일을 6주 간격으로 15회가량 당한다. 패딩 한 벌에는 스무 마리 내외의 오리나 거위가 필요하다.[19] 동물실험을 대체할 수 있는 실험법이 있지만 많은 기업이 관습적으로, 또는 저렴한 비용을 이유로 동물실험을 지속한다. 2018년 우리나라에서 실험에 이용한 동물은 약 370만 마리로 세계에서 여섯 번째로 많았다. 또한 실험동물의 80퍼센트가 고통 등급 D와 E에 해당하는 실험*에 사용되었다. D는 '중증도 이상의 고통이나 억압', E는 '극심한 고통이나 억압, 또는 회피할 수 없는 스트레스'에 해당한다.[20]

대중에게도 많이 알려진 '드레이즈 테스트draize test'는 토끼의 눈에 화학물질을 주입해 자극성을 평가하는 실험이다. 사람과 달리 토끼는 이물질을 씻어낼 수 있는 눈물을 분비하지 않기에 실험 토끼가 겪는 고통은 상상을 초월한다. 토끼는 몸을 겨우 넣을 수 있는 좁은 상자에 갇혀 머리만 내놓은 채 눈 점막에 화학물질을 수천 번 주입당한다. 피눈물을 흘리고, 실명하고, 미쳐버리고, 상자 안에서 몸부림치다 목뼈가 부러진다. 눈이 타

---

* 모든 동물실험은 '3R 원칙'을 고려해야 한다. 3R은 대체Replacement, 축소Reduction, 개선Refinement을 의미한다. 즉, 동물실험을 다른 실험으로 바꿀 수 있으면 '대체'하고, 피치 못하게 실험할 때는 개체수를 '축소'하며, 고통을 줄여줄 수 있도록 '개선'해야 한다.

들어 가는 고통을 견디며 살아남아도 안락사를 당한다. 보톡스부터 세정제까지 토끼는 온갖 드레이즈 테스트에 이용된다.[21]

동물실험 반대 국제비영리기구 크루얼티 프리 인터내셔널 Cruelty Free International이 공개한 영상에서는, 드레이즈 테스트를 받느라 상자에 갇힌 토끼가 고개를 돌려 옆에서 같은 일을 당하고 있는 친구의 눈을 핥아주는 장면이 나온다. 이 장면은 사람들이 사용하는 표현에 의문을 품게 만든다. 흔히 '짐승 같다'는 표현은 잔인성을, '인간적'이라는 표현은 도덕성을 의미하지만 저 영상 속에서 **인간적인 것은 누구인가?** 극도의 고통 속에서도 같은 처지의 친구를 돌보는 토끼인가, 토끼를 고통으로 몰아넣고 있는 인간인가?

담뱃갑에 있는 경고문처럼 식품에, 세제에, 의류에, 침구에 제품을 위해 희생된 동물의 사진이 있다면 매순간 동물을 기억하지 않을 수 없을 것이다. 하지만 경고문이 없기에 기억은 의지의 문제가 된다. 동물을 인간의 영역으로 데려온 이들이 다름 아닌 우리라는 사실을 기억하는 일, 동물이 어떤 고통을 겪는지 이야기하는 일, 그들에게 무엇을 하고 무엇을 하지 말아야 할지 질문하는 일이 오로지 우리의 의지에 달려 있다.

그런 의지를 발휘해야 하는 이유는 우리의 삶이 동물의 고통으로 이루어져 있기 때문이다. 나는 이 말이 지나치다고 생각하지 않는다. 과장도 왜곡도 없이 동물은 우리의 삶이다. 그러므로 우리는 그들에게 의무를 지닌다. 우리에게는 같은 종의 인간뿐 아니라 동물에 대한 책임도 있다. 나는 그 책무를 망각하지 않는 것이 인간다움, 내가 갔던 장소들에서 발견할 수 없었던 우리의 인간다움이라고 믿는다.

지금껏 사람들은 인간과 비인간동물의 차이를 말할 때 인간의 우월함을 부각하려 했다(우리는 이성적이다, 도구를 사용할 줄 안다, 만물의 영장이다). 나아가 이 강력한 인간중심주의를 통해 동물에 대한 비인간적 행위를 정당화했다. 그러나 굳이 인간과 비인간동물이 다르다고 말해야 한다면 더는 우월함을 확인하고 인간 중심주의를 강화하기 위해서가 아니어야 한다. 타자에 대한 책무를 확인하기 위해서여야 한다. 그때 나는 동물에 대한 아무 비하도 멸시도 없이, 피피와 미코에게 말할 수 있을 것이다. 나는 너와 다르다고, 나는 너와 '같은' 동물인 동시에 '다른' 인간이라고.

전부 아니면 전무

어떤 이들은 개와 고양이를 구하는 사람에게 묻는다. "소는?

돼지는? 닭은?" 동물 쇼에 이용되는 돌고래를 방사한 사람들에게 묻는다. "호랑이는? 원숭이는? 기린은?" 축산 농장과 동물원의 동물복지를 개선하려는 사람들에게 묻는다. "인간은?" 채식주의자에게 묻는다. "식물은?" 순수한 궁금증으로 이런 질문을 던지는 사람은 많지 않다고 나는 생각한다. 동물권 운동을 비하하고 싶어서 질문을 빙자하는 경우가 다수라고 생각한다. 그들이 동물권 운동을 폄하하는 이유는 모순 없는 완벽주의자여서도 아니고, 논리적인 이성주의자여서도 아니다. '더' 합리적이어서가 아니라, '더' 간편하기 때문에 반대하는 것이다. 그들의 내면에는 동물의 고통을 의식하는 순간, 우리가 누리는 안락함이 불편함으로 바뀌리라는 두려움이 깔려 있는지 모른다.

개 식용을 찬성하는 사람도 모순된 현실(개와 고양이는 사랑받고 소, 돼지, 닭은 착취당하는 현실)을 알고 있다. 이 모순에서 벗어나려면 한쪽을 그릇된 일로 치부해야 한다는 것도 알고 있다. 농장동물의 착취를 비판하는 것이 더 옳겠지만, 그가 육식을 한다면 비판의 대상은 스스로를 포함하기에 불편한 일이 된다. 그래서 농장동물이 당하는 가학 행위에 침묵하면서 개 식용에 반대하는 사람을 위선자라고 비난한다. 그들이 의식하든 의식하지 않든 그것이 "왜 개만 이야기해?"라는 질문의 본질이다. 개든 고양이든 시작조차 하지 말아야 한다는 입장이다. 어차피 우리의 일상이 동물의 고통을 전제한다면 종 따위는 상관없다는 생각이다. 누구에게도 완벽히 무해할 수 없다면 실천하려는 사람을 공격하는 편이 일관성 있다는 사고방식이다.

《동물을 먹는다는 것에 대하여*Eating Animals*》를 쓴 조너선 사프란 포어Jonathan Safran Foer는 사람들이 동물을 아예 먹지 않거나, 동물을 먹는다는 것에 대해 의문조차 제기하지 않거나, 둘 중하나라는 데 대해 다음과 같이 썼다. "다른 윤리적 영역에는 결코 적용하지 않을 사고방식이다. 항상 거짓말만 하든가 절대거짓말을 하지 않는다고 상상해 보라."[22] 바로 이 "전부 아니면 전무all or nothing"[23]를 자격의 기준으로 삼는 극단적 사고방식이 동물의 고통에 대해 이야기하는 것을 어렵게 만든다.

채식주의자가 아니면 개 식용을 반대할 자격이 없다. 가죽제품을 사용한다면 모피를 반대할 자격이 없다. 동물실험을 한 의약품을 복용한다면 동물실험을 한 다른 제품을 반대할 자격이 없다. 일관성 있게 소비하거나 소비하지 말아야 한다. 하지만 정말 그럴까? 완벽한 실천주의자가 아니면 어떤 동물의 고통도 말할 자격이 없을까? 자격 없는 자는 다수의 입장에, 동물착취에 침묵하는 편에 서야 할까? 완벽한 비거니스트veganist도 아니면서 목소리를 내는 사람은 위선자일까?

나도 이 질문들로 인해 글을 쓰기까지 오래 망설였다. 사는 동안 동물을 존중하고 배려했던 적보다 물건으로 소비한 적이 압도적으로 많았다. 육식을 절제하고 동물성 제품의 사용을 줄여왔지만, 여전히 가끔은 육류를 먹고 일부 제품은 사용하는 등 일관성이라곤 없는 패턴을 가지고 있다. 나는 비거니스트도, 실천주의자도 아니다. 다만 할 수 있는 일의 범위를 늘려가려고 애쓸 뿐이다.

'전부 아니면 전무'라는 사고방식 안에서 나는 모순적이고 위선적이며 동물의 고통에 대해 말을 꺼낼 자격조차 없다. 그러나 어차피 마찬가지니 이것도 저것도 신경 쓰지 말자고, 불편한 이야기 따위는 집어치우고 살던 대로 살자고 말할 수는 없다. 이것이야말로 가장 경계해야 할 태도다. 전부 아니면 전무라는 사고방식은 일관성을 강요하지만 일관성보다 중요한 것은 동기를 부여하는 일, 시작하고 개입하며 목소리를 내는 일이다.

나의 응답, 당신의 응답

고기를 싸게 많이 먹으려는 욕망이 불러올 파국을 상상함으로써 공장식 축산 방식을 단계적으로 해체하는 일에 동참할 수 있을까? 동물실험을 하지 않는 제품을 선택함으로써 대체 가능한 실험에 동물을 동원하는 기업을 압박할 수 있을까? 모피 산업의 잔인함을 폭로함으로써 아름다움의 기준을 변화시킬 수 있을까? 나는 세상이 쉽게 바뀌리라 낙관하지 않는다. 그러나 저 가운데 단 하나만 실행하더라도 그것이 '유일한' 실행이 아니라 '첫 번째' 실행, 즉 모든 행동의 **시작**일 수 있다고 믿는다. 마찬가지로, 나는 앞으로 개에 관해서'만' 이야기하지 않기를 바라며 개에 관해서'만' 이야기했다. 어딘가에서 시작하기 위해 나는 여기에서 시작했다. 우리에게는 어딘가에서 시작할 수 있는 가능성이 있다.

돈만 있으면 무엇이든 선택할 수 있는 시대에 도덕적 판단에 따라 무엇인가를 선택하지 않는 것은 어려운 일인지 모른다. 또는 어려운 일이 **아닌지도** 모른다. 생명철학을 연구하는 진 커제즈Jean Kazez는 도덕적 판단뿐 아니라 기술적 혁신이 동물을 구했다는 사실에 주목한다. 남북전쟁 시대의 말은 영문도 모른 채 전쟁에 동원되었다가 녹초가 되거나 부상을 입으면 산 채로 강과 바다에 던져졌지만, 현대화된 군사기기가 등장하면서 말은 전쟁에 나갈 필요가 없어졌다.[24] 과거에는 보온을 위해 동물에게서 빼앗은 털옷이 필요했지만 오늘날 패션 산업은 웰론, 프리마로프트, 신슐레이트 등 다양한 단열소재를 발명했다. 실험 분야에서는 헷캠^{HETCAM} 실험, 인간 세포나 인공 피부를 사용한 실험, 동물의 반응을 본뜬 컴퓨터 모델링 실험 등이 동물실험을 대체하고 있다. 축산업과 낙농업이라는 거대한 영역이 숙제로 남아 있지만 오늘날 동물 착취는 기업의 관습적 행위이거나(동물실험), 오락을 위한 흥밋거리이거나(관광지의 꽃마차, 동물원, 동물체험, 동물 쇼), 장식품이나 사치품(모피)인 경우가 많다.

많은 행동이 성과로 이어졌다. 헨리 스피라가 악명 높은 동물실험을 실시하던 화장품 회사 레브론과 벌인 투쟁은 '존스홉킨스 동물 시험 대체 센터'를 설립하는 계기가 되었다. 유럽 연합은 2004년 화장품 완제품의 동물실험을 금지한 것을 시작으로 2009년 원료의 동물실험을 금지했으며, 2013년 동물실험을 실시한 화장품의 수입·유통·판매까지 전면 금지했다. 이 흐름은 세계로 퍼져나갔고 국내에서는 2017년 '동물실험을 실시한 화장품 등의 유통판매 금지(화장품법 개정안 제15조의 2)' 조항을 마련했다. 유럽의 동물권 투쟁은 축산업계의 동물복지를 개선하는 법안으로 연결되었고, 달걀을 생산하는 산란계에 대한 여론은 복지농장 달걀의 수요를 증대했다. 미국의 활동가들이 육용 송아지와 암퇘지를 사육하는 스톨의 잔인함을 폭로하면서 맥도널드를 비롯한 대형 패스트푸드 체인점은 공급업체를 바꿨다.[25]

현대는 돈만 있으면 무엇이든 선택할 수 있는 시대인 한편, 기술 혁신이 도덕적 진보를 가능케 하는 시대이기도 하다. 때로는 '무엇을 하는가?'보다 '무엇을 하지 않는가?'가 한 사람에 대해 더 많은 것을 설명한다. 비거니스트는 식물을 '먹기' 위해서가 아니라 동물을 '먹지 않기' 위해 채식을 선택한다. 개 식용을 금지하려는 사람은 소, 돼지, 닭을 '먹기' 위해서가 아니라 또 다른 동물을 그 시스템에 '밀어 넣지 않기' 위해 반대 입장을 선택한다. 어떤 것이 정답인지 확신할 수 없을 때도 우리는 무엇이 더 가치 있고 지속 가능한 일인지 고민해야 한다. 무엇이든 '할 수 있는' 시대에 무엇을 '하지 않을' 것인지 결정해야 한다.

　선택하거나 선택하지 않음으로써 우리는 어떤 질문에 응답할 수도 있다. 우리는 지금 무엇을 하고 있는가? 무엇을 해야 하는가? 이 질문에 응답하는 데에는 아무 자격도 필요하지 않다. 나도 이 질문에 응답하려고 글을 썼다. 그것은 미코를 구하던 순간과 비슷했다. 산골마을 유기견, 누군가의 도움이 필요한 어린 바둑이를 만났을 때 그 자리에 있었던 우리는 어떤 식으로든 미코의 눈빛에 응답해야 했다. 미코가 세상을 떠난 뒤 구하지 않는 것이 나았을지 모른다고 내가 자책하자, 함께 구조했던 어느 분은 이렇게 말했다. "미코를 남겨두고 오는 것은 우리에게 불가능한 일이었잖아요." 그것은 미코와 마주친 우리가 해야 했고, 할 수밖에 없었던 응답이었다.

세상은 바뀌지 않는다. 흔히 듣는 말이다. 사회는 거대하고 복잡하고 수많은 이익집단이 얽히고설킨 곳이다. 사실은 그렇다. 한 사람이 식탁에서 고기를 치운다고 공장식 축산업이 붕괴하지도 않고, 한 사람이 모피를 구매하지 않는다고 모피 산업이 몰락하지도 않는다. 마찬가지로 미코를 구했을 때 연간 유기동물의 발생 두수를 가리키는 10만이라는 수치는 나에게 무력함으로 다가왔다. 10만에서 내가 줄인 숫자는 1이었다. 미코를 구해도 세상은 달라지지 않았다. 그러나 미코가 나에게, 내가 미코에게 특별하고 유일한 존재가 되었을 때 미코의 세상과 나의 세상은 완전히 달라졌다. 우리 사이에는 윤리도, 모순도, 위선도, 딜레마도 없었다. 낙관도 비관도 없었다. 나는 거기에서 시작했다. 이 이야기는 자격 없는 자의 응답이다.

개정판 인터뷰

: 5년 후 :

끝나지 않은 이야기(1)

재회

동물보호단체 행강 및 사설 보호소 행강집의 박운선 대표

책 나온 지 5년이나 지났어? 시간 빠르네. 책에 대해 체감한 반응? 나를 질타하는 독자가 많았지. 사람 안 바뀐다고, 고쳐 쓰는 것 아니라고. 내가 동물 판에 들어오기 전에 거칠게 살았던 건 사실이잖아. 동물을 처음 만난 것도 번식업자로 만난 거고. 비난을 받으니 오히려 열심히 활동해야겠다 싶더라고. 회계 처리든 애들 관리든 더 정직하게, 철저하게 해야겠다, 과거를 만회하려면.

책이 나올 당시, 애견 호텔은 폐업하고 행강은 사단법인단체로 거듭나는 단계였어. '자립형 보호소'를 목표로 삼아 애견 호텔의 수입으로 유기견을 구하려 했지만 도심 한가운데, 접근성이 좋은 곳에 반려동물 호텔이 우후죽순 생기니 우리처럼 외곽에 있는 데가 어떻게 살아남겠어. 호텔 수입이 없어서 자연스레 폐업 수순을 밟은 거지. 지금은 비영리 단체로서 후원을 받아. 투명하게 운영하려고 최선을 다하고 있어.

논의 테이블에서

내가 2014년부터 보호소 밖으로, 법률과 정책을 논의하는 테이블로 나갔잖아. 두 가지 계기가 있었어. 하나는 유기견을 구해서 입양 보내는 일만 10년을 했는데 그동안 변한 게 없어서, 우리끼리 아무리 애써도 밑 빠진 독에 물 붓는 꼴이어서. 또 하나는 2014년에 농림축산식품부에서 '동물복지 종합 5개년 계획안'을 발표했는데 여기에 '번식장과 개농장은 제외'라고 명시하고 있는 거야. 제일 중요한 게 이 문제인데, 무려 동물복지를 개선한다는 정책에서.

그때부터 국회로, 서울시로, 세종시로 관청이란 관청은 다

쫓아다녔어. 공무원들이 현실 인식은 없는 상태에서 뜬구름 잡는 논의만 하더구먼. 책이나 논문, 해외 선진 사례, 이런 것 가져다가 우리에게 맞추려고 하니 현실과 어긋난 법과 정책을 만드는 거야. 내가 그랬어.

"한국에서 개와 관련한 문제는 개 식용이 근원입니다. 여기서 시작하지 않으면 아무것도 해결하지 못합니다."

귓등으로도 안 들어. 입법부든 행정부든 공직자들은 먹는 개와 키우는 개가 따로 있다는 인식이 확고하더라고. 육견업자들의 주장과 똑같은 생각을 하는 거야. 우리가 개농장에서 개들을 데리고 나올 때 뭐라고 하는데?

"집에 가자. 여기 있으면 똥개 되고 집에 가면 반려견 된다."

처음 국회 회의석상에서 이 문제를 거론했을 때는 '개 식용'이라는 단어를 꺼내지도 못하게 했어. 동물 단체들도 말렸어. "대부님, 원론적인 이야기는 하지 말아요. 개 식용 문제는 당장 해결하기 힘드니 투 트랙으로 가요. 지금은 동물보호법 개정만 논의해요." 답답했어, 너무 답답했어. 물론 이해는 해, 통과시켜야 할 사안이 여러 가지인데 누군가가 원론을 이야기하면 다른 것까지 제동이 걸리니까. 하지만 제대로 개선하려면 원론적인 걸 건드려야 해. 내 생각은 그래.

세상이 바뀌었다고, 바뀌고 있다고 해. 나는 모르겠어. 예를 들어 전 대통령이 개 식용 금지를 논의하라고 말했을 때 사람들이 고무적으로 받아들였잖아. 현직 대통령이 이 문제를 언급한 건 처음이라고 반겼잖아. 하지만 후보 시절에도 개 식용 종식을 검토하겠다고 했어. 2018년에 농림축산식품부도 개를 가축에서 제외하는 법안을 적극 검토하겠다고 답변했단 말이야.

임기 초중반에는 조용하다가 레임덕에 들어가서야 사회적 논의기구를 설치했는데 진행되겠냐고. 주무부처인 농림축산식품부 앞에 가서, 대통령이 지시했으니 개 식용 금지하라고 목소리를 높였더니 이 사람들이 뭐라는 줄 알아? 이미 입법부가 발의한 법안이 있으니 정부 기관이 함부로 건드리면 안 된대. 그럴 거면 논의기구는 왜 만든 거야?

사람들은 나더러 건강도 돌보면서 적당히 하라고 해. 하지만 그럴 수 없어. 보통은 단체를 설립한 뒤에 동물을 구조하고 보호시설을 마련하는데, 나는 반대로 보호소를 운영하다가 단체를 설립했잖아. 10년 동안 2,000마리를 구조했지만 달라지는 것? 하나도 없었어. 근원을 해결하지 않으면 소용없다는 걸 잘 아니까, 학대받고 방치되는 개를 빼앗아와 봤자 그 자리에 새로운 개가 채워지는 걸 수없이 봤으니까.

우리가 보호하는 개들이 300마리가 넘어. 200마리까지 줄였는데 작년에 개농장 하나를 폐쇄하면서 쉰 마리를 데려왔어.

올해는 혼자 사는 할아버지가 요양병원에 들어가면서 우리에게 연락했어. 집에 애들이 일흔 마리 있다고, 자기가 없어서 굶고 있다고. 우리도 빠듯한 형편이어서 환경 개선과 중성화수술까지만 도와주려고 했는데, 할아버지가 병원에서 돌아가시는 바람에 일흔 마리를 다 데려왔어. 그렇게 데려온 애들이 대부분 믹스견이야. 우리 애들 중에 품종견은 열 마리가 안 돼. 개 식용이 있는 한 이런 운명을 가진 애들이 사라지질 않는다고. 유기견이 줄지도 않고, 사설 보호소가 없어지지도 않는다고. 그래서 내가 여기에 전부를 건 거야.

거리에서

2016년 말에 동단협 주최로 '반려동물 유기·학대·도살 금지법을 제정하라'는 구호를 내세워서 매주 거리 집회를 했어. 2017년 4월 27일에는 인사동에서 대규모 집회도 열었어. 그 전까지는 개 식용을 금지하라고만 했는데, 이때부터 '반려동물 도살 금지'라는 명확한 문구가 만들어진 거야. 2018년에는 표창원 의원이 '동물임의도살금지법'을 발의했어. 이 법을 시행하면 축산물위생관리법을 적용하는 합법적 도살 말고는 어떤 동물도 마음대로 죽여선 안 돼.

동물 단체들이 복날에 개 식용 반대 집회를 하잖아. 하지만 단발성으로 해선 사람들의 기억에 남질 않아. 복날마다 이슈 타는 걸로밖에 안 보인다고. 동단협이 수요일마다 집회를 연 것도 그래서야. 진정성을 보여주려면 오래, 꾸준히 해야 하니까. 앰프니 뭐니 바리바리 짐을 싸들고 일주일에 한 번씩 서울로 올라갔어. 3개월쯤 지났나, 사람이 하나둘 줄어들더니 네댓 명이 모일까 말까 한 거야.

그래도 포기가 안 되더라고. 혼자 이동식 앰프와 스피커를 어깨에 메고 다니면서 목이 쉬도록 '개 식용을 종식하라'고 외쳤어. 3년을 그렇게 했는데 뭔가 부족해. 메시지 전달이 안 되는 것 같아. 농림축산식품부 앞에서 시위하다가 저기 뭐냐, 유세차량 있잖아, 영상 틀어놓고 여기저기 돌아다니는 트럭. 우연찮게 그걸 봤는데 저거다 싶은 거야. 다음부터 홍보 차량을 임대해서 캠페인을 했어. 그랬더니 임대비가 만만치 않아. 일주일에 한 번씩 임대하면 한 달에 240만 원이고 1년에 2,880만 원이야.

광고업체 사장님과 상의하다가 내가 트럭을 구매하면 그분이 동물복지정책개선을 위한 캠페인 차량으로 개조해 주기로 했어. 생각해 보니 괜찮아. 매일 다닐 수 있고, 이동하는 동안 홍보 효과도 생기고, 다른 동물권 집회에 대여할 수도 있고. 지금은 그 차로 움직여. 대선 전에는 청와대, 대선 후에는 인수위원회, 요즘은 여야 당사, 세종시 농림축산식품부, 서울시청, 성남시청, 모란시장……

바꿔야 할 게 많은데, 해야 할 일이 많은데 그만해야 할 것 같아. 건강도 그래. 의사 말이, 내 몸에서 멀쩡한 데는 신장뿐이래. 몇 년 전부터 견사를 청소하다가 숨이 차서 몇 번이나 주저앉았어. 아주대병원에서 검사를 받았는데 고혈압에 만성폐쇄성폐질환에, 결국 COPD(회복 불가능한 기도 폐색으로 폐 기능이 저하하는 질환) 판정받았어.

언제부터는 운전하는데 식은땀이 줄줄 나고 정신이 가물가물해질 만큼 기운이 빠져. 회의 다녀오는 길에, 집회 다녀오는 길에 여러 번 그랬어. 중대병원 응급실에 갔다가, 세브란스 병원에 입원했다가, 여러 병원을 전전했는데 나도 의사들도 심장을 간과한 거야. 심장 검사만 제때 했어도 집회에서 쓰러지지 않았을 텐데 말이야.

싸우는 용기, 물러나는 용기

2018년 7월 15일이었어. 광화문 세종문화회관 앞에서 '개·고양이 도살 금지법 제정을 촉구하는 대국민 집회'가 열렸어. 전국의 동물 단체가 다 모인 큰 집회였고 동화면세점 쪽에서는 육견협회가 맞불 시위를 했어. 오전부터 몸 상태가 이상하더라고. 경찰들이 구급차를 불러주겠다는데, 나는 집회를 주관하고 있는 단체 대표잖아, 자리를 비울 수가 없는 거야.

무대에 올라가서 구호를 서너 번 외치고 내려왔는데 (가슴을 가리키며) 여기가 타들어가는 것 같고 숨 쉬기도 힘든 거야. 안 되겠다 싶어서 옆에 있던 경찰에게 119를 불러달라고, 집회 참가자들에게 폐 끼치지 않게 가능한 한 조용히 불러달라고 했어. 응급실에 실려 가던 도중에 정신을 잃었어.

빨리 혈관을 뚫었으면 괜찮았을걸, 우리 딸내미와 통화가 안 돼서 세 시간이나 방치돼 있었어. 그러는 사이 심장부정맥이 와서 지금은 심장이 30퍼센트밖에 기능을 못 해. 심장이 정상적으로 안 뛰니 숨차고, COPD가 있으니 숨차고, 거기다 허리가 아파서 제대로 움직이질 못하니 숨차고. 활동가로 싸우는 것도 힘들지만 삶의 질이 완전히 떨어졌어.

다행인 건 이렇게 아픈데도 목소리는 멀쩡하다는 것. 아직도 쩌렁쩌렁하게 구호를 외칠 수 있다고. 내가 캠페인 차량에 올라가서 마이크를 잡으면 뒤에서 기사가 음량을 줄이고 있어. 다짜고짜 소리를 지르면 소음공해 데시벨에 영락없이 걸려버려, 아니면 앰프가 나가버리든가.

그만둬야 하는 이유가 아파서만은 아니야. 그럴 때가 됐어. 젊은 단체장들이 열심히 활동하고 있는데 60대 중후반인 내가 가로막고 있으면 이 사람들이 치고 나가질 못하잖아. 똥차가 비켜야 새 차가 오지. 젊은이들이 투지와 의협심은 강한데 경험이나 법적 지식이 부족해서 어려운 점이 있다, 그러면 자문하고 지원하는 역할을 해야지, 현장에 나타나서 앞장설 일이 아닌 거야. 5년 안에 300마리 애들 입양 보내고 젊은 활동가들에게 필요한 지원을 해주는 것, 그게 내 바람이야.

(그는 선반 위에 올려둔 유골함을 바라보았다. 행강집에서 숨을 거둔 뒤 장례를 치른 개들이었다.) 저기 있는 게 150개쯤 돼. 아무에게도 선택받지 못한 개들, 보호소에서 죽어간 내 새끼들……. 저 유골함을 보면서 활동가로서의 나를 자평해. 패배자, 실패자라고. 여전히 싸워야 할 일이 많은데 이대로 물러날 용기가 없어. 싸우는 용기만 낼 줄 알았는데 이제 물러나는 용기를 낼 때야. ▯

끝나지 않은 이야기(2)

펫 로스

팅커벨 프로젝트의 황동열 대표

5년 동안 많은 일이 있었어요. 개인적으로 가장 힘들었던 일은 사랑하는 우리 순심이가 무지개다리를 건넌 것. 2018년 7월이었어요. 일을 보러 다닐 때도, 잠을 잘 때도 순심이는 나와 한 몸처럼 함께했잖아요. 순심이 나이가 많았지, 열일곱 살이었으니까. 마음의 준비는 하고 있었어요, 우리에게 남은 날이 얼마 안 되겠구나. 특히 턱의 종양을 제거하면서 얼굴 아래쪽이 없어지다시피 했는데, 잘 먹지를 못하니 금세 쇠약해지더라고.

순심이가 떠나고 불면증이 심했어요. 펫로스 증후군 중 하나예요. 순심이가 매일 밤 내 침대에서 잤거든. 자기 침대도 있었지만 내 침대에서 같이 잤어. 옆에 순심이가 없으니까 밤새 잠이 안 오는 거예요. 사흘쯤 꼬박 새우면 사람이 말도 못 하게 피폐해져요. 20대에 민주화 운동하다가 투옥됐을 때 잠 안 재우는 고문을 당했는데, 순심이가 떠난 뒤 시간이 고문 같더라고.

언제 잠이 오냐 하면 퇴근할 때. 운전하는데 잠이 막 쏟아져요. 눈이 감기는데 이겨내질 못하겠어. 졸음운전을 하다가 반대편 차선으로 넘어가서 충돌사고 날 뻔한 적이 세 번이나 있었어요. 그러다 집에 와서 누우면 언제 그랬냐는 듯이 정신이 말똥말똥해요.

그날도 일을 보고 돌아오는데 파주시 광탄면에 영장삼거리라는 데가 있거든. 왕복 이차선 도로인데 반대 차선에 하얀 강아지가 서 있는 거예요. 급하게 차를 세웠는데 강아지 앞으로 1톤 트럭이 마주오고 있었어요. 아이고, 저 애 사고 나겠구나 싶었는데 다행히 트럭도 급정거를 했어. '끼익' 하면서 바퀴 소리가 크게 나니까 애가 얼이 빠져서 멍하게 서 있더라고, 다행히 치이진 않았고. 트럭기사에게 손짓으로 양해를 구하고 잽싸게 강아지를 내 차로 데려왔어요. 애가 어리둥절하더라고.

그 앞에 마당이 딸린 식당이 있어서 내가 이 집 강아지냐고 물었더니 아니래. 얼마 전에 누가 차를 타고 와서 애만 버리고 가는 장면을 식당 주인이 봤다는 거야. 한 살밖에 안 된 암컷 몰티즈였어요. 일단 집으로 데려왔는데 신기하게 그날 푹 잤어요. 밤 10시부터 다음 날 아침 7시까지 중간에 깨지도 않고 깊이 잤어. 날짜를 헤아려보니 순심이가 떠난 지 46일째 되는 날이더라고. 어떤 생각이 드느냐 하면, 순심이가 보낸 애인가 보다, 아빠가 잠을 못 자서 몇 번이나 위험한 일을 겪는 걸 보고 이 친구를 보냈나 보다…….

강아지를 입양해서 알콩이라고 이름을 지었어요. 예쁘고 밝은 애야. 알콩이가 온 뒤부터 잘 자요. 알콩이와 지낸 지도 올해로 5년째야. 순심이처럼 알콩이도 어디든 나와 같이 다녀요. 지금 우리 집에 있는 애들은 흰돌이, 흰순이, 순돌이, 도담이, 벤지, 미나리, 금동이, 이 애들은 실외 견사에서 지내는 중·대형견 그리고 실내에서 지내는 알콩이, 레오까지 총 아홉 마리예요.

계획

유기동물과 길고양이 구조 활동은 꾸준히 해왔어요. 지난 5년 동안 구한 애들은 1,200마리예요. 단체 재정도 안정됐어요.

예전에는 입양센터 운영비에, 간사들 월급에, 아이들 동물병원비까지 내면 간당간당하거나 약간 모자랐거든. 지금은 여유가 생겼어요. 그럼 여유 자금을 어떻게 할 거냐? 팅커벨 프로젝트의 장기 마스터플랜이 두 가지인데, 하나는 경기도 양주에 중·대형견 쉼터를 설립하는 거예요. 매달 남은 금액을 쉼터 설립후원금으로 모으고 있어요.

처음 이 생각을 한 게—우리 같이 독일에 갔던 것 기억하죠?—2015년 10월 동물보호견학단을 꾸려서 베를린과 뮌헨의 티어하임(독일 유기동물 보호소)에 방문했을 때였어. 가기 전에 제일 궁금했던 건 이거야. 어떻게 이 나라는 유기동물을 죽이지 않을 수 있을까? 간단해요. 유기동물이 적으니까 안락사를 하지 않는 거예요. 왜 유기동물이 적을까? 함부로 키울 수 없으니까 적은 거예요. 독일은 펫숍이 없잖아요. 강아지, 고양이를 판매하는 가게 자체가 없는 거야. 독일에서 반려동물을 사려면 정부에서 허가받은 브리더에게 강아지가 태어나기도 전에 예약을 해요. 아니면 티어하임에서 유기동물을 입양하든가.

티어하임에서 충격을 받았어요. 세상에, 유기동물보호소가이렇게 아름다울 수 있구나. 언젠가는 우리도 티어하임 같은 보호소를 만들어야겠다. 당시에는 재정이 빠듯해서 엄두를 낼수 없었지만 이제 할 수 있어요. 실용적이고 기능적인 측면만 고려하는 게 아니라 디자인적으로도 멋지고 아름답게 설계할 거야, 어린이나 청소년에게 좋은 견학 장소가 될 수 있도록.

베를린 티어하임이 2만 평쯤 되고 뮌헨 티어하임이 7,000평쯤 되니까 규모 면에서는 한참 못 미쳐요. 우리는 2,000평 정도 예상하고 있거든. 다른 면에서는 독일 못지않게 만들 거예요. 쉰 마리를 보호하는 걸로 계획하고 있으니 공동시설을 포함하면 한 마리당 40평을 사용하는 거예요. 공동시설은 목욕실, 운동장, 봉사자들이 이용하는 휴게실과 탈의실이에요.

왜 중·대형견으로 특정했냐 하면 이 애들이 보호소에 들어가면 살아서 나올 확률이 너무 낮아요. 모조리 안락사당하는 거야. 내가 그 현실을 잘 알지, 시 보호소에서 안락사 위기에 놓인 애들을 구하러 다니는 사람이니까. 가장 안타까운 사례가 임신한 상태로 보호소에 입소한 어미 개들, 주로 진돗개와 믹스견 들이 많아요.

보호소 케이지에서 출산한 어미가 새끼를 품은 채 불안해하는 모습을 볼 때마다 너무 마음이 아파. 그러다 강아지들은 입양 가고 어미 혼자 안락사당하거나, 아니면 어미와 새끼가 다 같이 안락사당하거나. 이게 중·대형견에게 많이 일어나는 일이에요. 이 애들을 많이 살리고 싶다, 특히 어미 개와 새끼를 꼭 살리고 싶다, 그런 마음이에요.

보호하는 게 끝이 아니에요. 쉰 마리에게만 영원한 안식처를 제공하는 건 동물 단체 대표로서 만족할 일도 아닐 뿐더러 투자 대비 효율도 떨어지잖아. 회전율을 높여야 해요, 1년에 두 바퀴는 돌 수 있게. 우리가 구조하고 입양 보낸 데이터를 보면 1년에 열 마리쯤은 국내 입양이 가능할 것 같아요. 나머지 마흔 마리는 믿을 만한 해외 단체와 연계해서 미국, 캐나다, 독일로 입양 보내려고 해요. 해외 입양을 병행하지 않으면 현실적으로 회전율을 높이기 힘들어요. 한편으로는 중·대형견에 대한 인식도 개선해야지. 착공 목표 날짜는 2024년 9월이에요. 날짜를 딱 정해버렸어.

두 가지 마스터플랜

또 다른 계획은 지방에 있는 사설 보호소와 쉼터를 후원하는 사업이에요. 그 전에도 단발성으로 열악한 보호소를 후원하는 일을 했어요. 팅커벨 프로젝트 재정이 안정되기 전이라 어떤 사람들은 왜 다른 데까지 도와주느냐고 했지만 내 생각은 달라. 더 힘든 곳이 있으면 도와야지, 그래서 함께 가야지. 나만, 우리만 잘 되는 건 내가 원하는 일이 아니야. 여유가 생기면서 이 일을 지속적으로 하려고 마음먹었어요.

2023년 2월 1일부터 후원 신청을 받았어요. 똑같이 열악한 보호소들 중에서 우열을 가릴 수 없으니 선착순으로 했는데, 사흘 만에 신청이 마감됐어. 유기견 보호소 열다섯 군데, 고양이 쉼터 열다섯 군데, 총 서른 곳을 돕기로 했어요. 내년에는 올해 선정되지 않은 곳들을 지원하려고 해요.

지방 보호소들이 풍족했던 적은 없지만, 코로나19를 지나면서 경기가 침체하고 물가가 상승했잖아요, 후원이 끊기다시피 했어. 신청서를 보고 깜짝 놀랐어. 월별 후원금을 기재하는 난이 있는데 매달 100만 원이 안 되는 데가 70, 80퍼센트예요. 개들은 최소 50~100마리인데.

이게 왜 말이 안 되냐 하면, 쉰 마리를 데리고 있는 보호소가 애들에게 중급 사료를 먹인다고 치잔 말이에요. 소형견이냐 대형견이냐에 따라 다른데 마리당 평균 7만 원쯤 돼요. 쉰 마리면 사료 값만 350만 원이잖아. 먹이는 데만 그 정도가 드는 거야. 아프거나 다치는 애들도 꼭 나오거든. 병원비를 사료 값 못지 않게 부담해야 해. 그러면 마리당 10만 원이 최저예요, 최저. 마리당 20만 원이면 괜찮은 사료를 먹이고 병원도 한 번 갈 수 있는 정도, 마리당 30만 원이면 좋은 사료를 먹이고 병원도 갈 수 있으면서 소장 혼자 모든 일을 하지 않고 직원 한 명 더 고용할 수 있는 정도.

현재 지방 보호소 재정은 마리당 10만 원은커녕, 한 달에 50만 원을 후원받아서 마리당 1만 원으로 운영하는 상황이야. SNS에 도와달라고 호소하고 지인들에게 돈을 빌리면서 겨우 버텨나가고 있다고. 아무리 힘들어도 밥은 먹여야 하니 저가 사료를 먹이는 수밖에. 질 나쁜 사료를 먹으니 면역력은 떨어지지, 아픈 애들이 나오지, 병원비가 나가지, 악순환인 거예요. 좋은 사료를 먹이는 게 병원비를 아끼는 길이에요. 이게 훨씬 바람직하고 효율적인 운영이야.

4월부터 9월까지 사료 500킬로그램에다 플러스알파로 후원하는데 플러스알파가 재미있어요. 지방 보호소와 쉼터를 후원하려고 만든 온라인 카페가 있어요. 여기 들어와서 '출석합니다' 한마디만 쓰면 10그램이 적립돼요. 또 게시물에 응원 댓글을 쓰면 각 댓글마다 10그램이 적립돼요. 지금까지 적립된 금액을 보면 200킬로그램은 더 후원할 것 같아. 그러면 4월부터 9월까지 후원하는 사료가 700킬로그램이 되지. 10월부터는 1,000킬로그램 플러스알파에 병원비도 후원하려고 해요.

그렇지, 예산. 돈을 어떻게 만드느냐? 1월에 모집했는데 4월에 시작하는 이유가 안전장치를 만들려는 거예요, 매일 허덕거리면서 돈을 구하러 다니는 게 아니라 정기후원자를 모집하고 있어요. 열악한 사설 보호소를 돕고 싶은데 방법을 모르는 분들이 많거든. 500명이 목표예요. 한 달 사이에 151명이 CMS에 가입했는데 4월까지 350명은 더 신청할 거 같아. 일시 후원을 해주신 분들도 꽤 많아요.

티어하임 부럽지 않은 중·대형견 쉼터를 설립하는 것, 지방의 사설 보호소들을 꾸준히 후원하는 것, 이 두 가지가 현재 팅커벨 프로젝트의 마스터플랜이에요. 거의 다 온 것 같아.

그가 꿈꾸는 세상

작가님과 알고 지낸 게 2013년부터였지? 그때 팅커벨 프로젝트를 본격적으로 시작했으니 이제 활동가로서 10년 차잖아요. 이게 내 인생에서 가장 자랑스러운 일이에요. 이 일의 시작점이었던 흰돌이와 흰순이에게 참 고마워요. 사랑하는 걸 넘어서서 이 녀석들에게 감사하다니까. 팅커벨 프로젝트는 나에게만 소중한 단체가 아니라 우리 회원 모두에게 소중한 단체예요, 나아가 이 사회에도 소중한 단체예요. 나는 긍지가 있어요.

하지만 사람 일이라는 건 모르잖아. 어느 날 내가 교통사고로, 또는 예기치 못한 재난으로 세상을 떠나면 팅커벨 프로젝트는 어떻게 될까? 지금까지는 대표가 중심을 잡고 끌어왔잖아요. 나는 이 단체에서 상징적인 사람이잖아, 그렇죠? 이런 생각을 하는 데에는 어머니가 화재 사고로 갑작스레 돌아가신 영향이 커요. 사람이 언제 어떻게 될지 모른다는 걸 뼈저리게 깨달았어. 어머니가 한마디도 못 남기고 돌아가셨잖아요. 아버지 잘 돌봐드리라는 게 마지막 말씀이었잖아.

나는 유언장을 써놨어요. 창졸간에 세상을 떠나도 팅커벨 프로젝트라는 소중한 단체가 분해되지 않게 준비했어요. 부모님도 안 계시고 처자식도 없으니 원래는 상속법에 따라 형제들에게 재산이 가거든. 형제들이 사이가 참 좋은데 내가 생명보험을 비롯해서 모든 보험의 수익자를 사단법인 팅커벨 프로젝트로 지정했어요. 재정이 튼튼해야 새 대표도 영입하고 우리 간사들도 건사하지. 내 보험금에서 몇 년 치 운영비는 나올 거야.

마음이 편해요, 내가 없어도 팅커벨 프로젝트가 계속된다는 게. 죽음 이후까지 대비했으니 이제 걱정할 일도, 물러설 일도 없어요. 더 악착같이 해야지. 우리 단체의 메인 슬로건이 '사람과 동물이 함께 행복한 세상'이잖아요. '동물이 행복한 세상'도 아니고, '사람이 행복한 세상'도 아니고, '사람과 동물이 함께 행복한 세상'이야. 이게 내가 꿈꾸는 세상이니까. 그렇게 되려면 아직 할 일이 많아요.

주

개정판 서문

1) 피피와의 이별에 대한 내용은 전작인 《친애하는 나의 집에게》와 《운동화 신은 우탄이》의 일부 문장을 다듬어 옮겼다.

1장 어떤 시작

1) 제임스 서펠 저, 윤영애 역, 《동물, 인간의 동반자*In the Company of Animals*》, 들녘(2003).
2) 같은 책.
3) 재키 콜리스 하비 저, 김미정 역, 《살며 사랑하며 기르며*The Animal's Companion*》, 을유문화사(2020).
4) 제임스 서펠 저, 윤영애 역, 《동물, 인간의 동반자》, 들녘(2003).
5) 같은 책, p.255.
6) 같은 책.
7) Jacques Derrida, *The Animal That Therefore I am(More To Follow)*, David Wills Tr, Fordham Univ Press(2008), pp.31~34.
8) "서울 자양동 주택 화재 … 70대女 숨져", <연합뉴스>(2012.2.16).
9) 피터 싱어 저, 김성한 역, 《동물 해방*Animal Liberation*》, 연암서가(2012), p.18.
10) 같은 책, pp.18~19.
11) 같은 책, p.35.
12) 같은 책, p.21.
13) 같은 책.

2장 새끼 빼는 기계

1) "누가 내 반려동물을 죽였나", <PD수첩>, MBC(2014.2.4).

2) 수전 손택 저, 이재원 역,《타인의 고통*Regarding the Pain of Others*》, 이후(2004).

3) 경매장에 관한 묘사는 행강대부의 인터뷰와 <시사인> 및 <서울신문> 기사를 참고 했다. "생후 2개월 강아지의 경매장 가는 길", <시사인>(2016.9.2), "알면 못 산다 … 유 행 맞춰 교배하고 사료는 2알만", <서울신문>(2022.6.15).

4) "'불법 강아지공장' 처벌 강화될 듯 … 곧 전수조사", <KBS 뉴스>(2016.5.22).

5) "개농장 샅샅이 뒤진다 … 20마리 이상 사육 4600개소 조사", <노트펫>(2016.6.14).

6) "생후 2개월 강아지의 경매장 가는 길", <시사인>(2016.9.2).

7) 같은 글.

8) 김나연(동물권행동 카라), "탈장된 채 비틀 … '합법 번식장'서 출산 기계로 죽어간 개들", <한겨레신문>(2022. 12.10).

9) 에리카 퍼지 저, 노태복 역,《'동물'에 반대한다*Animal*》, 사이언스북스(2007), p.40.

10) 같은 책, p.41.

11) 같은 책, p.49.

12) "알면 못 산다 … 유행 맞춰 교배하고 사료는 2알만", <서울신문>(2022.6.15).

13) "'어떻게 이게 합법입니까!' … 시민들 울린 1200마리 개 떼죽음", <이데일리>(2023.4.8).

14) "우리나라도 이제 헌법에 동물보호를 '국가의 의무로 명시해야' 합니다", 동물권행 동 카라(2017.3.20).

15) "'길고양이 죽이고 싶다' … '고양이 N번방' 경찰에 고발", <중앙일보>(2021.1.8).

16) "십자가와 경고문", <그것이 알고 싶다>, SBS(2022.8.6).

17) "반려동물 1500만 시대, 늘어나는 동물학대, 지자체가 동물보호 나선다", <한국애견 신문>(2022.9.1).

18) "동물은 물건이 아닙니다", <정의당 20대 총선 동물복지 공약 발표문>(2016.3.22).

19) <동물복지에 대한 국민인식조사>, 동물복지문제연구소 어웨어(2022).

3장 죄 없는 사형수와 무기수

1) "길에서 데려간 동물들은 어떻게 됐을까", <전국 지자체 유기동물 보호소 진단과 제안>, 동물권단체 케어(2017.6).

2) 같은 글.

3) <유기동물 고통사 방지 입법화 보고서>, 동물자유연대(2020.2).

4) "길에서 데려간 동물들은 어떻게 됐을까", <전국 지자체 유기동물 보호소 진단과 제

안>, 동물권 단체 케어(2017.6).

5) "유기동물 보호소, 알고 보니 개고기 공급처?", 채널A(2015.10.14).

6) "'동물보호는 뒷전' … 보호소 수의사의 '일탈'", 뉴스1(2017.9.22).

7) "개장수에게 '입양' 보내는 황당한 동물보호소", <머니투데이>(2013.7.9).

8) "'버려진 동물' 모인 쉼터에서 또다시 버려지는 동물들 … '무대책' 사설 보호소", <국민일보>(2019.8.8).

9) "동물보호법 '전면' 개정 … 동물의 삶 나아질까?", <한겨레신문>(2022.4.28).

10) "세상에서 가장 불쌍한 국견 진돗개", 동물권행동 카라(2022.11.3).

11) "해외로 입양된 반려동물들, 과연 행복하게 살고 있을까?", <뉴스1>(2015.12.6).

12) "작은 머리 얻은 대신 툭하면 뇌질환… 인간이 만든 '순종' 정말 예쁜가요?", <한국일보>(2015.7.2).

13) 같은 글.

14) "알면 못 산다 … 유행 맞춰 교배하고 사료는 2알만", <서울신문>(2022.6.15).

4장 폐기되는 존재

1) "개들은 새벽에 죽는다 … 그는 200만 원을 번다", <한겨레신문>(2017.10.16).

2) "개 식용 금지 법제화 찬성 64% … 실제 금지 전망은 절반 수준", <데일리벳>(2022.6.22).

3) "개와 함께한 내 인생은 왜 부정당해야 하나", <한겨레신문>(2017.9.10).

4) 이 부분은 동물권행동 카라에서 2016년 6월에 발간한 <개 식용 종식을 위한 법규 안내집>을 참조했다.

5) "식용개 만들려고 교배시키는 나라, 한국이 유일", <오마이뉴스>(2016.8.6).

6) <세계 유일 '식용 개농장' 실태 조사 기자회견문>, 동물권행동 카라(2017.6.22).

7) "분뇨처리장도 없이 쓰레기 먹으며 먹으며 사는 식용 개", <한국일보>(2015.9.10).

8) <개 식용 종식을 위한 법규 안내집>, 동물권행동 카라(2016).

9) "곰팡이·담배꽁초 먹여 키운 개로 만든 보신탕", <오마이뉴스>(2017.7.13).

10) "음식물 쓰레기 사료화, 다시 생각해 볼 때다", <주간경향 1521호>(2019.8).

11) 같은 글.

12) https://fromcare.org/archives/3882.

13) "곰팡이·담배꽁초 먹여 키운 개로 만든 보신탕", <오마이뉴스>(2017.7.13).

14) 이 꼭지는 동물권행동 카라에서 2016년 6월에 발간한 <개 식용 종식을 위한 법규 안내집>을 참조했다.

15) <이영돈의 논리로 풀다>, 채널A(2012.8.6).

16) "위험한 정력제", <먹거리 X파일> 52회, 채널A(2013.3.21).

17) <개 식용 종식을 위한 법규 안내집>, 동물권행동 카라(2016).

18) "전국 개고기 64%서 항생제 검출", <한겨레신문>(2017.8.28).

19) 같은 글.

20) "10명 중 1명만 "앞으로 개고기 먹겠다"… 개 식용 선호 낮아", <한국일보>(2022.6.24).

21) <개 식용 종식을 위한 법규 안내집>, 동물권행동 카라(2016).

22) "개 식용 업계 친환경 사육?", <뉴스1>(2017.7.5).

23) 같은 글.

24) 조너선 샤프란 포어 저, 송은주 역, 《동물을 먹는다는 것에 대하여*Eating Animals*》, 민음사(2011).

25) 같은 책.

26) 게일 A. 아이스니츠 저, 박산호 역, 《도살장*Slaughterhouse*》, 시공사(2008).

27) 조너선 샤프란 포어 저, 송은주 역, 《동물을 먹는다는 것에 대하여》, 민음사(2011).

28) 찰스 패터슨 저, 정의길 역, 《동물 홀로코스트*Eternal Treblinka*》, 휴(2014).

29) 조너선 샤프란 포어 저, 송은주 역, 《동물을 먹는다는 것에 대하여》, 민음사(2011).

30) "한 해 300만 마리면 3억 그릇 … '투자할 가치 있다'", <한겨레신문>(2017.9.25).

31) 같은 글.

32) 같은 글.

33) 게일 A. 아이스니츠 저, 박산호 역, 《도살장》, 시공사(2008).

34) 같은 책, p.236 pp.86~87 p.96 pp.99~100.

35) 같은 책.

36) 향기 외 저, 《훔친 돼지만이 살아남았다》, 호밀밭(2021), pp.162~163.

37) 조너선 샤프란 포어 저, 송은주 역, 《동물을 먹는다는 것에 대하여》, 민음사(2011).

38) "'축사 현대화' 혈세 7조 원 '살충제 계란'으로 돌아왔다", <노컷뉴스>(2017.8.22).

39) "부실한 구제역 방역 … 정부, 17간년 3조 날렸다", <한겨레신문>(2017.2.10).

40) "AI 맹탕 방역 … 정부, 13년간 9천 억 날렸다", <한겨레신문>(2017.1.9).

41) "전국 육견인들 '생존권 보장하라' 대규모 집회", <뉴스1>(2017.7.6).

42) "개식용 업계 친환경 사육?", <뉴스1>(2017.7.5).

43) 같은 글.

44) "개 식용 합법화가 해결책이 될 수 없는 이유", <월간 비건>(2014.8).

45) "왜 돼지는 먹어도 되고, 개는 안 되냐고요?", <오마이뉴스>(2014.7.28).

46) 같은 글.

47) 멜라니 조이 저, 노순옥 역, 《우리는 왜 개는 사랑하고 돼지는 먹고 소는 신을까*Why We Love Dogs, Eat Pigs, and Wear Cows*》, 모멘토(2011).

48) "식용 아닌 반려동물로 … 도사견들 새 둥지 틀다", <한국일보>(2015.11.6).

49) 이 부분의 논지와 사례는 한면희 환경정의연구소장이 2002년 한국의 동물복지 심포지엄에 발표한 글 "보신탕 문화에 대한 생명윤리적 접근"을 바탕으로 했다. https://www.kaap.or.kr/bbs/view.php?id=s1&no=9

50) 피터 퍼타도·마이클 우드 저, 박누리·김희진 역, 《죽기 전에 꼭 알아야 할 세계 역사 1001 DAYS*1001 Days That Shaped the World*》, 마로니에북스(2009).

51) 같은 책.

52) "헌법에 동물권도 명시하자", <프레시안>(2017.3.13).

53) https://www.kaap.or.kr/bbs/view.php?id=s1&no=9.

54) 마빈 해리스 저, 박종열 역, 《문화의 수수께끼*Cows, Pigs, Wars and Witches: The Riddles of Culture*》, 한길사(2000).

55) 오형규 저, 《경제학, 인문의 경계를 넘나들다》, 한국문학사(2013).

56) https://www.kaap.or.kr/bbs/view.php?id=s1&no=9.

5장 어떤 응답

1) Jacques Derrida, *The Animal That Therefore I am*(More To Follow), David Wills Tr, Fordham UnivPress(2008),

2) 템플 그랜딘·캐서린 존슨 저, 권도승 역, 《동물과의 대화*Animals in Translation*》, 언제나북스(2021), p.27.

3) 같은 책.

4) 피터 싱어 저, 김상우 역, 《모든 동물은 평등하다*Ethics Into Action*》, 오월의봄(2013).

5) 같은 책, p.375.

6) "헌법에 동물권도 명시하자", <프레시안>(2017.3.13).

7) 템플 그랜딘, 캐서린 존슨 저, 권도승 역, 《동물과의 대화》, 언제나북스(2021).

8) 같은 책.

9) 브라이언 헤어.버네사 우즈 저, 김한영 역, 《개는 천재다*The Genius of Dogs*》, 디플롯(2022).

10) 같은 책.

11) 템플 그랜딘, 캐서린 존슨 저, 권도승 역, 《동물과의 대화》, 언제나북스(2021).

12) "한 해 9400만 마리 밍크들, 산 채로 온몸이 찢긴다", <뉴스1>(2017.9.22).

13) 같은 글.

14) "모피로 피 흘리는 동물들을 아시나요", <스카이데일리>(2021.11.24).

15) "덴마크 밍크 1700만 마리 살처분 … 모피 축산·코로나의 비극", <한겨레신문>(2020.11.6).

16) "한 해 9400만 마리 밍크들, 산 채로 온몸이 찢긴다", <뉴스1>(2017.9.22).

17) "한국의 보신문화·비뚤어진 교육열이 캐나다 물범을 죽인다", <뉴스1>(2017.9.29).

18) "밍크의 눈물, ① 허영심과 맞바꾼 생명", 동물자유연대 블로그(2020.11.2). https://blog.naver.com/animalkawa/222133162318123.

19) "산 채로 뜯은 거위 털 패딩만 따뜻한가요? … 겨울 '착한 소비' 5가지", <한겨레신문>(2017.1.15).

20) 이항 외 저, 《동물이 건강해야 나도 건강하다고요?》, 휴머니스트(2021).

21) "토끼가 마스카라를 바르지 않는 날을 위해: 화장품 동물실험 금지법 통과를 기대하며", <허핑턴포스트>(2015.4.17).

22) 조너선 샤프란 포어 저, 송은주 역, 《동물을 먹는다는 것에 대하여》, 민음사(2011).

23) 같은 책, p.47.

24) 진 커제즈 저, 윤은진 역, 《동물에 대한 예의 *Animalkind*》, 책읽는수요일(2011).

25) 같은 책.

아무도 미워하지 않는 개의 죽음
ⓒ 하재영, 2023

초판 1쇄 발행 2023년 7월 25일
초판 2쇄 발행 2023년 8월 10일

지은이 하재영
펴낸이 김효선
펴낸곳 잠비

등록번호 제2022-000044호
주소 서울시 광진구 긴고랑로46가길 12 201호
전화번호 070-8286-9852
이메일 jambi.book@gmail.com
인스타그램 @jambi_book

ISBN 979-11-980684-3-9 (03810)

· 이 책의 본문은 '을유1945' 서체를 사용했습니다.
· 이 책은 판권은 저작권자와 출판사에 있습니다. 양측의 서면 동의 없이는 어떤 방식으로도
  책 내용을 이용할 수 없습니다.
· 잘못된 책은 구입하신 서점에서 바꾸어드립니다.